Kai Leuner

Kardinalfehler

Alle Figuren dieses Romans sind vom Autor frei erfunden. Jegliche auch nur entfernte Ähnlichkeiten mit realen Personen, lebenden oder toten, wären reiner Zufall. Gleiches gilt für die beschriebenen Ereignisse. Der Autor hat sich zudem die Freiheit genommen, die Beschreibung einiger Schauplätze und Prozeduren den erzählerischen Erfordernissen der Geschichte unterzuordnen und gelegentlich von der Realität abzuweichen. Die Schönheit der Landeshauptstadt Dresden und ihrer berühmten Sehenswürdigkeiten ist dagegen kein Werk der Fiktion.

Der Autor

Kai Leuner, Jahrgang 1974, ist der Autor der beiden Thriller »Schüsse auf die Staatsanwältin« und »Kardinalfehler«. Der langjährige Berater eines Abgeordneten ist heute Staatsanwalt in Dresden; sein Spezialgebiet sind Wirtschaftsstrafsachen. Bereits während des Jurastudiums arbeitete er für verschiedene Tageszeitungen und für ein Sportmagazin. Später führte ihn sein beruflicher Weg unter anderem nach Washington D.C. und nach Tokio. Neben den Büchern gehört seine Liebe den Vereinigten Staaten, die er regelmäßig bereist.

Kai Leuner

Kardinalfehler

Dresden Thriller

Prolibris Verlag

2. Auflage 2013

Tel.: 0561/766 449 0, Fax: 0561/766 449 29

Lektorat: Anette Kleszcz-Wagner
Korrektur: Christiane Helms
Titelfoto: Manfred Dehnell
Druck: CPI, Clausen & Bosse, Leck
ISBN: 978-3-935263-69-6

www.prolibris-verlag.de

Für meine Eltern

PROLOG

Das Anwesen lag in der Sächsischen Schweiz, fünfunddreißig Kilometer östlich von Dresden. Während die Landeshauptstadt unter der Spätsommerhitze stöhnte, war es hier, inmitten der Berge, angenehm kühl. Gepflegte Waldwege und dichte, schattige Bäume boten ideale Voraussetzungen für ein erholsames Wochenende, mit einem Vormittag auf dem Pferd vielleicht oder einer ausgedehnten Wanderung und anschließendem Barbecue. Den Mittelpunkt des knapp vier Hektar großen Grundstücks bildete ein altes Landhaus aus Naturstein. Davor befand sich ein kleiner, ovaler See.

Die beiden Männer, die am Wasser standen und sich leise unterhielten, hätten gegensätzlicher nicht sein können.

Der Gastgeber war ein gut aussehender, durchtrainierter Mittvierziger von faszinierender Ausstrahlung. Das leuchtende Blau seiner Augen passte hervorragend zu seinen blonden Haaren und der gebräunten Haut. Hinzu kam ein strahlendes Lächeln, das die Herzen der Menschen erreichte, ihr Vertrauen gewann und ihre Zuneigung. Er trug nur Jeans und ein T-Shirt, aber selbst in der einfachen Kleidung hatte er etwas Vornehmes, Außergewöhnliches an sich.

Dagegen wirkte der andere Mann unsympathisch, ja geradezu bösartig mit seinem großen Wolfskopf und schwarzen Augen, die kalt und undurchsichtig wie Kohlen glänzten. Über ihnen lagen buschige, zusammengewachsene Brauen. Als Politiker, der auf die Sympathien der Massen angewiesen ist, wäre er gänzlich ungeeignet gewesen. Aber er wusste das, und deshalb hatte sein Name auch nie auf einem Stimmzettel gestanden. Trotz seiner siebzig Jahre machte der Mann einen robusten, energiegeladenen Eindruck. Seine mit Altersflecken übersäten Hände, die die Größe von Baggerschaufeln hatten, waren hinter dem Rücken verschränkt. Aufmerksam, aber ohne sichtbare Reaktion lauschte er den erregten Worten des anderen.

»... er stand so selbstgerecht vor meinem Schreibtisch, als wäre er der verdammte Jesus Christus.« Die dünnen Adern an der Schläfe des Gastgebers pulsierten in unbändigem Zorn. »Du hättest seine scheinheilige Miene sehen sollen! Leider habe er keine andere Wahl, als um meinen Rücktritt zu bitten. Ein Skandal müsse unter allen Umständen vermieden werden. Ich solle doch auch an meine Familie denken.«

»Wenn du auf seine Forderung nicht eingehst ...«

»... will er die DVD den Medien zuspielen.« Fassungslos schüttelte der Gastgeber den Kopf. Noch nie hatte es jemand gewagt, ihn in einer solchen Weise herauszufordern.

»Zeig mir das Video!«, erwiderte der Ältere entschieden.

Der andere zögerte für einen winzigen Moment, als geniere er sich, und kurz schien es, als wolle er aufbegehren. Doch schließlich nickte er unmerklich. Mit der Hand wies er zum Haus. »Natürlich. Gehen wir hinein!«

Er geleitete seinen Gast durch das Foyer und die Bibliothek in einen kleinen, fensterlosen Raum, der über schallisolierte Wände verfügte und mit einem Sofa und zwei gemütlichen Ohrensesseln ausgestattet war. Eine zweihundert Jahre alte, mit Eisen beschlagene Seemannstruhe diente als Tisch. Darauf stand ein Teller mit einer zerknüllten Serviette und den Resten eines Räucherlachssandwichs.

Während der Gast zielstrebig an die Bar ging und zwei Gläser mit Whisky füllte, entnahm der jüngere Mann aus einem Safe neben dem Kamin eine DVD. Dann trat er zu dem dunklen Sideboard aus Nussbaumholz, auf dem ein Fernseher mit DVD-Player stand. Er schaltete das Gerät ein und schob die Disc ein. Sein Besucher hatte es sich mit seinem Whisky in einem der Sessel bequem gemacht.

Es dauerte etwa zehn Sekunden, ehe der Bildschirm aufleuchtete. Einen Vorspann oder eine Titelmelodie gab es nicht, stattdessen war ein luxuriöses Zimmer zu sehen.

Ein Schlafzimmer.

Die Kamera zeigte ein Himmelbett, das in der Mitte des Raumes stand. Die Aufnahme musste am frühen Abend entstanden sein, denn durch die französischen Fenster im Hintergrund war der vom Sonnenuntergang blutrot gefärbte Horizont zu sehen. Das Bett wurde von vier Pfosten aus honigfarbener Eiche eingerahmt. Es sah sehr weich und bequem aus. Die schwere grüne Tagesdecke war halb heruntergezogen. Auf einem Nachtschränkchen stand eine Primadonna aus Porzellan, deren hochmütiger Blick direkt auf das breite Bett gerichtet war.

Aus dem Off war das Knarren einer Tür zu hören. Eine Frau sagte etwas, was nicht genau zu verstehen war, dann lachte sie vergnügt. Es folgten Geräusche, die darauf hindeuteten, dass sie gerade geküsst wurde, und das Zirpen eines Reißverschlusses, ehe wieder ihr kehliges Lachen ertönte.

Ein Mann trat ins Bild, in dem unschwer der jüngere der beiden Zuschauer zu erkennen war. Er war nur mit engen Boxershorts bekleidet und schien gerade gebadet oder geduscht zu haben, denn seine blonden Haare waren noch feucht. Seine feste, unbehaarte Brust ließ keinen Zweifel daran, dass er sich häufig in einem Fitnessstudio aufhielt. Er stellte sein Champagnerglas auf dem Nachtschränkchen ab und machte es sich auf dem Bett bequem.

Jetzt tauchte am rechten Bildrand die Frau auf. Sie war schwarz, um die zwanzig und von gazellenhafter Schönheit. Seidig schimmernde Haare fielen glatt und weich über ihre Schultern und umrahmten ein nahezu makelloses Gesicht. Ihre vollen Lippen glänzten verführerisch. Der Mann hatte die Arme unter dem Kopf verschränkt und starrte die Frau bewundernd an.

»Zieh dich aus!«, forderte er heiser.

Die Ungeduld in seiner Stimme war nicht zu überhören.

Sie warf den Kopf zurück und fuhr mit den Fingerspitzen über ihren schlanken, anmutigen Hals. Verheißungsvoll lächelnd begann sie, zu einer imaginären Melodie zu tanzen. Ihre sinnlichen Bewegungen verrieten, dass es ihr Spaß machte, sich ihm zu zeigen. Ganz offensichtlich gefiel es ihr auch, wie seine glitzernden Augen Zoll für Zoll ihres Körpers abtasteten. Provozierend langsam streifte sie den schwarzen BH ab, der ihre großen, runden Brüste mehr betonte als verbarg. Dann, erneut wie in Zeitlupe, folgte ihr Höschen, ehe sie sich auf den Mann setzte. Sie beugte sich vor und küsste ihn. Seine Hände streichelten zärtlich ihre Brüste.

Der Gast im Ohrensessel verfolgte das intime Geschehen mit ausdruckslosem Gesicht, während er gelegentlich einen Schluck Whisky nahm. Auch der Gastgeber zeigte keinerlei Reaktion. Er hatte sich das Video schon ein Dutzend Mal angesehen, rot vor Zorn und mit der ungläubigen Miene eines übertölpelten Fuchses. Noch immer spürte er in seinem Nacken den kalten, festen Griff der Furcht. Doch inzwischen war er etwas zuversichtlicher. Denn neben ihm saß der Mann, der stets in der Lage war, die Dinge in Ordnung zu bringen.

Verstohlen warf er einen Blick auf seinen Besucher.

Er wirkt nicht beunruhigt. Also muss ich es auch nicht sein.

Mit einer leichten Drehung des Handgelenks schwenkte er sein Glas und lauschte dem leisen Klirren der Eiswürfel. Sein Blick wanderte zurück zum Bildschirm.

Die Frau lag inzwischen auf dem Rücken, den Mann zwischen ihren gespreizten Schenkeln. Ihre tiefschwarze Haut harmonierte perfekt mit seiner sanften Sommerbräune. Seufzend warf sie den Kopf hin und her, es schien, als ließe sie sich fallen, ganz und gar fallen in eine unsichtbare Welt. Ihre Lippen waren in lustvoller Verzückung geöffnet, ihr Blick entrückt und glasig. Dann richtete sich der Mann auf und drehte sie herum. Provozierend reckte sie ihm ihren Po entgegen und keuchte laut, als seine Hände ihre Hüften packten. Ihre Bewegungen und ihr Stöhnen wurden immer heftiger, bis sie ihre Lust in ein Kissen schrie. Wenige Momente später kam der Mann ebenfalls schwer atmend zum Höhepunkt. Seine Hände streichelten ihren Rücken, während er den Kopf drehte und mit erlöstem Grinsen genau auf das Auge der Kamera starrte.

Dann wurde der Bildschirm wieder schwarz.

Dreißig Sekunden lang fiel kein Wort in dem kleinen Zimmer.

»Ein Spiegel?«, fragte der Ältere schließlich. Sein Ton war sachlich, als erkundige er sich nur nach dem Preis von Äpfeln auf dem Markt. Mit den Fingern rieb er über seinen schwarzen, borstigen Spitzbart.

Der Jüngere besaß wenigstens jetzt den Anstand, leicht zu erröten. Er nickte, verlegen lächelnd. »Er ging über die gesamte Wand neben dem Bett. Natürlich ahnte ich nicht, dass dahinter ...«

»Natürlich nicht.« Die Miene des Besuchers war so starr wie die eines Buddhas.

»Was machen wir jetzt?«

Mit einem Ruck stellte der Besucher sein Whiskyglas auf die Seemannstruhe und stand auf. »Ich kümmere mich darum«, erwiderte er knapp.

»Er hat mir eine Woche Bedenkzeit gegeben. Wenn wir bis nächsten Dienstag keine Lösung finden ...«

»Ich sagte, ich werde mich darum kümmern.« Der Ältere hob die Stimme nur leicht, kaum hörbar, weil es ihm nicht zustand, einen höherrangigen Mann zurechtzuweisen. Doch es genügte, um den anderen verstummen zu lassen.

Schuldbewusst sah der Gastgeber zu Boden. Es war sein Fehler, natürlich. Wieder einmal stand er vor einem Problem, das er selbst nicht lösen konnte. Also hatte er das getan, was er immer in solchen Situationen tat. Er hatte *ihn* gerufen.

Seit er sich erinnern konnte, hielt dieser Mann seine schützende Hand über ihn. Ihm würde es gelingen, einen Ausweg zu finden, mochte die Angelegenheit auch schwieriger und gefährlicher sein als alle bisherigen. Der Gastgeber vertraute dem Älteren vollständig und hütete sich, Fragen nach Details zu stellen. Denn er wusste, die Antworten würden ihn zu Lösungen führen, mit denen er niemals in Verbindung gebracht werden durfte. Lösungen, die ganz und gar nicht mit dem Eid vereinbar waren, den er vor drei Jahren im Deutschen Bundestag geschworen hatte.

Dem Eid als Kanzler der Bundesrepublik Deutschland.

1

Noch in den siebziger Jahren galt Luanda als prächtigste Stadt Afrikas. Illuminierte Springbrunnen zierten die palmengesäumten Boulevards. Es gab unzählige Cafés, Nachtbars und Restaurants, sogar einen Yachtclub mit internationalem Renommee. Rund um die Bucht entstanden prunkvolle Villen mit Blick auf den Atlantischen Ozean. Auf den Märkten herrschte emsige Geschäftigkeit, vermischten sich Stimmen und Düfte aus aller Welt.

Aber Luanda war von Europäern und nicht für Afrikaner gebaut worden, und nach dem Ende der portugiesischen Kolonialherrschaft erlebte die angolanische Metropole einen beispiellosen Verfall. Heute war sie nur noch eine riesige Müllkippe mit Straßen und Plätzen voller Unrat, heruntergekommenen Häusern und brennenden Abfallbergen. Tag und Nacht hing beißender Gestank über der mit fünf Millionen Menschen vollgestopften Stadt.

Die Rue de Ferreira war eine enge, dunkle Gasse unweit des Hafens, an deren Ende eine verlassene Kirche stand. Auf dem Kirchenvorplatz hatten Markthändler ihre Stände aufgebaut und notdürftig mit Wellblech und Plastikplanen abgedeckt. So armselig die Hütten auch wirkten, für denjenigen, der ausreichend Geld hatte, gab es auf diesem Umschlagplatz für Diebesgut und Hehlerware nahezu alles. Maissäcke mit der Aufschrift *US-Aid*, westeuropäische Medikamente, modernste Computer. Bullige Schlägertypen mit Sonnenbrillen und argwöhnischen Mienen überwachten wie an jedem Tag den Ablauf der Transaktionen. In der Nacht hatte es geregnet, deshalb spielte sich das emsige Treiben in knöcheltiefem Schlamm ab. In seinen Furchen bildeten grünschwarze Abwässer kleine giftige Teiche.

Am Anfang der Gasse stand ein zweistöckiges, senfgelbes Haus mit pockennarbiger Fassade und verzogenen Fensterrahmen. Im Erdgeschoss war eine Imbissstube untergebracht, in der es nach gegrilltem Fleisch und frischem Fladenbrot roch.

Der Weiße, der soeben das Haus betrat, warf nur einen flüchtigen Blick auf die zahlreichen Gäste. Laut schwatzend und gestikulierend saßen sie an den runden Plastiktischen. Mit zielstrebigen Schritten ging er zu einer Treppe, die ins Obergeschoss führte. Er nahm zwei Stufen auf einmal, bis er in einem Raum mit einem Dutzend kleiner Tische ankam. Auf jedem Tisch befand sich ein PC-Bildschirm mit Tastatur. An der Wand hing ein großes, vergilbtes Plastikschild mit der Aufschrift *CyberCafé*.

Hinter dem verwitterten Tresen stand eine üppige Matrone mit riesigen Augen, die in ihrem schwarzen Gesicht wie weiße Untertassen leuchteten. Als sie den neuen Gast erblickte, lächelte sie breit und entblößte eine Reihe makelloser Zähne.

»Das Übliche, Senhor Smith?«, fragte sie.

Der Mann, der nicht Smith hieß, nickte stumm. Dann setzte er sich an einen Tisch in der Ecke, mit dem Rücken zur Wand. Seine Tageszeitung, das Jornal de Angola, legte er neben den Computer.

Die Wirtin brachte ein Glas Pernod und stellte es vor ihren Gast. Wie immer nutzte sie die Gelegenheit, ihn neugierig zu mustern. Seine blonden Haare hatte er abrasiert, auf dem kantigen Kopf waren nur winzige Stoppel zu sehen. Er trug abgewetzte Jeans und ein dunkelblau kariertes Hemd, das eine Wäsche vertragen konnte. Seine Haut war von der Tropensonne stark gebräunt. Sie schätzte ihn auf Mitte dreißig, vielleicht ein wenig älter. Von ihm ging etwas Hartes, Unnahbares aus, etwas, das sie insgeheim faszinierte.

»Vielen Dank«, sagte der Mann. Er schenkte ihr den Anflug eines Lächelns und wandte sich wieder dem Computer zu.

Wie er so nach vorn gebeugt dasaß und routiniert die Tastatur bediente, wirkte er wie jemand, der sein Geld mit Schreibtischarbeit verdiente. In einer Botschaft etwa oder bei einer Hilfsorganisation. Seine langen, zartgliedrigen Finger schienen nie schwerere Dinge als einen Kugelschreiber oder ein Glas Pernod halten zu müssen. Aber wer wie die Wirtin genauer hinsah, stellte fest, dass er über einen trainierten, muskulösen Körper verfügte.

Das Publikum des CyberCafés bestand überwiegend aus Schwarzen. Es gab aber auch einige Europäer und Südamerikaner, die am Hafen arbeiteten und regelmäßig kamen, um ihre E-Mails zu lesen. Der Gast, der sich Smith nannte, erschien meist zwei-

oder dreimal in der Woche und immer allein. Er sprach nur wenig, wie ein Mann, der das Schweigen dem Reden vorzieht. Wenn er etwas sagte, dann in perfektem Portugiesisch. Aber seinem Äußeren nach war er kein Portugiese. Die Wirtin hielt ihn für einen Russen, der während des Bürgerkrieges als Söldner für die Regierungstruppen gekämpft hatte. Allerdings wagte sie nicht, ihn danach zu fragen. Der jahrzehntelange Konflikt zwischen der MPLA und den Rebellen der Unita war zwar mittlerweile beendet. Dennoch vermied man es in Angola, überflüssige Fragen zu stellen. Insbesondere, wenn sie den Bürgerkrieg betrafen.

Nachdem die Matrone widerstrebend hinter ihren Tresen zurückgekehrt war, öffnete der Gast einen bei Yahoo unter dem Namen John R. Smith registrierten kostenlosen E-Mail-Account. Er hatte fünf neue Nachrichten. Bei den ersten beiden handelte es sich um den Newsletter eines Sportmagazins, bei der dritten um Werbung einer Fluggesellschaft. Die vierte Mail stammte von der New York Times, bei der er unter dieser Adresse als Online-Nutzer angemeldet war. Schließlich fiel der Blick des Gastes auf die fünfte und letzte Nachricht.

Er blinzelte ungläubig. Als Absender war NY Hardware Inc. angegeben, eine Firma, die, wie er wusste, weder in der Stadt noch im Bundesstaat New York existierte. Auch nirgendwo sonst auf der Welt.

Nachdenklich starrte er auf den Bildschirm. *Warum nimmst du Kontakt zu mir auf?*

In seinen graublauen Augen begannen Hoffnungsfunken zu glimmen. NY Hardware Inc., besser gesagt, der Mann, der sich hinter diesem Pseudonym verbarg, war seine einzige Verbindung zu dem Früher, aus dem er kam. Zu der Welt, aus der er vor drei Jahren geflüchtet war.

Drei lange Jahre des Exils.

Unzählige Male hatte er hier im CyberCafé gesessen und beim Einloggen in stummer Verzweiflung auf eine Nachricht dieses Mannes gehofft. Genauso oft hatte er nachts auf seinem Bett gelegen und sich gefragt, wie lange er für seinen Fehler würde büßen müssen. Er hielt den Atem an, als er die E-Mail mit einem Doppelklick öffnete. Sie war in englischer Sprache verfasst, passend zu der gewählten Tarnung, und mit Sicherheit über Anon oder einen anderen Anonymisierungsdienst verschickt worden, der eine Rückverfolgung praktisch unmöglich machte.

Sehr geehrter Mr. Smith,
wir bestätigen Ihre Bestellung von je zehntausend Stück Zylinderkopfschrauben mit Innensechskant aus rostfreiem Edelstahl mit den folgenden Produktnummern:
11-23-25-19 29-14-23-13 12-18 10-6-10-15-26-22-15
31-8-17-19-26-20-23 27-11-28-5-8-17-7-25-23-27-28-10
2-5-13-24 28-11-22-13 29-15-24-6 17-8-21-21
22-12-23-23-16-19 18-9-22-22 31-16-24-6 25-8-19-12
28-14-13-26-13-13-8-14-25-8-22-13-15 21-23-13-24
Mit freundlichen Grüßen
White
Vertrieb, NY Hardware Inc.

Der Mann spürte im Hals das harte, beinahe schmerzhafte Schlagen seines Pulses. Er atmete gleichmäßig aus, während er sich unauffällig umsah, um sich zu vergewissern, dass ihn niemand beobachtete.

Wie immer um diese Zeit war im Café noch nicht viel los. Die Wirtin stand hinter dem Tresen und polierte Gläser. Neben dem mit Klebeband geflickten Fenster saß ein ärmlich gekleideter Invalide unbestimmbaren Alters. Er war in die neuesten Fußballergebnisse vertieft. Schräg davor klickte sich ein Student offenbar durch irgendwelche juristischen Datenbanken. Links hockten zwei Hafenarbeiter, die sich Videoclips anschauten. Weiter vorn spielte ein Neffe der Wirtin mit Holztieren. Keiner von ihnen interessierte sich für den Weißen, der hinten an der Wand saß."

Er zog einen Kugelschreiber aus der Brusttasche und begann, die Ziffernfolgen aus der E-Mail gewissenhaft auf den Rand seiner Zeitung zu übertragen. Die Wörter ignorierte er, sie waren ohne Bedeutung.

Es kam, wie so oft im Leben, allein auf die Zahlen an.

Als er fertig war, löschte er die Nachricht. Gewissenhaft entfernte er sie auch aus dem elektronischen Papierkorb, ehe er sich wieder den Zahlenreihen auf der Zeitung zuwandte. Der Code war simpel, aber im Datenlabyrinth des Internets völlig ausreichend. Jede Zahl stand für einen ihr fest zugeordneten Buchstaben des Alphabets und war zusätzlich mit einer fortlaufenden Ziffer zwischen eins und neun addiert worden, also die erste Zahl der Nachricht mit eins, die zweite mit zwei und so weiter. Nach dem neunten Buchstaben ging es wieder von vorn los. Der Gast brauchte nur wenige Minuten, um die Nachricht zu entschlüsseln. Als sie endlich vor ihm auf dem Rand der Zeitung stand, starrte er sie volle fünf Minuten regungslos an.

Code Zwei an Ratcher
Dresden Hauptbahnhof
Fach Vier Drei Eins
Sieben Eins Zwei Vier
Dringlichkeit hoch

Ratcher griff nach dem Glas Pernod und leerte es in einem Zug. Dann schloss er die Augen.

Als er sie wieder öffnete, war in dem düsteren Raum noch alles genauso wie vorher. Er saß noch immer an demselben zerkratzten Holztisch in der Ecke, vor sich noch immer die vergilbte Tastatur und den flimmernden Bildschirm. Auf den Dielen lag noch immer frisches Sägemehl, direkt über ihm summte die blaue Neonröhre. Die anderen Gäste waren noch da, auch der Junge und die Wirtin. Alle taten das, was sie vorher schon getan hatten. Der Raum war derselbe, aber das Universum hatte sich verändert.

Code Zwei. Wie sehnsüchtig hatte er auf diese beiden Worte gewartet.

Er braucht mich. Mit der Wärme eines sehr alten Cognacs breitete sich diese Erkenntnis in seinen Eingeweiden aus.

Er riss den Rand der Zeitung ab und achtete peinlich genau darauf, dass nicht der kleinste Rest seines Gekritzels zurückblieb. Dann zog er mit der linken Hand ein Feuerzeug aus der Hemdtasche, mit der rechten griff er nach dem gläsernen Aschenbecher auf dem Tisch. Er zündete das Papier an. Lächelnd sah er zu, wie es verbrannte und zu Asche zerfiel.

Auf der Halbinsel Ilha do Cabo, die sich vom südlichsten Punkt der Küstenstraße in die Bucht hinausschlängelte, gab es einen französischen Supermarkt. Dort bekam man Dom Pérignon, Roquefort und Gänseleberpastete und Schokoladenkuchen aus dem Maxims, alles frisch aus Paris eingeflogen. Ratcher beschloss, auf dem Heimweg einen Umweg zu machen, um ein wenig einzukaufen. Seinen letzten Abend in Luanda wollte er mit einem Festmahl feiern.

2

Das Dresdner Amtsgericht war in einem lang gezogenen, grauen Gewerbekomplex in der Berliner Straße untergebracht. Kristin Eggert ging einen schmuddligen Flur entlang, der wie eine heruntergekommene U-Bahn-Station wirkte, vorbei an Wachtmeistern, die Wagen voller Akten vor sich herschoben. Ein Plastikschild wies ihr den Weg zum Verhandlungssaal 044. Davor standen drei im Boden verschraubte Stühle.

Sie saß noch keine zwei Minuten, als es in dem Lautsprecher über ihr knackte. Eine männliche Stimme sagte in unverkennbar bayerischem Akzent: »Die Zeugin Kristin Eggert bitte in den Sitzungssaal!«

Unwillig stand sie auf, holte tief Luft und trat ein. Aussagen vor Gericht zählten nicht gerade zu ihren Lieblingsbeschäftigungen. Der Saal war relativ klein, mit Sitzreihen für vielleicht dreißig Zuschauer. Heute waren sie bis auf den letzten Platz gefüllt. Eine der zahlreichen Schulklassen, die nahezu täglich ins Amtsgericht strömten, um eine Gerichtsverhandlung aus nächster Nähe zu erleben, hatte sich hier eingefunden. Dreißig neugierige Augenpaare waren auf Kristin gerichtet und schienen jede noch so geringe Unsicherheit genau zu registrieren.

Der Richter, ein spindeldürrer Mann in den Sechzigern, sah aus, als sei er gerade aus tiefem Winterschlaf geweckt worden. Gemächlich zeigte er auf den kleinen Zeugentisch in der Mitte des Saals. »Bitte nehmen Sie Platz, Frau Eggert.«

Etwa anderthalb Meter links von Kristin befand sich der Tisch des Angeklagten und seines Verteidigers. Beide starrten sie feindselig an. Auf der rechten Seite, vor dem großen Fenster, saß der Vertreter der Staatsanwaltschaft. Er musterte Kristin mit unverhohlenem Interesse, wie ein Bär, der einen vielversprechenden Picknickkorb in Augenschein nimmt. Sie bedachte ihn mit einem abweisenden Blick.

»Frau Eggert«, begann der Richter im beruhigenden Tonfall eines Großvaters, »als Polizistin wissen Sie ja um Ihre Pflichten als Zeugin vor Gericht. Sie müssen hier die Wahrheit sagen. Vorsätzliche oder fahrlässige Falschaussagen sind strafbar.« Nachdem sie bestätigend genickt hatte, fuhr er fort: »Zunächst brauche ich Ihre Personalien. Ihr vollständiger Name?«

»Kristin Eggert.«

»Alter?«

»Achtundzwanzig Jahre.«

»Beruf?«

»Kriminalkommissarin, zu laden über das Landeskriminalamt Sachsen.«

»Mit dem Angeklagten verwandt oder verschwägert?«

»Nein.« *Nur mit dem Staatsanwalt*, dachte sie, *demnächst zumindest.* Aber danach fragte der Richter sie nicht, weil das Gesetz dies nicht vorsah. Deshalb bestand für Kristin auch kein Grund, es zu erwähnen. Sie warf jedoch einen weiteren kühlen Seitenblick nach rechts, zu ihrem künftigen Schwager.

»Frau Eggert, Sie haben die Durchsuchung der Wohnräume des Angeklagten am 10. März diesen Jahres geleitet, ist das richtig?«

»Ja.«

»Bitte erzählen Sie uns davon!«

Sie räusperte sich. »Der Staatsanwalt übermittelte mir den Gerichtsbeschluss am Nachmittag des 9. März mit der Bitte, die Durchsuchung möglichst gleich am nächsten Morgen durchzuführen. Es ging um ein Objekt in Striesen, auf der Holbeinstraße. Eine Villa mit insgesamt vierzehn Zimmern. Um acht Uhr kam ich mit zwei Kollegen dort an. Der Angeklagte öffnete uns und ließ uns, nachdem ich ihm den Beschluss gezeigt hatte, auch anstandslos herein.«

»Wonach haben Sie gesucht?«

Kristin überlegte einen Moment. »Wir ermittelten gegen Herrn Berger wegen Bankrotts. Er soll seinem überschuldeten Unternehmen Bargeld entzogen und es im Ausland angelegt haben. Wir suchten nach Dokumenten, die diese Vorwürfe belegen konnten.«

»Zum Beispiel?«

»Hinweise auf ausländische Bankverbindungen und Schließfächer, Kontoauszüge, Vermögensaufstellungen, Überweisungsbelege, Notizbücher, vielleicht auch Reiseunterlagen wie Flugscheine, Hotelrechnungen und so weiter.«

»Sind Sie fündig geworden?«

»Ja.« Sie nickte. »Ich habe ein Protokoll der Durchsuchung angefertigt, in dem alle beschlagnahmten Gegenstände aufgeführt sind. Herr Berger hat es unterschrieben. Es befindet sich bei der Akte.«

In den folgenden dreißig Minuten gingen sie die einzelnen Positionen ausführlich durch. Kristin wurde dabei zunehmend sicherer. Zwar waren ihre Füße noch immer um die Beine des Stuhls geschlungen, aber der Schweiß an ihren Händen verschwand. Sie wusste, wovon sie redete, und das verlieh ihr Selbstvertrauen. Dank der Funde in der Villa hatten sie lückenlos nachweisen können, dass der Angeklagte insgesamt eineinhalb Millionen Euro bei der Banco Delta Asia in Macao angelegt hatte. Das Bankgeheimnis in Europa war in den vergangenen Jahren immer löchriger geworden, selbst in einstigen Steueroasen wie Liechtenstein und Gibraltar. Seither galt Asien als das neue Eldorado für all jene, die ein Vermögen verstecken wollten, ganz egal, ob vor dem Fiskus oder vor lästigen Gläubigern. Auf einem USB-Stick des Angeklagten hatten die Polizisten eingescannte Einzahlungsbelege gefunden. Ein dicker Aktenordner mit Reiseunterlagen hatte Auskunft über auffällig viele Reisen Bergers nach Macao gegeben. Alles passte. Es war ein wasserdichter Fall.

Das schien auch der Richter so zu sehen, denn nachdem er etwa zwei Dutzend Punkte auf einer vor ihm liegenden Liste abgehakt hatte, brummte er zufrieden und sagte: »Von meiner Seite wäre das alles. Haben Sie noch Fragen, Herr Staatsanwalt?«

»Nein, Herr Vorsitzender.« Der Mann am Fenster bedachte Kristin mit einem amüsierten Lächeln. »Ich weiß alles, was ich wissen muss.«

Der Verteidiger hatte ein paar Fragen, erzielte aber keine nennenswerten Punktgewinne. Nach einer Dreiviertelstunde wurde Kristin als Zeugin entlassen. Als sie wieder in dem ungemütlichen Gang stand, atmete sie erleichtert auf. Am liebsten wäre sie auf direktem Wege nach Hause gefahren, um sich umzuziehen. Schließlich hatte sie heute frei. Es war erst kurz vor neun, eine gute Zeit, um zu dem Gemüsemarkt am Hygienemuseum zu fahren. Dort könnte sie in aller Ruhe die Zutaten für das Moussaka aussuchen, mit dem sie Bobby am Abend überraschen wollte. Doch sie hatte noch einen Auftrag zu erledigen, und der erforderte leider, dass sie das Ende der Verhandlung abwartete.

Also hoffte sie, dass der Richter schnell zu einem Urteil kam.

3

Ratchers Schlupfwinkel war das oberste Stockwerk eines schlichten roten Ziegelsteinhauses im ehemaligen Kolonialzentrum Luandas, direkt neben einem alten Friedhof. Die Nachbarn kannten ihn als verschlossenen, mürrischen Mann, der nie mit jemandem sprach und offenbar weder Familie noch Freunde hatte. Er schien keinen Wert auf Kontakte zu legen, deshalb ließen sie ihn in Ruhe. In dem Viertel lebten hauptsächlich Ausländer, eine bunte Mischung verschiedenster Nationalitäten. Botschaftsangehörige aus aller Welt und Angestellte der großen Ölkonzerne, südafrikanische Geschäftsleute, Kubaner. Es gab auch ein paar Deutsche aus der früheren DDR, die es einst als sozialistische Aufbauhelfer nach Angola verschlagen hatte.

Ratcher schlug die Augen auf und streckte sich wohlig unter seinem dünnen Laken. Er war so zufrieden mit der Welt, dass er leise lachte. Zum ersten Mal seit drei Jahren hatte er wieder in Farben geträumt. Er fragte sich, ob es Nelson Mandela ähnlich ergangen war in der Nacht, bevor man seine Zelle aufschloss. Das Gefühl von Freiheit, das ihn ergriffen hatte, war schmerzhaft vertraut und doch fremd. Wie eine große Liebe, die vor langer Zeit erloschen war, aber durch eine unverhoffte Begegnung neu entflammte.

Ratcher freute sich darauf, ins Leben zurückzukehren. Voller Energie schwang er sich aus dem Bett und ging in die Küche. Aus dem Kühlschrank nahm er eine geöffnete Flasche Champagner. Er brühte Kaffee auf und stellte sich aus den Resten seines Abendessens - Räucherlachs und Eiersalat, Schweizer Käse und Parmaschinken - ein köstliches Frühstück zusammen. Auf einem Holztablett trug er alles ins Schlafzimmer.

Nach dem Essen lehnte er im Flur eine kleine Aluminiumleiter an die Wand und stieg zu einem der Deckenbalken hinauf. Mit dem Messer löste er ein etwa zwanzig Zentimeter breites Stück Holz heraus. Aus dem dahinter verborgenen Fach entnahm er eine flache Stahlkassette. Darin befanden sich knapp zehntausend Euro und ein halbes Dutzend Pässe. Ratcher hatte die Dokumente, nachdem er zuvor sein Aussehen deutlich verändert hatte, im letzten Jahr besorgt. Vorerst brauchte er zwar nur den Diplomatenpass der Bundesrepublik Deutschland, ausgestellt auf einen Alexander von Heesen. Die anderen Pässe würden ihm aber später noch wertvolle Dienste leisten. Zusammen mit dem Geld, seinen wenigen persönlichen Habseligkeiten und ein paar Kleidungsstücken packte er sie in einen dunklen Hartschalenkoffer. Dann erledigte er seine Morgentoilette und schlüpfte in einen blauen Kammgarnanzug.

Als er fertig war, hatte er nur noch eins zu tun. Etwas, das ihm nicht leicht fiel.

In der Küche zündete er ein halbes Dutzend Kerzen an, anschließend öffnete er alle drei Hähne des Gasherdes. Natürlich besaß Luanda kein zentrales Gasversorgungssystem. Stattdessen fanden sich allerorten altertümliche Propangastanks. Lecks, Pfusch und Sabotage waren an der Tagesordnung. Immer wieder kam es zu Explosionen, zuletzt vor einer Woche auf dem Marktplatz Roque Santeiro. Morgen würden die Zeitungen von einem neuen Vorfall berichten.

Bevor er ging, sah Ratcher sich ein letztes Mal um. So sehr er Luanda, Angola, ja ganz Schwarzafrika inzwischen verabscheute, so sehr war ihm diese Zufluchtsstätte ans Herz gewachsen. Er bedauerte, was mit ihr geschehen würde, aber ihm blieb keine andere Wahl. Was immer sich hinter Code Zwei verbarg, es war zu bedeutend, als dass er es sich hätte leisten können, sentimental und damit unvorsichtig zu sein.

Er verließ das Haus durch den Hintereingang. Langsam ging er über den kleinen Friedhof, bis er dessen östliches Ende erreichte. Weit und breit war niemand zu sehen. Vor einem Grab mit einem schlichten Holzkreuz verharrte er regungslos. Etwa drei Minuten später war es soweit.

Ratcher verzog keine Miene. Ruhig sah er zu, wie sich die Spitze des Mietshauses unter der Explosion aufbäumte, heftig erzitterte und schließlich Tonnen von Ziegelschutt ausspie. Fenster zersplitterten, Beton- und Möbelstücke flogen durch die Luft. Aus einem gewaltigen Loch in der Außenwand quoll grauer, staubiger Rauch. Flammenzungen leckten an den Resten des geteerten Holzdaches.

Mit der Miene eines Handwerkers, der sich davon überzeugt hat, ordentliche Arbeit geleistet zu haben, wandte sich Ratcher um und ging. In den drei Jahren seines Aufenthalts hatte er unweigerlich Spuren hinterlassen. Aber das Feuer würde alle Haare, Hautschuppen und Fingerabdrücke vernichten. Nichts würde bleiben, was sich für eine DNA-Analyse eignete. Nichts würde seine neue Mission gefährden. Vor ihm lag ein neues Leben.

Er würde sein Glück nicht durch Torheit verspielen.

4

Um Punkt zehn Uhr öffneten sich die Türen von Saal 044. Als Erste strömten die Schüler heraus, lärmend und drängelnd. Der Angeklagte, der das Gericht als freier Mann betreten hatte, trug nun Handschellen und wurde von zwei Wachtmeistern abgeführt. Hinter ihm erschien sein Verteidiger, mit hochrotem Kopf und sichtlich erschöpft. Seine schmale Polyesterkrawatte hing traurig herunter, das Jackett in seiner Hand war nur noch ein zerknittertes Bündel. Die strähnigen Haare klebten verschwitzt in der Stirn. Was für ein Gegensatz zu Staatsanwalt Mark Cramer, auf dessen Lippen das breite Lächeln des Siegers lag. Sein dunkler Nadelstreifenanzug wies keine einzige Falte auf, seine rote Krawatte signalisierte pure Energie. Neben ihm wirkte der Verteidiger geradezu wie ein Lumpensammler.

Kristin beobachtete Cramer, der mit energischen Schritten den Gang entlanglief. Er war Anfang Vierzig, doch seine kurzen schwarzen Haare wiesen bereits einen leichten Grauschimmer auf. Das ließ ihn allerdings eher noch interessanter erscheinen, ebenso wie die schorfige Platzwunde auf seiner Wange und die leicht gekrümmte Nase. Er hatte nicht nur die Statur eines Boxers, er war auch einer, wie sie wusste, sogar ein erstaunlich guter. Dreimal pro Woche trainierte er in einem Boxklub im Industriegelände. Wenn er als Ankläger vor Gericht auftrat, vermittelten seine Bewegungen, seine Körpersprache, seine aufgeplatzten Fingerknöchel stets dieselbe Botschaft: Hier steht kein Bürohengst, sondern einer, der zuschlägt, wenn es nötig ist. Die Schöffen liebten Cramer.

Als er sich anschickte, in Richtung Ausgangstür zu gehen, trat Kristin hinter einer Tafel mit amtlichen Bekanntmachungen hervor. »Mark, kann ich dich kurz sprechen?« Ihre Stimme ließ keinen Zweifel daran, dass sie eine Wurzelbehandlung vorgezogen hätte.

Überrascht blieb er stehen. »Klar, Honey, jederzeit.«

»Nenn mich nicht Honey!«, erwiderte sie eisig und wies mit dem Kopf auf einen leeren Verhandlungssaal.

»'tschuldigung.« Cramer grinste und folgte ihr in den Saal.

»Was ist bei Berger rausgekommen?«

Cramer stellte seinen Koffer ab und legte die Robe über einen Zuschauerstuhl. »Drei Jahre, zehn Monate. Der Richter hat sofort Haftbefehl erlassen.«

»Ich hab's gesehen. Also ein Sieg auf der ganzen Linie?«

»Ja. Nicht zuletzt dank deiner Durchsuchung. Du hast in der Villa gute Arbeit geleistet.«

Sie quittierte das Lob mit einem Schulterzucken.

Cramer lehnte sich gegen die Wand und musterte sie. »Was kann ich für dich tun?« Nach kurzem Zögern fügte er hinzu: »Hast du noch einmal über meinen Antrag nachgedacht?«

Kristin atmete geräuschvoll aus. »Fängst du jetzt wieder damit an? Mark, ich bin mit deinem Bruder zusammen, verdammt noch mal. Ich liebe ihn!«

»Und was ist mit uns, Kristin? Wir waren auch mal verliebt!«

Sie schüttelte müde den Kopf. »Nein, Mark. Wir waren nicht verliebt. Du hast mich gevögelt, mehr nicht.«

»Hat's dir etwa nicht gefallen?«

Kristin verdrehte die Augen. Keine Frage, er war ein anziehender Mann. Selbstbewusst und gut aussehend. Ein brillanter Kopf, gnadenlos erfolgreich in seinem Job. Aber das reichte eben nicht. Ihr jedenfalls nicht.

»Du hast überhaupt nichts verstanden!«, stieß sie wütend hervor. »Ich liebe deinen Bruder. Er ist der Mann, mit dem ich den Rest meines Lebens verbringen möchte. Das mit uns beiden war nett, aber es ist vorbei. Endgültig! Also, ein für alle Mal: Erspare mir weitere Heiratsanträge.« Sie klang zunehmend gereizter. Auf ihren Wangen erschienen kleine rote Flecken. Kein gutes Zeichen, wie Cramer wusste.

»Schon gut, ich hab's ja kapiert. Wie geht's Bobby überhaupt?«, fragte er.

In Kristins Ohren klang es eine Spur zu beiläufig. »Gut«, erwiderte sie kurz angebunden.

Die beiden Brüder redeten kein Wort mehr miteinander, seit, ja, seit sie sich von Mark getrennt hatte und bei Bobby eingezogen war. Nicht ein einziges Wort seit fünf Monaten. Sie stand zwischen ihnen wie die Berliner Mauer, aber es gab absolut nichts, was sie daran zu ändern vermochte. Verletzte Eitelkeit, gekränkte Egos und rasende Eifersucht waren keine günstigen Voraussetzungen für eine Versöhnung zwischen zwei Brüdern, die zwölf Jahre Altersunterschied trennten und noch einiges mehr.

»Weshalb wolltest du mich sprechen?« Cramers raue Stimme riss sie aus ihren Gedanken.

»Philip Lanz.«

»Lanz ... Lanz«, Cramer tat, als müsse er in seinem Gedächtnis nach einer Information zu diesem Namen suchen, während er Kristin betrachtete. Sie war keine klassische Schönheit. Ihr Gesicht hatte nichts Besonderes, der Mund etwas zu breit, die Augen ein wenig zu nah beieinander. Außerdem lag in ihren Zügen eine verstörende Härte. Dennoch, mit ihren malachitgrünen Augen und den lockigen, kastanienbraunen Haaren verströmte sie eine Sinnlichkeit, die ihn reizte.

»Erde an Mark Cramer«, sagte Kristin genervt. »Philip Lanz.« Sie ließ sich auf einem der Zuschauerstühle nieder und sah Mark auffordernd an.

»Richtig, der OK-Ermittler. Was ist mit ihm?« Cramer öffnete seinen Koffer und griff nach einer Pappschachtel, aus der er einen mit Puderzucker bestreuten Schokoladendonut herauszog. Er betrachtete ihn voller Vorfreude und biss genießerisch hinein.

»Wie weit bist du mit den Ermittlungen?«

Cramer hörte abrupt zu kauen auf. Seine Augen verengten sich zu dünnen Schlitzen. »Wieso willst du das wissen?«, fragte er misstrauisch.

Sie sah aus dem Fenster. Ihr Unbehagen stand ihr ins Gesicht geschrieben. »Riemer schickt mich«, sagte sie zögernd. Karl-Heinz Riemer war der Präsident des sächsischen Landeskriminalamtes. Kristins Chef. »Er ist ein wenig besorgt wegen dieses Verfahrens. Vor allem wegen des Zeitpunktes. Wie du weißt, macht er sich Hoffnungen, demnächst Innenminister zu werden.«

»Komm zur Sache!«, unterbrach Cramer sie grob. »Weshalb bist du hier?«

5

Ratcher war einer von sieben Passagieren in der ersten Klasse des Fluges SN359 nach Brüssel. Entspannt saß er in seinem Sessel, vor sich ein leeres Martiniglas. Er genoss den hervorragenden Service der SN Brussels Airline, das Gefühl von Behaglichkeit, das sie jenen vermittelte, die sich diese teuren Plätze leisten konnten.

»Darf ich Ihnen noch einen Drink bringen?« Vor ihm stand die Stewardess, eine junge Blondine mit fein geschwungenen Brauen.

»Ja, gern«, erwiderte er. Als sie sich hinabbeugte, um das leere Glas entgegenzunehmen, stieg ihm ihr betörender Duft zu Kopf.

Während er auf seinen Drink wartete, versuchte er sich vorzustellen, welches Schicksal ihn in Deutschland erwartete.

Code Zwei.

Zum zweiten Mal wollte jener mächtige Mann, den man in Deutschland nur den »Kardinal« nannte, ausgerechnet seine besonderen Fähigkeiten und Talente in Anspruch nehmen. Trotz des Fiaskos vor drei Jahren. Und wieder in Dresden.

Warum lässt du mich auferstehen? Wieso gerade jetzt? Wer ist so wichtig, dass du dich plötzlich an mich erinnerst? Er brannte darauf, das herauszufinden.

Drei Jahre Angola waren eine lange Zeit für einen Mann, der das Leben liebte. Drei Jahre, die vergeben werden mussten.

Oder vergolten.

6

»In Frankfurt am Main hat die Staatsanwaltschaft vor vier Jahren eine ähnliche Anklage fallengelassen. Gegen die Auflage, einen sehr ansehnlichen Betrag an eine karitative Einrichtung zu spenden. Eine Einstellung des Verfahrens wegen geringer Schuld. Das käme doch auch bei Lanz in Betracht.«

Mark Cramer legte seinen Donut weg und tat, als dächte er über Kristins Frage nach. »Fallengelassen ...« Er kaute auf dem Wort herum wie auf einem Knorpel. »Willst du meine Antwort gleich?«, fragte er schließlich und stach mit seinem Zeigefinger in ihre Richtung. »Die ist nämlich ganz simpel: Nein. Ich wiederhole: Nein. Und noch einmal: Nein. Genügt das?«

»Aber das Verfahren in Frankfurt wurde eingestellt«, beharrte Kristin.

»Nicht von mir«, fauchte Cramer ungnädig und griff wieder nach seinem Donut. »Können wir bitte das Thema wechseln?«

Kristin seufzte innerlich. Sie hatte gewusst, dass sie kein leichtes Spiel haben würde. Wenn es um seine Arbeit ging, kannte Mark Cramer keinen Spaß. Er hatte sieben Jahre in der Abteilung für Organisierte Kriminalität gearbeitet. Seit zwölf Monaten war er in der Wirtschaftsabteilung. Ein paar Fälle hatte er dorthin mitgenommen, darunter den von Lanz, einem inzwischen suspendierten Beamten des LKA. Nur höchst widerwillig war Kristin Riemers Bitte nachgekommen, mit Mark über Lanz zu reden. Ihr war klar, dass es nur einen einzigen Umstand gab, der sie für diese unangenehme Bittmission qualifizierte – ihre frühere Beziehung zu Cramer. Genau das war es, was Kristin an ihrem Chef hasste. Er wusste alles und vergaß nichts. Ohne Skrupel hatte er gerade sie für diese heikle Aufgabe ausgesucht. Dass er auf diese Weise in ihr Privatleben eindrang, störte ihn nicht.

»Mark, es wäre doch möglich, dass Lanz ...«, begann sie erneut.

»Er hat aus Gerüchten Informationen gemacht, Kristin«, unterbrach er sie brüsk. »Und aus Informationen Beweise. Wegen seiner dämlichen Dossiers wurden in Leipzig vier Ermittlungsverfahren eingeleitet. Dossiers, die nicht einmal einen Eimer warme Spucke wert waren.«

»Lanz sagt, er sei missverstanden worden.«

»Dummes Zeug«, bellte Mark. »Lanz ist seit fünfzehn Jahren OK-Ermittler. Er kennt das Geschäft. Er weiß genau, dass auf eine Tonne Gerüchte ein Körnchen Wahrheit kommt. Aber er hat die Gerüchte sogar noch aufgebauscht. Und weißt du, warum? Um seinem Schwager, der in Leipzig Oberbürgermeister werden wollte, Schützenhilfe zu leisten.«

Kristin spürte, dass sie so nicht weiterkam. Also ging sie zu Plan B über. Sie legte die Handflächen gegeneinander und sah ihn ernst an. »Hör mir zu, Mark! Du kennst Riemer. Niemand hat weniger Interesse daran als er, dass eine Ratte wie Lanz eine Sonderbehandlung erhält. Aber wenn die Sache jetzt ans Licht kommt, ist sofort von einem Skandal beim LKA die Rede. Dann heißt es, Riemer habe seinen Laden nicht im Griff. Du weißt, wie die Medien sind. Die Ernennung zum Innenminister kann er dann vergessen. In der Fraktion warten einige nur auf die Gelegenheit, ihm ein Bein zu stellen. Dabei war er noch nicht mal im Amt, als Lanz die Taten begangen hat.«

»Die Welt ist eben ungerecht.« Cramer zuckte mit den Schultern.

»Angenommen, du würdest mit der Anklageerhebung noch etwas warten. Nur ein paar Wochen. Zum Beispiel, weil die Ermittlungen noch nicht abgeschlossen sind.«

»Sind sie aber, Honey. Ich habe alles, was ich brauche.« Er sprach mit der Gelassenheit eines Mannes, der seinen Job versteht.

»Das heißt nicht, dass du die Anklage schon morgen rausschicken musst. Es wird davon ausgegangen, dass der Innenminister innerhalb der nächsten zwei Wochen zurücktritt. Aus gesundheitlichen Gründen. Dann ist der Weg frei für Riemer. Er würde dir einen Gefallen schulden.«

Das schien den Staatsanwalt nicht sonderlich zu beeindrucken.

»Mark, bitte!« Kristin sah ihn an. »Deine Anklage liegt doch bei Gericht sowieso noch eine Weile herum, ehe es zur Verhandlung kommt. Du verlierst überhaupt nichts. Aber du kannst eine Menge gewinnen.«

Cramer ließ seine Fingerknöchel knacken und dachte nach. »Na schön«, knurrte er dann widerwillig. »Bis zu Riemers Ernennung halte ich die Sache noch unter Verschluss.«

»Danke.« Kristin zwang sich zu einem Lächeln.

»Aber nicht umsonst.« Cramer schnipste ein unsichtbares Staubflöckchen von seinem Jackett. »Das kostet dich ein Abendessen! Und zwar bei mir.«

Sie lief schlagartig rot an. Ihre Unterlippe zitterte vor Wut. »Verdammt, Mark, lass mich in Ruhe. Das hier ist Business, okay?«

Er lehnte sich zurück, verschränkte die Arme über der Brust und grinste, es genießend, dass er in diesem Moment die ganze Macht hatte. »Es liegt bei dir, Honey. Riemer wird furchtbar enttäuscht sein, wenn du mit leeren Händen zurückkommst. Ich habe gehört, er sei sehr nachtragend.«

Mit beidem hatte er Recht.

»Dann wird er vielleicht kein Innenminister und hockt weiter auf seinem Stuhl beim LKA. Das wird ihm ganz und gar nicht gefallen«, fuhr Cramer scheinbar betrübt fort. »Und es wird deiner Karriere nicht förderlich sein.«

Was ebenfalls stimmte.

Kristin spürte, wie heißer Zorn in ihr aufstieg. Am liebsten wäre sie aufgesprungen, um ihm ins Gesicht zu schlagen. *Ruhig. Bleib ruhig!*, redete sie sich zu.

Herausfordernd sah sie ihn an. »Was ist mit Bobby? Was soll er denken, wenn ich zu dir zum Abendessen gehe?«

Cramer zuckte unschuldig mit den Schultern. »Wer soll's ihm denn sagen?« Seine Augen glitzerten. »Ich koch uns was Schönes, dazu ein Glas Wein. Kerzenlicht und leise Musik. Ganz wie in alten Zeiten, Baby.«

Sein glitzernder Blick verriet, welche Momente der alten Zeiten er im Sinn hatte.

»Leck mich, Mark!« Kristin sprang wütend auf und knallte beim Hinausgehen die Tür hinter sich zu.

7

Ratcher hatte ein Nickerchen gemacht und anschließend seine Rückenlehne wieder senkrecht gestellt, um einen späten Lunch einzunehmen, ein Sandwich mit Meeresfrüchtesalat. Dazu hatte er kleine Flasche Chablis getrunken und sich einen alten Italowestern mit Clint Eastwood angeschaut.

Jetzt sah er aus dem Fenster, schon wieder etwas schläfrig von dem Chablis. Die Maschine jagte mit achthundert Kilometern pro Stunde über Nordafrika und trug ihn einem ungewissen Schicksal entgegen.

In Deutschland würde er Gefahren ausgesetzt sein, gewiss. Aber das war es nicht, was ihn beunruhigte. Er kannte keine Angst, schon lange nicht mehr. Es machte ihm auch nichts aus, dem Tod ins Auge zu sehen. Der Tod gehörte zu seinem Beruf, und wenn man ihm respektvoll begegnete, war er nicht unausweichlich. Was ihm nicht gefiel, war die Eile, die sein Auftraggeber forderte. Männer, die sich beeilen müssen, sind unvorbereitet und machen Fehler. Nachdenklich betrachtete Ratcher seinen linken Ringfinger. Das oberste Glied hatte er vor neun Jahren bei einem Einsatz in Moskau eingebüßt. Ein Einsatz, bei dem alles viel zu schnell gehen musste. Die Wunde war verheilt, aber der Stumpf erinnerte ihn stets daran, dass in seiner Branche jeder Fehler einer zuviel sein konnte.

Es würde sich schon bald zeigen, wie gut er noch war.

Auf den Flughäfen in Brüssel und Dresden rechnete er nicht mit Schwierigkeiten. Das Foto, das vor drei Jahren um die Welt ging, hatte nichts mehr zu tun mit dem Ratcher von heute. Außerdem war sein Auftraggeber äußerst gründlich gewesen, als es darum ging, Spuren zu verwischen.

Wenn der Kardinal nicht gewesen wäre ... Ratcher schloss die Augen, als sich die Erinnerung an die schlimmsten Momente seines Lebens rücksichtslos in sein Bewusstsein drängte. Aber jetzt war er wieder da und auf dem Weg, das zu tun, was er am besten konnte. Dieser Gedanke behagte ihm so sehr, dass er die Stewardess heranwinkte und um ein Glas Champagner bat.

8

Dresdens Vergnügungsmeile befand sich auf der Leipziger Straße, am nördlichen Ende von Pieschen. Wie bunte Glasperlen reihten sich Discos, Strip-Bars und Erotik-Shops aneinander, ergänzt durch Tattoo-Studios, Billard-Cafés und Fast-Food-Restaurants.

Bobby Cramers Ziel war das Bavaria Dream, ein heruntergekommenes Hotel in einer schmalen Seitengasse, dessen Inneres ziemlich genau seinem Äußeren entsprach. Er parkte seinen alten Ford Sierra nicht direkt vor dem Eingang, sondern an der Ecke zur Leipziger Straße. Den Schlüssel ließ er stecken. Mit unruhig umherhuschenden Augen betrat er das Hotel, dessen grelle Neonreklame bereits flimmerte, obwohl es noch hell war. In der Lobby roch es nach Schimmel und Zigarettenqualm.

»Wir haben heute nur noch Zimmer im vierten Stock«, sagte der Portier. »Sechzig Euro die Nacht.«

Bobby stieß einen stummen Fluch aus. Er überlegte kurz, entschied sich aber dagegen, nach einem anderen Etablissement mit einem freien Zimmer im Erdgeschoss zu suchen. Er hatte nicht genug Zeit.

»Klingt hervorragend«, sagte er und zwang sich zu einem begeisterten Lächeln. »Ich zahle gleich. Bar.«

»Selbstverständlich.« Der Portier nickte, als habe er nichts anderes erwartet. Bobby legte zwei Scheine auf den Tisch und kritzelte einen unleserlichen Namen auf das Anmeldeformular. Auch das schien für den Portier kein ungewöhnlicher Vorgang zu sein. Er betrachtete die Eintragung, als wäre sie ein Musterbeispiel für Schönschrift, dann schob er das Papier in ein Ablagefach. »Ich wünsche Ihnen einen angenehmen Aufenthalt.«

Das Zimmer 1410 lag am Ende eines nur spärlich beleuchteten Flurs. Die Einrichtung war spartanisch. Ein großes Doppelbett, zwei winzige Nachttischchen mit billigen Lampen, ein Kleiderschrank. Der Teppich wies ein paar unschöne Flecken auf.

Bobby entnahm seiner Umhängetasche ein Anzeigenblatt, dann warf er die Tasche aufs Bett. Er blätterte die Zeitung durch, bis er auf die mit gelbem Textmarker angestrichene Annonce stieß, die »Russische Traummodelle, jung und vielseitig, HH« offerierte. Das HH stand für »Haus- und Hotelbesuche«. Bobby zog ein Handy aus der Hosentasche und wählte die angegebene Nummer.

»LaJoy Escort Service, guten Abend«, meldete sich eine Stimme mit stark osteuropäischem Akzent.

»Guten Abend. Ich interessiere mich für Ihre Angebote«, sagte Bobby im bestimmten Tonfall eines Mannes, der öfter derartige Gespräche führte. »Ihre Agentur ist mir empfohlen worden. Eine Stunde für einhundertfünfzig Euro, ist das korrekt?«

»Ja, einhundertfünfzig. Ab vier Stunden wird es günstiger.«

»Und was bekomme ich dafür?«

Der Mann am anderen Ende zählte die Leistungen seiner Mädchen auf. Es klang routiniert, als leiere er diese Sätze pro Abend um die vierzig, fünfzig Mal herunter.

»Ich hätte gern ein bestimmtes Modell.«

»Natürlich. Kein Problem. An wen haben Sie denn gedacht?«

»Ein Geschäftspartner hat eine gewisse Swetlana erwähnt. Blond, schlank, etwa zwanzig.«

»Swetlana, ja. Eines unser hübschesten Mädchen. Sehr gefragt. Lässt keinen Wunsch unerfüllt. Wann wollen Sie sie?«

»Am liebsten jetzt gleich. Ich bin nur für diesen einen Abend in Dresden und habe später noch einen geschäftlichen Termin.«

»Hm.« Der Mann tat, als müsse er überlegen. »Wie lange?«

»Zwei Stunden.«

»Das ginge. Dreihundert Euro. Zu zahlen im Voraus. In welchem Hotel wohnen Sie?«

»Im Bavaria Dream.«

Das schien dem Mann zu gefallen. »Ah ja, da kommen wir sehr oft hin, ins Bavaria Dream. Das ist nicht weit. Wir sind in einer Viertelstunde bei Ihnen.«

»Zimmer 1410.«

Es dauerte keine zehn Minuten, bis es an Bobbys Tür klopfte. Davor stand ein untersetzter Mann mit stark behaarten Unterarmen und einem Ansatz zum Bierbauch. Unter dem viel zu engen T-Shirt wölbte sich ein eindrucksvoller Bizeps. Bobby warf einen flüchtigen Blick auf die ausgebeulten Taschen der Uniformhose, in denen er so unschöne Dinge wie einen Schlagring oder ein Butterflymesser vermutete. Er hatte definitiv nicht vor, sich mit dem Mann anzulegen.

»Guten Abend.« Es war die osteuropäische Stimme vom Telefon. »Mein Name ist Alex. LaJoy Escort Service. Und das ist Swetlana.« Der Zuhälter schob die Frau nach vorn. Bobby betrachtete sie. Sie war wirklich attraktiv, keine Frage, mittelgroß, sehr schlank, mit sanften Rundungen und glatten hellblonden Haaren, die ihr weich in den Nacken fielen. Ihr scheues Lächeln konnte allerdings nicht die Angst in ihren Augen verbergen.

»Wunderbar. Haargenau das, was ich wollte«, sagte Bobby zufrieden nickend, als sei Alex ein Obsthändler, der ihm eine besonders saftige Melone ausgesucht hatte. Er zählte sechs Fünfziger ab, die er dem Zuhälter in die Hand drückte. »Vielen Dank.«

»In zwei Stunden hole ich sie wieder ab.« Alex verstaute die Scheine mit öligem Grinsen. »Ich wünsche Ihnen viel Vergnügen. Falls es Schwierigkeiten gibt – ich warte unten in der Lobby, okay?« Er gab dem Mädchen einen Klaps auf den Po. »Bis später, Süße.«

Bobby trat einen Schritt näher. »Na, Swetlana, dann werden wir es uns mal ein bisschen gemütlich machen«, sagte er und legte seinen Arm um ihre Hüfte. Seine Stimme troff geradezu vor Lüsternheit. »Willst du dich nicht ausziehen?« Er zwinkerte Alex jovial zu, ehe dieser die Tür hinter sich schloss.

Swetlanas unglückliches Nicken hing wie eine stumme Anklage in der Luft. Dieser Fremde hatte auf den ersten Blick sympathischer gewirkt als die Männer, mit denen sie es sonst zu tun hatte, netter, ja unschuldiger mit seinen großen, sensiblen Augen und den jungenhaften Zügen. Doch warum sollte er anders sein als die anderen? Dann wäre er jetzt schließlich nicht hier.

Resigniert begann sie, ihre Jeans aufzuknöpfen.

9

Das »Sushi & Wein« in Dresden-Mitte war eines der angesagtesten Restaurants der Stadt. Mittags gab es für zehn Euro Sushi vom Büfett, dazu Grünen Tee, Misosuppe und Pudding, von allem so viel, wie man vertragen konnte. Abends kostete es etwas mehr, dafür bekam man Wein statt des Tees. An manchen Tagen standen die Gäste Schlange. Auch heute war es so voll, dass der asiatische Chefkoch und seine Crew kaum mit dem Bestücken der Platten hinterherkamen.

Mark Cramer traf zur gleichen Zeit ein wie Manja Koeberlin. Unter den Staatsanwälten der Wirtschaftsabteilung war sie diejenige, zu der er das engste Verhältnis hatte. Vor zehn Monaten hatten sie gemeinsam einen Fall bearbeitet und stundenlang zusammen über Akten gebrütet, Zeugen vernommen und die Anklageschrift entworfen. Inzwischen waren sie fast so etwas wie Freunde geworden. Abends gingen sie ab und zu zusammen Squash spielen.

»Ich habe gehört, du hast heute am Amtsgericht diesen Berger verarztet«, sagte Manja, während sie die Treppe zur oberen Etage hinaufgingen.

»Ja, drei Jahre, zehn Monate.«

»Glückwunsch. Ist das Urteil schon rechtskräftig?«

»Nein. Der Verteidiger hat noch vor dem Ende der Urteilsbegründung herumtrompetet, er werde in Berufung gehen. Aber da kommt auch nichts anderes raus. Die Beweislage ist erdrückend.«

»Sag mal, deine Ex-Freundin war doch an dem Fall beteiligt.« Manja drehte sich zu ihm um, wobei ihre langen schwarzen Haare durch die Luft flogen. »Dann habt ihr euch bei Gericht gesehen, oder?«

Cramer schluckte unbehaglich. »Ähm ... ich glaube, ich würde lieber über etwas anderes reden.«

»Oh. So schlimm?«

Mittlerweile waren sie oben angekommen, gingen aber noch nicht in den kleinen abgeteilten Raum, in dem sich die Staatsanwälte der Wirtschaftsabteilung einmal pro Woche trafen. Stattdessen blieben sie am Treppenaufgang stehen, gleich neben dem Büfett.

»Ich habe sie und Bobby neulich mal in der Stadt gesehen«, sagte Manja. »Die beiden sind ein schönes Paar.«

Cramer zog eine Grimasse. »Herzlichen Dank, Manja. Das ist genau das, was ich im Moment hören möchte.«

»Warum sprichst du dich nicht endlich mit deinem Bruder aus, Mark? Wie lange soll das denn noch so weitergehen. Denk doch an eure Eltern, die ...«

»Hör auf damit!«, unterbrach er sie unwirsch. »Ich will heute weder über Bobby reden noch über Kristin. Und über meine Eltern auch nicht. Wenn du mir unbedingt etwas Gutes tun willst ...« Spielerisch zog er sie zu sich heran. »Ich könnte heute Nacht ein paar Streicheleinheiten vertragen.«

Sie umschlang ihn mit ihren Armen und bedachte ihn mit einem spöttischen Kopfschütteln. »Nicht in diesem Leben, mein Lieber.«

»Sind heute alle Frauen in der Warum-treten-wir-Mark-nicht-in-den-Arsch?-Stimmung?« Er zuckte in gespielter Ratlosigkeit mit den Schultern. »Was habe ich euch bloß getan?«

Sie ging nicht darauf ein. »Mark, ich meine es ernst.« Sie hatte die Arme heruntergenommen, stand aber immer noch ganz nah bei ihm, so nah, dass ihr Atem über seine Wange strich. »Rede mit Bobby, bald. Sonst wachsen diese Missverständnisse irgendwann zu einem unüberwindbaren Berg.«

»Missverständnisse? Was heißt denn hier Missverständnisse? Er hat mir meine Freundin weggenommen!«

»Ja, aber wir beide wissen, dass er Kristin liebt. Im Gegensatz zu dir. Mehr ist dazu nicht zu sagen.«

»Du weißt überhaupt nichts.« Verärgert schüttelte er den Kopf.

»Jetzt sei nicht eingeschnappt.« Sie streichelte seine Wange. »Du willst mir doch nicht meine Urlaubsstimmung verderben, hm?«

»Urlaub? Hast du Urlaub gesagt?« Cramer vermittelte den Eindruck, als seien ihr durch Parlamentsbeschluss Extraferien gewährt worden.

»Ja. Heute war mein letzter Tag.«

»Na, toll!« Cramer zog eine Grimasse. »Dann ist das Büro ab morgen ja noch trostloser.«

»Darf ich dich daran erinnern, dass du dich im Juni in Thailand am Strand geaalt hast, während mir hier die Kugeln um die Ohren geflogen sind?« Sie lächelte, um ihren Worten die Schärfe zu nehmen, aber in ihren Augen lag ein Schmerz, den kein Lächeln verbergen konnte. Vor acht Wochen war Manja unvermittelt ins Fadenkreuz von Petras Valkunas geraten, einem Drahtzieher des organisierten Verbrechens, den sie vor Gericht gebracht hatte. Der Fall hatte bundesweit für Schlagzeilen gesorgt. Nachdem »der Litauer«, wie Valkunas in der Dresdner Unterwelt genannt wurde, auf spektakuläre Weise aus der Untersuchungshaft geflohen war, hatte er alles darangesetzt, sich an der jungen Staatsanwältin zu rächen. Auf Manja war geschossen worden, zweimal. Einer ihrer Ermittler wurde erstochen, ihr Kronzeuge bekam vor ihren Augen eine Kugel in den Hals. In ihre Wohnung wurde eingebrochen. Sie war verraten worden, gedemütigt und zeitweilig sogar vom Dienst suspendiert.

»Wo geht es denn hin?«, fragte Mark rasch. Er wusste, dass die Wunden, die ihre Seele davongetragen hatte, noch zu frisch waren, um sich länger mit dem Thema zu beschäftigen.

»Fort Lauderdale. Drei Wochen. Warst du schon mal in Florida?«

»Nein. Bin nie über New York hinausgekommen. Fliegst du allein?«

Sie zuckte mit den Schultern. »Klar. Wen sollte ich denn mitnehmen?«

»Das frage ich mich auch. Wenn du so weitermachst, wirst du einsam sein bis an dein Lebensende.«

Ihr mittlerweile drei Jahre währendes Single-Dasein war ein beliebtes Thema zwischen ihnen, ebenso wie Marks aus den Fugen geratenes Liebesleben. Beide genossen die gelegentliche Intimität ihrer Unterhaltungen, zumal sie sich, wie das bei körperlich attraktiven Menschen mitunter der Fall war, durchaus zueinander hingezogen fühlten. Sie mochten es, miteinander zu flirten, achteten aber darauf, dass es dabei blieb.

»Ich wünsch dir viel Spaß im Sunshine State«, sagte er und küsste sie auf die Wange. Sein sehnsüchtiger Blick wanderte zum Büfett. »Können wir jetzt endlich was essen?«

10

Bobby legte einen Finger auf die Lippen und bedeutete Swetlana, dass sie ihre Jeans wieder zuknöpfen solle. Verständnislos sah sie ihn an. Er ging zur Tür und lauschte.

»Lass uns vorher zusammen duschen«, sagte er laut. Falls Alex noch in Hörweite war, würde er spätestens jetzt beruhigt in die Lobby gehen. Der Typ in Zimmer 1410 war ein ganz normaler Freier. Kein Spinner, kein Journalist, keiner, der Ärger machte. Für solche Leute hatten Zuhälter einen siebten Sinn.

Bobby winkte Swetlana in das enge Bad und stellte die Dusche an. »Setz dich!« Er wies auf den Klodeckel. Als er ihren skeptischen Blick bemerkte, legte er eines der Handtücher darauf. Daraufhin nahm sie Platz. Er hockte sich vor sie hin. »Kannst du mich verstehen? Sprichst du deutsch?«

Sie nickte verwirrt. »Ja, ich verstehe Sie.«

»Gut. Dann hör mir genau zu. Deine Eltern haben mich geschickt. Sie wollen, dass ich dich hier heraushole.«

»Meine Eltern?« Sie sah ihn misstrauisch an.

»Dein Name ist Swetlana Gontscharowa. Du bist einundzwanzig und stammst aus Tomsk in Sibirien. Dein Vater heißt Wladimir, deine Mutter Katarina. Du hast eine Schwester, Olga, die nächsten Monat vierzehn wird. Deine Familie vermisst dich, Swetlana. Deine Eltern sind krank vor Sorge. Sie haben seit einem Jahr nichts von dir gehört.«

Ihre Augen füllten sich mit Tränen. »Ich ... wie ... wieso ...?« Sie verstand überhaupt nichts mehr.

»Hier.« Bobby hielt ihr einen Briefumschlag hin. Sie öffnete ihn und nahm ein Blatt Papier heraus. Als sie die Handschrift ihrer Mutter erkannte, musste sie schluchzen. Bobby gab ihr Zeit, den Brief zu lesen. Als sie fertig war, rannen die Tränen wie winzige Bäche über ihre Wangen. Er hockte sich wieder vor sie.

»Mein Name ist Bobby. Bobby Cramer. Mein Job ist es, Menschen zu finden, die verschwunden sind. Dazu gehören auch Mädchen wie du.«

»Und meine Eltern haben Sie beauftragt?«

»Sie haben sich an einen Mann in Moskau gewandt, der dort das Gleiche macht wie ich hier. Über seine Kontakte hat er ermittelt, dass du an LaJoy Escort verkauft wurdest. Er hat mich gebeten, dich herauszuholen. Wenn du das willst. Ich kann dich nicht zwingen.«

Sie nickte und weinte.

»Wirst du gegen deinen Willen hier festgehalten, Swetlana?«

Erneutes Nicken.

»Dann komm mit mir! Jetzt gleich.«

Swetlana riss ein Stück Toilettenpapier ab und putzte sich die Nase.

»Ich ... ich habe schon oft daran gedacht, einfach wegzulaufen. Aber es gab nie eine Chance. Im Haus werden wir rund um die Uhr bewacht. Wenn ich einen Freier treffe, ist einer der Männer immer in der Nähe. Sie belauern uns wie Wachhunde.«

»Deine Familie war dagegen, dass du nach Deutschland gehst, nicht wahr?«

»Ich dachte, später würden sie es verstehen. Wenn ich ihnen monatlich Geld schicke.«

»Wo sollte das Geld denn herkommen?«

»Von meinem Job natürlich. Mich hat ein Bekannter angesprochen. Ob ich gern als Au-pair-Mädchen arbeiten würde. Es gäbe reiche deutsche Familien, die viel bezahlen würden.«

Während sie sprach, wurde Bobby immer wütender, obwohl er die Geschichte so oder so ähnlich schon unzählige Male gehört hatte. Immer waren es junge, gut aussehende Mädchen aus Russland, Moldawien oder Rumänien, die in irgendwelchen Provinzstädten die Zeit totschlugen. Meist lebten sie noch bei ihren Eltern, auf engstem Raum und ohne Aussicht auf Arbeit. Stets waren es Bekannte oder Bekannte von Bekannten, die sie ansprachen und ihnen eine attraktive Stelle irgendwo im Westen anboten. Au-pair-Mädchen. Kellnerin. Verkäuferin. Model. Schauspielerin. Die vermeintlichen Traumjobs wechselten, die leeren Versprechungen blieben die gleichen. Die Mädchen wurden über die grüne Grenze nach Neustadt an der Dosse gebracht, ein kleines Nest in Brandenburg, das als Umschlagplatz für Prostituierte aus ganz Osteuropa galt. Spätestens hier, wo es zuging wie auf dem Pferdemarkt, erfuhren die Mädchen, was sie wirklich tun sollten. Für eine junge Schönheit wie Swetlana waren bis zu dreißigtausend Euro fällig. Geld, das sie anschließend unter Einsatz ihres Körpers wieder verdienen musste.

Swetlana wendete den Brief zwischen ihren Fingern hin und her.

»Vorige Woche hat sich eine Freundin umgebracht. Sie wollte fliehen. Aus dem Haus, in dem wir untergebracht sind. Aber die haben überall Videokameras. Sie wurde geschnappt, noch ehe sie am Tor war. Die Männer haben Irina mit Hundepeitschen halbtot geschlagen. Abends hat sie sich mit einem Laken erhängt.«

»Wie viele Typen wie Alex gibt es bei euch?«

»Fünf.«

»Und wer ist der Chef?«

»Das weiß ich nicht. Ich habe ihn noch nie gesehen. Wir bekommen unsere Befehle immer von Alex und den anderen. Ich habe auch schon ein paar Mal darüber nachgedacht«, fügte Swetlana hinzu. »Ich meine, einfach Schluss zu machen. Manchmal … manchmal halte ich es einfach nicht mehr aus.« Neue Tränen rollten über ihre Wangen. »Es sind solche Schweine darunter.«

Bobby nahm ihre Hände in seine. »Ich werde dich jetzt hier herausbringen. Danach fahren wir zum Flughafen. Dort wartet eine Frau aus Moskau auf dich. Ihr Name ist Maria. Sie betreibt eine Art Wohnheim für Mädchen, die sich in einer ähnlichen Situation wie du befinden. Du kannst bei ihr wohnen. Deine Eltern werden dich später dort abholen.«

Swetlana hob den Kopf, sah ihn aus ihren schönen, verweinten Augen an. »Sie meinen, ich fliege heute Abend noch nach Moskau?«

»Ja.«

»Aber ich habe doch gar keine Papiere.«

»Dafür ist gesorgt. Du bekommst einen Pass und ein Flugticket. Aber zuerst müssen wir hier weg. Bist du bereit?«

Sie nickte.

»Dann los.« Er griff nach seiner Tasche und öffnete vorsichtig die Tür. Der Gang war leer. »Wir nehmen die Treppe!«

Vorsichtig gingen sie nach unten. Im Erdgeschoss spähte Bobby durch eine verdreckte Türscheibe in die Lobby. Alex hockte an der Bar, aber er war nicht allein. Neben ihm saßen zwei weitere Männer, ähnlich brutal und furchterregend wie er. Bobby vermutete, dass es Wachpersonal des Hotels war. Diese Leute machten mit den Zuhältern oft gemeinsame Sache.

»Wir müssen an ihnen vorbei«, flüsterte er Swetlana zu. »Es gibt keinen anderen Weg. Leise!«

Buchstäblich auf Zehenspitzen schlichen sie aus dem Treppenhaus in die Lobby und dann Richtung Ausgang. Alex saß mit dem Rücken zu ihnen und redete lautstark mit seinen Kumpanen. Vor ihm stand ein großes Bierglas.

Bobby und Swetlana hatten es beinahe geschafft, doch plötzlich, als habe er eine Eingebung, drehte Alex den Kopf. Seine Augen blitzten wie winzige Messer, als er den Freier aus Zimmer 1410 und neben ihm Swetlana erkannte. »Du Arschloch«, schrie er und sprang auf.

»Los, komm«, zischte Bobby. Er griff nach ihrem Arm und zerrte sie in Richtung Ausgang. Schon waren sie an der Tür. »Nach links.«

Swetlana stolperte mehr, als dass sie lief. Bis zu Bobbys Auto an der Kreuzung waren es vielleicht vierzig Meter. Ihr kamen sie wie eine Ewigkeit vor. Sie konnte die Männer hinter sich keuchen hören.

»Steig ein, es ist offen«, brüllte Bobby.

Ihre Verfolger, wuchtig und schnell wie Kaffernbüffel, kamen immer näher.

»So fahren Sie doch, Bobby!« Swetlanas Herz schlug Purzelbäume.

Bobby drehte den Zündschlüssel. Die Männer hatten das Auto schon erreicht. Jaulend heulte der Ford auf, als Bobby aufs Gaspedal trat. Der Wagen machte einen gewaltigen Satz nach vorn, genau in dem Moment, als Alex die Hand an den Türgriff legen wollte. Fäuste trommelten wütend auf Heckscheibe und Kofferraum, doch es war zu spät. Bobby bog nach rechts in die Leipziger Straße und preschte davon.

»Oh mein Gott, war das knapp«, murmelte Swetlana, und dann in plötzlichem Schrecken: »Die haben sich bestimmt das Kennzeichen gemerkt.«

»Das nützt ihnen nichts.« Bobby gestattete sich ein Grinsen. »Es stammt von einem anderen Wagen.« Triumphierend sah er sie an. »Wir haben es geschafft, Swetlana. Du bist frei.«

11

Flug SN4356 aus Brüssel hatte den Flughafen Dresden fünf Minuten vor der angegebenen Zeit erreicht. Ratcher ging auf direktem Wege zur Ankunftshalle. Den Durchgang mit der Aufschrift

»Nichts zu verzollen« passierte er ohne Probleme. An einem Zeitungsstand kaufte er die Sächsische Zeitung und die Dresdner Neuesten Nachrichten. Als er das Flughafengebäude verließ, ließ er den Blick schweifen. Auch vor drei Jahren war er abends angekommen, im Dunkeln. Es hatte sich scheinbar nicht viel verändert seither. Dennoch war alles anders. Gierig sog er die kerosingeschwängerte Luft in sich auf.

Ich bin wieder da.

Inzwischen war eine weitere Maschine mit Pauschaltouristen aus Antalya gelandet. Die Neuankömmlinge quollen wie Ameisen aus dem Terminal, viele braungebrannt und doch mürrisch wirkend. Ratcher hingegen war bester Laune. Geduldig reihte er sich in die Schlange der Passagiere ein, die auf ein Taxi warteten. Er beobachtete, wie zwei genervte Familienväter um einen Wagen stritten, während sich ihre Kinder mit Fußtritten bearbeiteten. Drei betagte Urlauberinnen in bonbonfarbenen Stretchhosen tauschten schnatternd Ferienerlebnisse aus. Weiter vorn, wo die Hotelbusse hielten, stand eine Gruppe japanischer Touristen. Ratcher genoss das Stimmengewirr um sich herum. Er war so von Zufriedenheit erfüllt, dass er den schlanken Mann hinter sich überhaupt nicht bemerkte. Der Mann war Ende Zwanzig und sportlich gekleidet, Jeans, Turnschuhe, ein schwarzes Hemd, Umhängetasche. Er musterte Ratcher unauffällig von oben bis unten, während er vorgab, in seiner Morgenpost zu lesen. Am längsten blieb sein Blick an Ratchers linkem Ringfinger hängen. Er hätte schwören können, dem Mann mit den kurz geschorenen Haaren noch nie zuvor begegnet zu sein. Doch irgendetwas an ihm kam ihm bekannt vor. War es die Art, wie er stand? Die Form seiner Schultern? Außerdem, es ließ sich nicht leugnen, eine gewisse Ähnlichkeit bestand. Oder bildete er sich das nur ein? In Bobby Cramers Eingeweiden rumorte es. Auf derartige Signale hörte der ehemalige Beamte des Bundeskriminalamtes sehr genau.

Bist du es? Bist du mein Albtraum?

Bobby schaute vorsichtshalber nach rechts und nach links, aber die anderen waren alle mit sich selbst beschäftigt. Niemandem fiel sein Interesse an dem Mann mit dem verstümmelten Finger auf.

Der war in diesem Moment an der Reihe. Er gab dem Kaugummi kauenden Taxifahrer sein Gepäck, damit der es im Kofferraum verstauen konnte.

»Wohin soll's denn gehen, Meister?«, fragte der Fahrer beim Einsteigen.

»Zum Hauptbahnhof, bitte."

Drei Worte nur, aber diese drei Worte ließen Bobby Cramer erstarren. Kein Zweifel, das war sie, die sanfte, höfliche, grausame Stimme des Killers. Die Stimme, die er sein Leben lang nicht vergessen würde.

Ein Irrtum war ausgeschlossen.

Fehlende Fingerkuppen mochte es Dutzende, ja Hunderte geben. Aber diese Gänsehaut erregende, auf schreckliche Weise sachliche Stimme gab es nur einmal auf der Welt. Er würde sie immer wiedererkennen. Zu jeder Zeit und unter Tausenden von Stimmen.

Bobby war der dritte oder vierte in der Schlange, aber es stand kein weiteres Taxi bereit. Schnell merkte er sich das Kennzeichen des Wagens, der gerade abfuhr. Dann trat er zur Seite, zog sein Handy hervor und wählte eine eingespeicherte Nummer. Er war so aufgewühlt, dass seine Hand das Telefon wie ein Schraubstock umklammerte. Seine Fingerknöchel traten vor Anspannung weiß hervor.

»Ja?«, ertönte eine barsche Stimme am anderen Ende.

Bobby atmete tief durch, ehe er sprach, trotzdem ließ seine Stimme die gewohnte Festigkeit vermissen.

»Ratcher ist wieder da!«

12

Das Taxi rollte zügig durch den spärlichen Spätabendverkehr in der Dresdner Innenstadt. Früher hatte Ratcher solche Fahrten zum Zeitunglesen genutzt oder für ein Schläfchen. Heute allerdings blickte er unverwandt aus dem Fenster. Nachdem sein Leben so lange auf die trostlosen, verwüsteten Straßen Luandas begrenzt gewesen war, erfreute er sich an der Eleganz der vorübergleitenden barocken Silhouetten.

Als das Taxi vor dem Südeingang des Hauptbahnhofs hielt, war er noch so in Gedanken versunken, dass er eine Weile brauchte, um zwei Geldscheine hervorzukramen. Dann stand er mit seinem Koffer auf dem Gehsteig und betrachtete das imposante Gebäude. Nach dem verheerenden Elbe-Hochwasser im Jahr 2002 war es aufwändig renoviert worden. Der historische Sandsteinbau aus der Zeit des Königreichs wurde nun von einer Glasfasermembran überdacht, die auf Stahlträgern ruhte und der großzügig entkernten Empfangshalle am Tage natürliche Helligkeit verlieh. Ratcher empfand die Kombination der gegensätzlichen Materialien als außerordentlich gelungen.

In der Mittelhalle gab es ein kleines französisches Bistro, das noch geöffnet hatte. Ratcher nahm sich die Zeit, um ein warmes Baguette mit Ziegenkäse und schwarzen Oliven zu essen. Im benachbarten Zeitschriftenladen erstand er einen Stadtführer, den er bar bezahlte. Dann erst ging er zu den Schließfächern, die sich in der südlichen Seitenhalle befanden, hinter den Ticketschaltern.

Vor Fach 431 blieb er stehen. Vorsichtig schaute er sich um. An der großen Anzeigetafel schlenderten zwei Polizisten vorbei, aber ihre ganze Aufmerksamkeit galt den Hamburgern, die sie in den Händen hielten. Routiniert gab Ratcher den Code für das Schließfach ein.

7124. Die Tür bewegte sich keinen Millimeter, stattdessen ertönte ein schrilles Piepen. Fassungslos starrte er auf das Display, auf dem in roten Buchstaben höhnisch das Wort *Fehler* aufleuchtete.

Was hatte das zu bedeuten? Hatte er etwas übersehen? Nein, die Nachricht des Kardinals war eindeutig gewesen. Fach 431. Nummer 7124. Nie im Leben hätte er diese beiden Zahlen vergessen können. Hatte er sich vielleicht vertippt? Seine Finger huschten ein zweites Mal über das Tastenfeld. 7124. Diesmal war ein Fehler ausgeschlossen. Aber erneut ertönte das schrille schreckliche Piepen, erneut leuchtete ihm das Wort »Fehler« entgegen.

Die Tür blieb zu.

Ratcher spürte, wie ihm der Schweiß auf die Stirn trat. Er konnte nicht ewig an dem Schließfach herumhantieren. Während er so tat, als suche er in seinem Jackett nach einem Zettel mit der Kombination, dachte er fieberhaft nach. Sein abwesender Blick wanderte über die Tür des Schließfaches, blieb an der aufgedruckten roten Nummer haften. Ratcher stutzte, überlegte einen Moment, dann verzog sich sein schmaler Mund zu einem Lächeln.

Natürlich! Wieso war ihm das nicht schon eher aufgefallen?

Er griff nach seinem Koffer und sah sich suchend um. Es gab insgesamt fünf Reihen mit Schließfächern. Er befand sich in der vierten, musste aber in die erste. Vor dem Fach mit der Nummer 134 blieb er stehen. Ein Hauch von Wehmut ergriff ihn, als er die Tür betrachtete. Dann gab er erneut die Kombination ein.

7124. Für einen Moment stand sein Herz still, doch diesmal summte das Zahlenschloss gehorsam, die Tür sprang auf. Erleichtert atmete er aus.

Es war so nahe liegend. 4 und 3 und 1. Fach 134. Nicht 431. Der Kardinal war ein vorsichtiger Mann. Für den unwahrscheinlichen Fall, dass seine Nachricht doch einem Dritten in die Hände fiel, hatte er eine falsche Spur gelegt. Nur Ratcher konnte erkennen, dass die Nummer rückwärts zu lesen war. Denn es handelte sich um genau dasselbe Schließfach wie vor drei Jahren.

Im Innern des Fachs lag ein gefütterter brauner Umschlag.

Ratcher zog ihn heraus, verschloss das Fach und steckte den Umschlag in seinen Koffer. Dann ging er in Richtung Ausgang, um nach einem Taxi Ausschau zu halten. Von draußen ertönte plötzlich das Quietschen von Autoreifen, erschreckte Rufe waren zu hören. Als Ratcher die schwere Tür öffnete, sah er den Grund. Vor dem Eingang des Bahnhofs standen drei Polizeiwagen. Die Beamten, die fächerartig in alle Richtungen ausschwärmten, trugen schusssichere Westen und glänzende Waffen.

Zwei von ihnen stürmten direkt auf ihn zu.

13

Bobby Cramer wohnte in einem kleinen Backsteinhaus in der Äußeren Dresdner Neustadt. Auf der von Ahornbäumen gesäumten Seitenstraße mit den schmalen Gehwegen huschten Katzen umher. Die meisten Fenster auf der Straße waren geöffnet, um die kühle Abendluft hereinzulassen.

»Ich habe dich schrecklich vermisst«, murmelte Kristin. Sie lag in einen kuscheligen Bademantel gehüllt neben Bobby auf der Couch, die Lippen an seinem Hals. »Erzähl mir von deinem Einsatz! Du musst ja mächtig erfolgreich gewesen sein.«

»Wie kommst du denn darauf?«, fragte er mit geschlossenen Augen.

»Das fragst du noch, du alter Heuchler?« In gespielter Empörung verwuschelte sie seine braunen Haare. »Hast du vergessen, dass ich in dir lese wie in einem offenen Buch? Du bebst geradezu vor Zufriedenheit und brennst darauf, mir alles zu erzählen. Das heißt, dass es glänzend gelaufen ist.«

Bobby brummte zustimmend. »Obwohl uns der Zuhälter fast erwischt hat, als wir das Hotel verlassen haben. Es gab kein Zimmer im Erdgeschoss mehr. Das Fenster konnte ich also vergessen. Wir haben es gerade so bis zum Wagen geschafft.«

»Hattest du ...?«

»Die Nummernschilder ausgetauscht? Ja. Deine Idee war hervorragend.«

Kristin lächelte über sein Lob. »Und danach?«

»Ich habe Swetlana zum Flughafen gebracht. Maria wartete schon auf uns. Sie haben den Spätflug nach Moskau genommen. Inzwischen müssten sie bereits gelandet sein.«

»Eine gerettete Seele mehr. Das wievielte Mädchen war das? Das sechste?«

»Ja.« Bobby richtete sich halb auf und stopfte sich ein Kissen hinter den Rücken. »So, jetzt weißt du alles.« Betont unbeteiligt sah er an die Decke und summte vor sich hin.

»He, du verschweigst mir doch was!« Kristin boxte ihm spielerisch in die Seite. »Deine Augen glänzen immer noch wie nasse Flusskiesel. Und du grinst von einem Ohr zum anderen. Raus damit, was war noch?«

»Wenn du dich nicht in Tschechien herumgetrieben hättest, hätte ich es dir längst erzählt«, ächzte er unter ihren Hieben.

Aus dem Moussaka für Bobby war nichts geworden, wie schon so oft. Kristin war gerade am Gemüsemarkt vor dem Hygienemuseum angekommen, als ein Anruf sie ins Büro beordert hatte. In Décin, einem kleinen tschechischen Ort nahe der Grenze, war ein Rechtsanwalt festgenommen worden, gegen den sie wegen Betruges ermittelte. Zwei Zielfahnder hatten den vor vier Wochen untergetauchten Dresdner Juristen in einem Supermarkt entdeckt. Kristin war sofort hingefahren, um mit ihren tschechischen Kollegen die Übergabe des Mannes zu regeln. Auslieferungen auf dem offiziellen Rechtshilfeweg dauerten meistens Monate. So aber hatten sie den Beschuldigten gleich mitnehmen können.

Erst vor einer halben Stunde war Kristin nach Hause gekommen. Unter der Dusche hatte sie sich den Staub des Tages abgespült, um sich dann auf der großen grünen Couch im Wohnzimmer eng an Bobby zu kuscheln. Diese Momente liebte sie am meisten. Wenn sie mit ihm allein war, seine Wärme spürte und seiner wunderbar sanften Stimme lauschte. Dann lachten sie zusammen und alberten herum und tauschten ihre Erlebnisse aus. Bobby war völlig anders als Mark oder die Männer davor, langsam und geduldig und nie drängend. Er verstand ihre Blicke und ihre Gesten, er erklärte ihr ihre Träume. Sie war kein Mensch, der zu Vertraulichkeit ermutigte. Der frühe Unfalltod ihrer Eltern – einen Tag nach ihrem sechsten Geburtstag –, das jähe Erwachen aus der Kindheit, hatte sie hart und vorsichtig werden lassen. Bobby war der Erste, dem sie erlaubt hatte, bei ihr zu sein, wenn sie schwach war, an Tagen, an denen sich die Welt falsch herumdrehte. Immer fand er die richtigen Worte, um ihren Schmerz zu lindern. Sie wusste, dass kein anderer Mann ihr je so nahekommen würde.

»Was meinst du damit?«, fragte sie. »Was hättest du mir erzählt, wenn ich nicht in Tschechien gewesen wäre?«

»Ratcher«, flüsterte Bobby. »Er ist wieder da.«

Sie starrte ihn entgeistert an. Genauso gut hätte er sagen können, Elvis Presley sei wiederauferstanden. Oder JFK.

»Ratcher? Hast du Ratcher gesagt? Du meinst den Killer, den du ...«

»Genau den«, bestätigte Bobby grimmig. »Auf dem Flughafen stand er plötzlich vor mir. Er hat sein Aussehen verändert, aber seine Stimme war dieselbe ...«

»Du hast mit ihm geredet?«, fragte sie erschrocken.

»Natürlich nicht.« Bobby griff nach ihrer Hand und streichelte sie beruhigend. »Er hat mit einem Taxifahrer gesprochen und war weg.«

»Und weiter?«

»Ich habe Gabriel angerufen.« Finn Gabriel war der Sicherheitschef des Bundeskanzleramtes. Bobby kannte ihn aus seiner Zeit als Personenschützer beim BKA.

»Wieso denn das Bundeskanzleramt? Wieso nicht das LKA oder die Polizeidirektion?«

»Beruhige dich! Ratcher war in einem Taxi in Richtung Hauptbahnhof unterwegs. Ich hatte also mindestens dreißig Minuten Zeit. Angesichts der Ereignisse vor drei Jahren war es für mich gar keine Frage, zuerst Finn Gabriel anzurufen. Und es hat sich als sehr gute Idee erwiesen. Gabriel hat nämlich heute acht BKA-Beamte als Voraustrupp nach Dresden gesandt. Wegen des Jahreskongresses des Seniorenverbandes im Hotel Sherwood. Am Montag wird Kanzler Helbig dort sprechen.«

»Und sie ...?«

»Ja. Er wollte die Männer umgehend zum Hauptbahnhof schicken, damit sie Ratcher in Empfang nehmen.«

»Na und?« Kristins Stimme überschlug sich fast. »Haben sie ihn geschnappt?«

»Keine Ahnung.« Bobby sprang auf und lief nervös herum. Es war, als hätten ihre Fragen einen Stöpsel gezogen, der seine eigene Ungeduld bislang mühsam zurückgehalten hatte. »Gabriel wollte mich zurückrufen, wenn alles vorbei ist. Bisher habe ich noch nichts von ihm gehört.«

»Soll ich mal in der Zentrale nachfragen? Die müssten ja irgendetwas wissen.«

Bobby schüttelte den Kopf. »Nein. Noch nicht. Ich halte es für besser, wenn wir ...«

In diesem Moment klingelte das Telefon.

14

Finn Gabriel saß auf einem mit Rosshaar gepolsterten Stuhl. Vor ihm lagen die Spätmeldungen der Agenturen, auf einem dunklen Holzbrett waren die Reste eines einfachen Abendessens zu sehen, gebratener Leberkäse mit Kartoffelsalat. Gabriel war ein Mann, der sich für beides Zeit nahm, für die Nachrichten und für sein Essen.

»Cramer« ertönte es aus dem Lautsprecher des Telefons. Die Bewegung, mit der Gabriel zum Hörer griff, spiegelte seine Persönlichkeit wider. Präzise, besonnen, selbstbewusst.

»Bobby, hier ist Finn Gabriel.« Er kam gleich zur Sache, wie es seine Art war. »Es hat leider etwas länger gedauert, aber ich musste zunächst den Kanzler informieren. Wir haben ihn, Bobby! Sie dürfen feiern!«

»Oh, mein Gott«, murmelte Bobby. »Wie ...?«

»Unsere Jungs haben ihn am Hauptbahnhof festgenommen. Ohne einen einzigen Schuss. Das ist Ihr Verdienst. Ratcher ist schon auf dem Weg nach Berlin.«

»Wie ... wie geht es weiter mit ihm?«

»Morgen werden wir ihn auspressen wie eine Zitrone. Ich will wissen, was genau damals passiert ist. Wer seine Auftraggeber waren und wer ihm geholfen hat. Ich werde Ihren Namen reinwaschen, Bobby, das verspreche ich!«

Vor drei Jahren war auf den damaligen Kanzlerkandidaten Lucas Helbig ein Attentat verübt worden, das im ganzen Land für Empörung gesorgt hatte. Denn der Täter schien über die Sicherheitsmaßnahmen der BKA-Beamten, die Helbig bewachen sollten, bestens informiert gewesen zu sein. Obendrein war ihm kurz nach seiner Festnahme auf mysteriöse Weise die Flucht geglückt. Die Suche nach ihm, angeblich die größte Fahndungsaktion in der Geschichte der Bundesrepublik, war im Sande verlaufen. Die Öffentlichkeit hatte wütend nach Aufklärung verlangt. Es gab zu viele Merkwürdigkeiten, zu viele Zufälle. Der Attentäter, so viel war klar, musste Helfer haben, die sehr weit oben saßen.

Doch *wie* hoch oben saßen sie? Internetblogger waren damals die Ersten, die das Unaussprechliche in Worte fassten. Hatte das Kanzleramt versucht, sich des lästigen Herausforderers zu entledigen? Hatten sich allzu loyale BKA-Beamte zu Werkzeugen eines teuflischen Planes machen lassen? Waren sie in den Anschlag verwickelt? Die Medien griffen das Gerücht auf, und nachdem es einmal in der Welt war, verbreitete es sich wie ein Lauffeuer. Auch gegen Bobby Cramer, den Leiter des Einsatzteams, wurden böse Stimmen laut. Sie waren der Grund, dass er das Bundeskriminalamt kurze Zeit nach dem Attentat verlassen hatte.

»Ich bin übrigens sehr optimistisch, dass Ratcher auspackt«, sagte Gabriel. »Er hat bereits signalisiert, dass er im Gegenzug für ein paar Zugeständnisse zu einer Aussage bereit sein könnte.«

»Zugeständnisse?« Bobbys Stimme klang wie Schmirgelpapier auf rostigem Stahl.

Gabriel lachte, was nicht oft geschah. »Keine Sorge, er kommt nicht davon. Es geht nur darum, in welchem Gefängnis er seine Strafe verbüßt, ein paar Annehmlichkeiten in der Haft und so weiter. Aber ich habe eine Bitte. Von den Beamten, die Ratcher heute festgenommen haben, wissen nur zwei, mit wem wir es wirklich zu tun haben. Es sind Männer, denen ich voll und ganz vertraue. Außerdem wissen es der Kanzler, ich und Sie. Und ich will, dass es vorerst dabei bleibt.«

»Ja.« Bobby dachte mit dem Anflug eines schlechten Gewissens an Kristin, sagte aber nichts. »Natürlich.«

»Wir wollen uns Ratcher in den nächsten Tagen in aller Ruhe vornehmen. Ohne Presse und Fernsehen, ohne Anwälte, die sich darum reißen werden, ihn zu verteidigen. Vor allem aber will ich vermeiden, dass ihm im Gefängnis etwas passiert. Sie wissen schon, ein Treppensturz in eine Glasscherbe. Oder er verfängt sich mit dem Hals in einer Schlinge, die zufällig herumbaumelt. Vielleicht kommt er auch auf die Idee, ein Schnitzel mit Zyankali zu essen. Es gibt Leute, die kein Interesse daran haben, dass er aussagt. Und ich denke, dass diese Leute noch immer über sehr viel Einfluss verfügen.«

»Verstehe.« Bobby lächelte. »Sie können sich auf mich verlassen.« Er drückte die rote Taste des Telefons und wandte sich zu Kristin, die während des gesamten Gesprächs regungslos auf der Couch gehockt hatte.

»Sie haben Ratcher!«, stieß er triumphierend hervor. »Gabriel meinte sogar, dass er ein Geständnis ablegen will.«

Kristin sprang auf und umarmte ihn heftig. »Ich freu mich so für dich. Ich kann dir gar nicht sagen, wie sehr.« Tränen liefen ihre Wangen hinab. »Jetzt kommt heraus, was damals wirklich passiert ist. Wer Ratchers Auftraggeber waren. Dann bist du ein für alle Mal rehabilitiert.«

Er straffte seine Schultern und sah sie herausfordernd an. »Wieso? Ich war nie angeklagt. Es gab nie ein Verfahren gegen mich.«

»Ich dachte an deinen Vater, Bobby«, erwiderte sie weich.

Ein Schatten glitt über seine Augen, ein Schatten wie ein großer, dunkler Vogel. Dass er das BKA verlassen hatte, war in den Augen seines Vaters einem Schuldeingeständnis gleichgekommen. Mark, der erfolgreiche Staatsanwalt, war Papas ganzer Stolz. Bobby hingegen hatte unter mysteriösen Umständen den Dienst quittiert und betrieb jetzt eine zwielichtige Firma. Der Alte, früher selbst Polizist in Dresden, hatte es nie gesagt, aber Bobby wusste, dass er maßlos enttäuscht von ihm war.

Schnell schüttelte er die düsteren Gedanken ab. »Gabriel meinte, wir sollen feiern. Wie wäre es mit Champagner? Ich habe noch eine Flasche im Kühlschrank.«

»Den Blanc de Blancs? Nichts wie her damit«, rief sie und warf sich übermütig auf die Couch.

Während er in der Küche hantierte, schaltete sie das Radio ein. »Bobby, schnell, hör dir das an«, hörte er sie plötzlich rufen.

Er kam mit einem Glas in der Hand ins Wohnzimmer gerannt. Bei einem Lokalsender liefen die Spätnachrichten.

»Die Polizei hat heute Abend im Dresdner Hauptbahnhof Andreas Zapf festgenommen, einen seit zwei Jahren gesuchten Bankräuber. Er wurde bereits dreimal wegen bewaffneten Raubes verurteilt und hat mehr als zwölf Jahre im Gefängnis verbracht. Jetzt werden ihm fünf weitere Banküberfälle im ostsächsischen Raum zur Last gelegt, bei denen er über zweihunderttausend Euro erbeutet haben soll. Wie die Polizei mitteilt, wurde sie durch einen anonymen Anruf auf Zapfs Spur gebracht. Bei seiner Verhaftung leistete der Vierzigjährige keinerlei Widerstand ....«

»Gabriel ist wirklich gerissen«, sagte Bobby anerkennend. »So gibt es eine vernünftige Erklärung für den Einsatz im Hauptbahnhof. Niemand weiß, dass es Ratcher ist, der dort verhaftet wurde. Niemand wird Fragen stellen.«

»Und was passiert, wenn Ratcher ausgepackt hat?«

»Irgendwann wird es einen Prozess geben. Wegen versuchten Mordes an Lucas Helbig.«

»Und an Bobby Cramer«, ergänzte sie.

»Was ist schon ein kleiner Ex-BKA-Beamter im Vergleich zum Kanzler der Bundesrepublik Deutschland?«, flüsterte er ihr ins Ohr.

Sein Atem kitzelte sie. Sie spürte, wie ihr eine Gänsehaut über Rücken und Arme kroch. »Hör auf!«, kreischte sie. »Wo bleibt der Champagner?«

»Kommt in einer Sekunde!« Er eilte zurück in die Küche.

15

Auf dem frisch versiegelten Parkett standen Kerzen, die den Raum in sanftes Licht tauchten. Vor dem Bett lag ein achtlos fallen gelassener Bademantel. Die Zeit schien stillzustehen. Kristin genoss das Gefühl von Bobbys Lippen und Händen, die sie sanft liebkosten. Seine schlanken Finger massierten ihren Nacken und den Rücken, wanderten über ihren Po zu den Schenkeln und weiter hinunter bis zu den Füßen. Sie erzitterte unter seinen Bewegungen, gefangen in einem Kokon aus Wärme und Zärtlichkeit. Eine süße Schwere ergriff von ihr Besitz, und dann durchfluteten sie sanfte Wellen. In Momenten wie diesen weinte sie manchmal vor Glück, so geborgen fühlte sie sich. Bobby legte sich neben sie, umschlang sie mit seinem Arm. Eng aneinandergeschmiegt gaben sie sich einer der wunderbarsten Erfindungen der Natur hin, dem langsamen, köstlichen Wegdämmern, bis sie der Schlaf übermannte.

Es war kurz nach drei, als Bobby sich plötzlich mit einem Ruck aufrichtete und Kristin leicht an der Schulter rüttelte.

»Hast du das gehört?«, flüsterte er.

»Wie?« Sie hob mühsam den Kopf und blinzelte verstört.

Bobbys Schlaf war so leicht wie eine Feder, er öffnete die Augen und hatte die Benommenheit mit dem ersten bewussten Atemzug aus seinem Gehirn vertrieben. Sie hingegen brauchte immer etliche Momente, um nach dem Erwachen in das Hier und Jetzt zurückzukehren.

»Unten. Da muss jemand sein.«

Sie lauschte für einen Moment, wühlte ihr Gesicht dann aber wieder ins Kissen. »Da ist nichts. Du hast nur geträumt.«

Bobby stand so leise wie möglich auf und nahm eine Pistole vom Typ HK P7 aus der Schublade des Nachtschränkchens. »Nein, unten hat eine Diele geknarrt«, zischte er. »Ich bin mir ganz sicher.«

»Na und? Alte Dielen knarren nun mal«, murmelte Kristin in ihr Kissen.

»Meine nicht«, erwiderte er starrköpfig. »Es sei denn, jemand läuft drüber.«

Ihre Schläfrigkeit verflog, als sie den Ernst in seiner Stimme hörte. »Na schön, dann lass uns nachschauen!« Sie machte Anstalten, ebenfalls aufzustehen.

»Du bleibst hier!« Sein Ton duldete keinen Widerspruch. Er entsicherte seine Waffe und schlich zur Tür. Unhörbar drehte er den Porzellanknauf. Als er die Tür einen Spalt geöffnet hatte, prallte sie mit voller Wucht gegen sein Gesicht. Bobby spürte, wie seine Nase brach. Betäubt taumelte er zurück.

Eine ganz in Schwarz gekleidete Gestalt glitt ins Zimmer und versetzte ihm einen harten Fußtritt in den Magen, der ihn aufs Bett beförderte. Die HK P7 flog polternd zu Boden.

»Bobby Cramer«, sagte die Gestalt. »Wie schön, Sie wiederzusehen.«

Das Licht wurde angeschaltet, aber Bobby, der noch immer gegen das fürchterliche Dröhnen und den pochenden Schmerz in seinem Kopf ankämpfte, wusste längst, wer vor ihm stand. Diese Stimme würde er immer wiedererkennen. Zu jeder Zeit und unter Tausenden von Stimmen.

»Ratcher!« Blut strömte aus seiner Nase. Achtlos wischte er es mit dem Handrücken weg, viel zu sehr damit beschäftigt, dem Geschehen einen Sinn zu geben. »Was ... was machen Sie hier? Ich denke ...«

»Keine Bewegung!«, schnauzte Ratcher. Das galt Kristin, die angsterfüllt auf Bobbys blutüberströmtes Gesicht starrte und im Begriff gewesen war, zu ihm hinüberzurutschen. Mit einer ungeduldigen Bewegung seiner Beretta unterstrich Ratcher seine Worte. Er trat einen Schritt zur Seite, um Bobbys Waffe aufzuheben.

»Ich denke, Sie wurden verhaftet«, wiederholte Bobby fassungslos, während immer wieder dieselbe Frage durch seinen Kopf hallte: Wie hat Ratcher es geschafft, Gabriel aufs Kreuz zu legen?

»Ist es denn so ungewöhnlich, dass ich dem BKA entkomme?«, fragte Ratcher maliziös lächelnd, als könne er Bobbys Gedanken lesen. »Sie wissen es doch besser! Es ist mir vor drei Jahren gelungen. Warum sollte es kein zweites Mal gelingen?«

»Aber ...« Verzweifelt schüttelte Bobby den Kopf, den Blick auf die blutbefleckte Bettdecke gerichtet. Aus den Augenwinkeln berechnete er seine Chancen. Ratcher stand etwa zwei Meter vom Bett entfernt, voll konzentriert und äußerst wachsam. Die Knie waren schulbuchmäßig leicht eingeknickt, die Waffe fest auf Bobby gerichtet. Vermutlich hatte Ratcher, ganz der Profi, in den letzten Stunden keinen Schluck Alkohol getrunken. Bobby hingegen spürte die Wirkung des Champagners. Seine Chancen waren gleich null.

»Ich bin hier, um eine alte Rechnung zu begleichen«, sagte Ratcher. Es war eine schlichte Feststellung. Seine Stimme hatte nichts Aggressives oder Gewalttätiges, im Gegenteil, sie war weich, fast hypnotisch, aber auf eine furchterregende Weise endgültig.

In diesem Moment wusste Bobby Cramer, dass er sterben würde.

16

Nur ein Gedanke beherrschte Bobby. Er musste Kristins Leben retten. »Es gibt keine offene Rechnung zwischen uns«, sagte er versöhnlich. »Ich weiß nicht, was damals passiert ist und wie Sie entkommen konnten. Das Schicksal hat es gut mit Ihnen gemeint. Warum belassen wir es nicht dabei?«

Er griff nach der Bettdecke und tat, als wolle er sich das Blut aus dem Gesicht wischen. Verborgen vor Ratchers Augen löste er die schwere Marcello-Taucheruhr mit dem massiven Edelstahlband vom Handgelenk.

»Schicksal?« Ratcher schüttelte den Kopf. »Das hatte mit Schicksal nichts zu tun, Bobby. Der Mann, der mich gerufen hat, hielt seine schützende Hand über mich. Ihm verdanke ich es, dass ich entkommen bin, obwohl Sie mir bereits Handschellen angelegt hatten. Ich gewann meine Freiheit.« Sein Blick wurde kalt. »Aber ich verlor mein Gesicht.«

»Wer? Wer war Ihr Auftraggeber? Der Kanzler? Das Kanzleramt? Das BKA? Wer hat Helbigs Tod befohlen?«

Ratcher tat, als habe er die Frage nicht gehört. »Leider wurde damals der Fehler begangen, Sie am Leben zu lassen. Hatte ich Ihnen nicht versprochen, Sie zu töten? Es war mir bisher leider nicht möglich, mein Versprechen einzuhalten. Aber ich bin hier, um das Versäumte nachzuholen.«

»Nein ...«, begann Bobby.

»Oh doch, Bobby.« Ratcher sprach mit der Sanftmütigkeit des Dalai Lama. »Man muss im Leben für alles bezahlen. Sie haben mir drei Jahre gestohlen. Drei lange Jahre.«

»Sind Sie wirklich nur deshalb hier?«, fragte Bobby heiser. Seine rechte Hand umklammerte die Armbanduhr wie einen Pflasterstein. Sie mochte ein schwacher Trumpf sein in diesem tödlichen Spiel, aber sie war sein einziger. »Sind Sie nach so langer Zeit nur zurückgekommen, um sich an mir zu rächen? Wo waren Sie denn in diesen drei Jahren? Und wie haben Sie es damals geschafft zu entkommen?« Die Worte sprudelten nur so aus ihm hervor.

»Das sind eine Menge Fragen. Ich fürchte, wir haben nicht die Zeit, sie zu beantworten«, entgegnete Ratcher. Aber er schien es nicht besonders eilig zu haben. Er warf einen Seitenblick auf Kristin, die wie versteinert auf dem Bett saß. Aus weit aufgerissenen Augen starrte sie ihn an. Er sah, wie es hinter ihrer Stirn arbeitete, wie sie fieberhaft versuchte, sich an etwas zu erinnern, was ihr in der Ausbildung beigebracht wurde, etwas, was ihr jetzt nützlich sein konnte. Die Wahrheit war, dass es für Situationen wie diese keine Ausbildung gab.

»Alles nur wegen einer dummen Rache?«, wiederholte Bobby. Er wollte Ratcher zum Reden bringen, ihn bei Laune halten, denn auf diese Weise gewann er Zeit.

»Rache ist niemals dumm, Bobby. Im Gegenteil, sie hat etwas ungemein Befriedigendes.« Ratcher lächelte. »Aber zu Ihrer Beruhigung, nein, ich bin nicht nur deshalb nach Dresden gekommen. Ich habe am Montag einen ... geschäftlichen Termin.«

»Helbig?«, flüsterte Bobby ungläubig. »Sein Auftritt im Sherwood. Sie wurden zurückgeholt, um es noch einmal zu versuchen!«

Ratcher grinste nur. Die Beretta senkte sich unmerklich zu Bobby hinab.

»Warten Sie!«, schrie Kristin.

Für den Bruchteil einer Sekunde war Ratcher abgelenkt, aber diese Zeit reichte Bobby, um ihm die Marcello mit voller Wucht an den Kopf zu werfen. »Verschwinde, Kristin!«, brüllte er. Gleichzeitig sprang er auf und stürzte sich auf Ratcher.

Plopp! Plopp! Plopp!

Kugel um Kugel jagte der wütende Ratcher aus nächster Nähe in Bobbys Körper. Die erste bohrte sich in den Magen, die nächsten beiden in seinen Brustkorb. Knochen splitterten, Organe wurden auseinandergerissen. In Bobbys Mund wurde es feucht und sehr warm. Trotzdem schaffte er es, bis an Ratcher heranzukommen und, schon im Todeskampf, den Arm mit der Pistole zu packen. Er umklammerte den Killer wie ein Ringer.

»Lauf, Kristin!«, rief er noch einmal.

Gurgelnd hervorsprudelndes Blut machte seine Worte beinahe unverständlich. Aber Kristin würde sie ihr Leben lang hören. Während die beiden Männer an der Tür miteinander kämpften, stürzte sie zum Fenster und riss es auf. Wieder und wieder ertönte das schreckliche Zischen des Schalldämpfers. Jeden Augenblick rechnete sie damit, dass eine der Kugeln ihr Rückgrat durchschlug. Doch wie durch ein Wunder blieb der tödliche Schuss aus.

Sie landete hart auf dem betonierten Weg vor dem Haus. Durch ihren Knöchel schoss ein spitzer, scharfer Schmerz, und als sie wegknickte, schürfte sie sich ein Knie auf. Mit gequälter Miene rappelte sie sich hoch und taumelte davon, splitternackt, panisch vor Angst und Entsetzen.

Ratcher schob oben im Haus die zuckende, blutige Masse, die einmal Bobby Cramer war, mit einem letzten brutalen Stoß von sich und trat ans Fenster. Von Kristin war weit und breit nichts zu sehen. Er rieb sich die Stelle am Kopf, an der Bobbys Uhr ihn getroffen hatte. Auf eine Hetzjagd durch die dunklen Straßen würde er sich nicht einlassen, dafür kannte er die Gegend nicht gut genug. Ratcher war selbstkritisch genug, um sich einzugestehen, dass er an Kristins Entkommen nicht ganz unschuldig war. Aber er war vorhin für einen Moment abgelenkt gewesen, weil ihm Bobby, trotz all der Kugeln in seinem Körper, etwas ins Ohr geflüstert hatte. Ratcher hatte schon viele Männer sterben sehen. Er hatte gelernt, ihre letzten Worte ernst zu nehmen.

Sollte es stimmen, dass ...? Unwirsch schüttelte er den Gedanken ab. Er zog ein Mobiltelefon aus der Tasche und wählte eine Nummer. Mit knappen Worten beschrieb er die Situation. Dann ging er hinunter ins Wohnzimmer und nahm, nachdem er Gummihandschuhe angezogen hatte, Kristins Dienstautomatik aus dem Halfter. Er achtete darauf, ihre Fingerabdrücke nicht zu verwischen, als er, ins Schlafzimmer zurückgekehrt, weitere Geschosse in Bobbys Körper jagte.

Dann warf er die Waffe weg und verließ das Haus durch den Hintereingang. Geduckt verschwand er im Schutz der dichten Büsche, ohne ins Blickfeld der Nachbarn zu geraten, die sich, aufgeschreckt durch die letzten Schüsse, soeben verschlafen an ihre Fenster tasteten.

17

Kristin torkelte den Eichenweg entlang, eine schmale, zugeparkte Straße hinter Bobbys Haus. Ihr Verstand weigerte sich zu begreifen, was sie soeben erlebt hatte. Immer wieder erschien vor ihrem Auge Bobbys blutüberströmtes Gesicht. Immer wieder hörte sie das Zischen der schallgedämpften Schüsse, sah sie die beiden Männer in ihrem ungleichen Kampf miteinander ringen.

Bobby ist tot!

Sie spürte es, sie wusste es, und der Gedanke wütete wie ein Dämon in ihrem Kopf. Mühsam schleppte sie sich vorwärts. Ihre nackten Füße verursachten kaum Geräusche auf dem schorfigen Asphalt, der noch die Wärme des Tages in sich trug. Kristin duckte sich hinter einem Auto und lauschte für einen Moment, aber nichts deutete darauf hin, dass Ratcher ihr gefolgt war.

Sie schlug einen Bogen, bis sie vor Bobbys altem Ford stand, den er eine Querstraße vom Haus entfernt geparkt hatte. Sie schlich zur Rückfront und griff unter die zerbeulte Stoßstange. Ein Stoßseufzer der Erleichterung kam über ihre Lippen, als sie den Zweitschlüssel fand, der mit Dichtungsband am Blech befestigt war. Dieser Schlüssel, so hatte Bobby ihr einmal erklärt, sei für Notfälle gedacht. Was auch immer er dabei im Sinn gehabt hatte, es dürfte ihrer jetzigen Situation nicht einmal nahegekommen sein. Nach einem letzten vorsichtigen Blick in alle Richtungen schloss sie die Beifahrertür auf und glitt hinein. Sie rutschte hinüber auf den Fahrersitz und stieß den Zündschlüssel ins Schloss. Die Scheinwerfer schaltete sie erst ein, als sie auf die Königsbrücker Straße bog und ihr die ersten Fahrzeuge entgegenkamen. Sie fuhr einfach geradeaus, noch immer unfähig, einen klaren Gedanken zu fassen. Heiße Tränen strömten über ihre Wangen. Bobby war tot.

Was konnte sie jetzt tun? Am sinnvollsten erschien es ihr, zum nächsten Polizeirevier zu fahren. Oder, trotz des weiteren Weges, sofort zum Landeskriminalamt in der Neuländer Straße? Kristin entschied sich für das Polizeirevier Dresden-Nord, das nur zehn Minuten entfernt lag, auf der Bautzner Straße.

Der Beamte, der die Nachtaufsicht führte, schrak von seiner Zeitschrift hoch, als eine junge Frau, nackt bis auf die graue Wolldecke, die sie sich um den Körper geschlungen hatte, die Schalterräume betrat.

»Kriminalkommissarin Eggert, LKA«, brachte Kristin mit letzter Kraft hervor. »Ein Mord in der Haldenstraße 32a. Mein ... mein Verlobter Bobby Cramer ist erschossen worden.«

»Um Gottes willen!« Der Beamte kam um seinen Schreibtisch herum und geleitete Kristin zu einem Stuhl. »Setzen Sie sich erst einmal.«

»Sie müssen sofort einen Streifenwagen zu dem Haus schicken.« In Kristins Kopf hämmerte es. »Und einen Krankenwagen. Vielleicht ...«

»Hier.« Der Mann goss Kaffee aus einer Kanne in einen Plastikbecher. »Ich hole schnell eine Kollegin, dann unterhalten wir uns. Sind Sie verletzt?«

»Ich glaube nicht.«

»Okay. Einen Moment, ja?« Der Beamte verschwand durch eine Flügeltür.

Kristin starrte auf den Styroporbecher. Vom Schreibtisch erklang wie ein leises Murmeln der Polizeifunk. Zunächst schenkte sie ihm keine größere Aufmerksamkeit. Doch dann war von der Haldenstraße die Rede.

»... eine tote männliche Person, ca. dreißig Jahre. Zahlreiche Einschusswunden. Es handelt sich vermutlich um den Eigentümer des Hauses, Bobby Cramer ...«

Kristin stand auf und ging näher zum Schreibtisch, um besser hören zu können. Der nächste Satz ließ sie erstarren.

»Tatverdächtig ist seine Freundin Kristin Eggert. Achtundzwanzig Jahre, lange braune Haare, schlanke Figur. Achtung: Die Tatverdächtige ist flüchtig und möglicherweise bewaffnet. Es handelt sich um eine Polizistin. Kriminalkommissarin beim LKA.«

Kristin merkte nicht, dass sie den Atem anhielt, bis ihr schwindlig wurde. Was war hier los? Seit ihrem Sprung aus dem Fenster waren keine zwanzig Minuten vergangen. Selbst wenn inzwischen ein Streifenwagen am Tatort war – wie konnten die Beamten in so kurzer Zeit eine Tatverdächtige benennen? Und aufgrund welcher Indizien wurde sie verdächtigt? Kristin vergegenwärtigte sich noch einmal den zeitlichen Ablauf der Ereignisse. Nein, diese Funkmeldung ergab keinen Sinn. Jedenfalls nicht zum jetzigen Zeitpunkt.

Durch das Glas der Flügeltür sah sie den Beamten mit einer Frau vom Typ Gefängniswärterin zurückkommen. Grimmige Entschlossenheit blitzte in ihren Augen. Hatten die beiden ebenfalls den Polizeifunk gehört? Kamen sie, um sie festzunehmen?

Kristin wirbelte herum, als sich die Eingangstür auf der anderen Seite öffnete.

Streifenpolizisten brachten zwei junge Männer herein, die stockbetrunken wirkten. Schnell breitete sich im ganzen Raum der Geruch billigen Wermuts aus. Als einer der Betrunkenen herumzukrakeelen begann und plötzlich etwas Durcheinander herrschte, schlüpfte Kristin blitzschnell durch die Tür. Mit weichen Knien ging sie bewusst langsam den Gang entlang.

Nicht rennen. Niemand beobachtet dich.

Als sie um die erste Ecke gebogen war, rannte sie trotzdem. Kaum hatte sie das Gebäude verlassen, sprang sie in den Ford, startete und fuhr los, auf die Bautzner Straße und dann in Richtung Stadtgrenze.

Während sie all ihre Kraft aufbringen musste, um das Lenkrad ruhig zu halten, wurde ihr mehr und mehr bewusst, dass winzige, aber offenbar entscheidende Stücke fehlten in dem Bild, das sie vor sich sah. Sie hatte etwas übersehen.

»Denk nach!«, sagte sie laut zu sich selbst. »Denk nach!« Irgendetwas stimmte nicht.

Als sie das Brauhaus am Waldschlösschen passiert hatte, stoppte sie und bog nach links in eine dunkle Sackgasse. Hier hatten sie und Bobby oft den Wagen abgestellt, wenn sie abends im Brauhaus noch ein Bier trinken wollten. Langsam rollte sie bis zum Ende der Straße, wo das dichte Grün der Bäume über den parkenden Autos hing. Sie stieß in eine Lücke, schaltete den Motor aus und sank auf ihrem Sitz zusammen. Die alte Decke, die sie im Kofferraum gefunden hatte, zog sie sich über den Kopf. Dunkelheit. Erschöpft schloss sie die Augen, aber ihr Bewusstsein, das nicht ruhte, weil es keine Ruhe finden konnte, raste durch die Ereignisse der letzten Stunden.

Zum einen war da Ratchers Festnahme am Hauptbahnhof.

Was, wenn es sie gar nicht gegeben hatte?

Der Gedanke, einmal in ihrem Kopf, ließ sie nicht mehr los. Verzweifelt stieß sie den Hinterkopf gegen die Nackenstütze des Fahrersitzes. Lag diese Möglichkeit nicht sogar nahe? Wie sollte Ratcher so schnell geflohen sein? Wer hätte in so kurzer Zeit eine Befreiungsaktion organisieren können? Hatte Finn Gabriel Bobby also belogen? Und wenn ja, warum?

»Das kann nicht sein!« Kristins Fäuste trommelten gegen das Lenkrad. Der Gedanke hatte etwas Ungeheuerliches.

Aber da war auch noch die ominöse Funkmeldung. Wieso wurde nur wenige Minuten nach Bobbys Tod bereits verbreitet, dass sie die Tatverdächtige sei? Wer hatte so viel Einfluss, um nach so kurzer Zeit eine solche Meldung zu lancieren?

Wieder landete sie bei Finn Gabriel. Als Lucas Helbig noch sächsischer Ministerpräsident war, hatte Gabriel die Sicherheitsabteilung der Staatskanzlei geleitet. Aus dieser Zeit kannte er sie alle, den Polizeipräsidenten, den Chef des Landeskriminalamtes, die Leiter der Polizeidirektionen. Damals hatte er dafür gesorgt, dass die wichtigsten Posten mit Männern seines Vertrauens besetzt wurden. Einer von ihnen war Karl-Heinz Riemer, der mittlerweile zum Präsidenten des LKA aufgerückt war. Ihr Chef. Ihm wurde sogar ein besonders gutes Verhältnis zu Gabriel nachgesagt.

Kristins Finger krallten sich in die Wolldecke. Die Dienstvorschriften verlangten, dass sie sich unverzüglich über die Notrufnummer bei der Zentrale meldete. Aber wie sie die Fakten auch drehte und wendete, ihr einmal gewecktes Misstrauen blieb.

»Es geht nicht. Ich kann es nicht tun!«, flüsterte sie. Solange sie als Tatverdächtige gesucht wurde, solange sie nicht wusste, welche Rolle Finn Gabriel spielte und wer in der Dresdner Polizei derartige Funkmeldungen lancierte, solange musste sie sich von ihren eigenen Leuten fernhalten.

Was war gestern am Hauptbahnhof passiert? Das galt es herauszufinden. Als Allererstes. Nur wie?

Mit jeder Sekunde, die verstrich, wurde Kristin ihre prekäre Lage klarer. Ratcher hatte es auf Helbig abgesehen. Doch sie konnte den Mann, der für die Sicherheit des Bundeskanzlers verantwortlich war, nicht warnen, weil sie nicht wusste, auf welcher Seite er stand. Und auch ihr eigenes Leben war in höchster Gefahr. Ratcher würde sie unerbittlich jagen, weil ihre bloße Existenz seinen Plan bedrohte. Er konnte es sich nicht leisten, sie am Leben zu lassen.

Egal, von welcher Seite sie das Problem auch betrachtete, sie kam immer wieder auf dieselbe Antwort: In Dresden gab es nur einen Menschen, an den sie sich jetzt wenden konnte.

Mark Cramer.

18

Das elegante Apartmenthaus am Altmarkt verfügte über einen Lift, aber Ratcher entschied sich für die Treppe. Eine Minute später stand er vor Mark Cramers Wohnungstür im sechsten Stock. Sie war mit einem teuren Sicherheitsschloss ausgestattet, das für Ratcher jedoch kein Problem darstellte. Denn er besaß einen Universalschlüssel für die Schließanlage des Hauses. Er liebte die Perfektion, und sein Auftritt als Wachmann war perfekt. Der Schlüssel stammte ebenso wie die Uniform, die er trug, von einem Mitarbeiter der Sicherheitsfirma, die dem Gebäudekomplex viermal pro Nacht einen Besuch abstattete. Der Mann war vor wenigen Minuten zu seiner letzten Inspektionsrunde erschienen. Seine Leiche hatte Ratcher in einer Mülltonne entsorgt.

So leise wie möglich schloss er die Tür auf, dann zog er seine Waffe. Nirgendwo schien Licht zu brennen. Er schlich zum Schlafzimmer. Niemand. Wohnzimmer, Bad und Küche waren ebenfalls leer. Etwas verstimmt ließ Ratcher seine Taschenlampe kreisen. Das Apartment war klein, aber sehr geschmackvoll eingerichtet, mit Möbeln aus Italien, die man nur in ausgewählten Läden erhielt. Anerkennend registrierte Ratcher, wie weich der Teppich war und wie angenehm sich das Leder der Stühle anfühlte.

Er ging ins Bad und fasste prüfend die Handtücher an, besah sich die Edelstahlspüle in der Küche und das säuberlich gemachte Bett im Schlafzimmer. »Wo bist du, Mark?«, murmelte Ratcher. »Wohin hast du dich verkrochen?«

Sein Auftraggeber hatte die Vermutung geäußert, dass Kristin Eggert bei Mark Cramer auftauchen könnte. Doch es deutete nichts darauf hin, dass sich in den letzten Stunden jemand in der Wohnung aufgehalten hatte. Es gab auch keine Anzeichen eines überhasteten Aufbruchs. Möglicherweise war Cramer ja gar nicht in der Stadt. Aber wusste Kristin das? Oder würde sie in den nächsten Minuten hier erscheinen, verängstigt und noch unter Schock stehend? Als Ratcher sich ihr Gesicht vorstellte, wenn er die Tür öffnete, jagte ein Schauer des Vergnügens über seinen Rücken.

19

Kristin fuhr auf der Quorener Straße in Richtung Gönnsdorf, einer Retortensiedlung im Schönfelder Hochland. Noch ehe die ersten Häuser auftauchten, bog sie nach links in eine schmale, asphaltierte Straße, die nach etwa vierhundert Metern an einem alten Wasserturm endete. Von dort führte ein unbefestigter, zerfurchter Weg in den Wald hinein, gerade breit genug für ein Auto. Sie verlangsamte das Tempo, als der Ford über Steine und getrockneten Schlamm holperte. Ihre ohnehin strapazierten Nerven wurden auf eine harte Probe gestellt.

Schier endlos zog der Weg sich in die Länge.

Doch dann sah sie unter dem Blätterdach einer hoch aufragenden Kastanie Mark Cramers schwarzen BMW. Kristin atmete auf. Sie parkte den Ford daneben, schlang die zerschlissene Decke fester um ihren Körper und stieg aus. Kiefernnadeln stachen in ihre nackten Füße, als sie zwischen den Bäumen verschwand. Ihr Ziel war ein kleines, holzverkleidetes Cottage, das inmitten von Bäumen, Sträuchern und Wildblumen stand. Hier verbrachte Mark Cramer die meisten seiner Wochenenden.

Es fiel Kristin nicht leicht, sich ausgerechnet an ihren früheren Freund zu wenden, zumal nach ihrer letzten Begegnung. Doch sie sah keine andere Lösung. In Dresden hatte sie sonst niemanden. Außerdem schwirrten in ihrem Kopf tausend Fragen herum, und Mark verfügte über die Kontakte, um Antworten auf diese Fragen zu finden. Vor allem aber konnte sie ihre Trauer mit ihm teilen. Sie brauchte einen Menschen, der sie in den Arm nahm, wenn sie um Bobby weinte. Bei allen verletzenden Worten, die zwischen Mark und Bobby in den letzten Monaten gefallen waren – er war der Einzige, der erahnen konnte, was sie soeben durchlitt. Er war schließlich Bobbys Bruder.

Sie erschrak, als sie beim Näherkommen sah, dass die Außenlampe des Häuschens brannte. Hell schien sie auf die weißen Schindeln und die handbemalten Fensterläden, die geschlossen waren, wie es an einem frühen Samstagmorgen zu erwarten war.

Eine dunkle Gestalt machte sich am Schloss zu schaffen.

Kristin spürte, wie sich ihre Nackenhaare aufrichteten. Sollte Ratcher etwa vor ihr ...? Sie zögerte kurz, doch dann erkannte sie die ihr bestens vertraute Statur von Mark Cramer. Erleichtert lief sie auf ihn zu.

»Mark! Zum Glück bist du hier!«

Überrascht drehte er sich um. Vor lauter Erschöpfung bemerkte Kristin nicht sein versteinertes Gesicht, seine wilden, zornigen Augen, die sich zu kleinen Schlitzen zusammenzogen.

»Mark, es ist so entsetzlich. Bobby ist ...!«

Sie kam nicht dazu, den Satz zu beenden, weil er plötzlich ausholte und ihr eine brutale Ohrfeige versetzte.

»Du wagst es, hierherzukommen?«, schrie er wutentbrannt und schlug noch einmal zu, diesmal mit der anderen Hand. Entsetzt taumelte sie zurück, völlig taub im Gesicht. »Du wagst es, ausgerechnet zu mir zu kommen?« Seine Stimme überschlug sich vor Fassungslosigkeit. Er packte sie am Arm und schleuderte sie gegen die Hauswand. Wieder klatschte seine Hand auf ihre Wange, auf der sich im Licht der Außenlampe bereits fünf Finger abzeichneten.

»Du Miststück!« In rasendem Zorn schlug er auf sie ein. Ihre Decke rutschte herunter, als sie versuchte, ihr Gesicht zu schützen. Aber sie hatte keine Chance gegen seine wütenden Attacken.

»Was hat dir mein Bruder getan?« Er packte sie am Hals, zwang sie, ihn anzusehen. »Rede mit mir!«, schrie er. »Wieso? Was hat Bobby dir getan?«

»Ich ...« Sie würgte.

»Rede, solange du noch kannst!« Seine kräftigen Finger schlossen sich noch fester um ihren Hals, mit der anderen Hand prügelte er weiter auf sie ein.

»Mark, bitte ...«, quetschte Kristin hervor.

Ihr Gesicht war knallrot angelaufen. Mit den Fäusten trommelte sie gegen seine Brust, aber er schien es nicht einmal zu bemerken. Sie spürte, wie sie nahe daran war, das Bewusstsein zu verlieren. Doch mit einem Mal ließ er sie los. »Du bist es nicht wert, dass ich mir die Finger an dir schmutzig mache«, knurrte er. »Ich rufe die Polizei!«

Sie sackte nach unten, rollte sich schmerzverzerrt zusammen. Vor ihren Augen lag ein nebliger Schleier. »Woher ...«, hörte sie sich krächzend fragen. »Woher weißt du es?«

Er sah auf sie hinab, zitternd vor Abscheu. »Aus den Nachrichten.« Vor Wut versetzte er ihr einen Fußtritt. »Ich habe aus den Nachrichten erfahren, dass mein Bruder tot ist. Kannst du dir das vorstellen?«

Kristin stöhnte auf. Alles in ihr tobte und brodelte. Der Schmerz war unerträglich. Aber in Mark Cramer glomm nicht der kleinste Funken Mitleid. Grob zerrte er sie nach oben. Wie einen Sack warf er sie sich über die Schulter. Im Wohnraum, der gleichzeitig als Schlafzimmer diente, ließ er sie unsanft aufs Bett fallen. Dann fesselte er sie mit Handschellen an das Eisengestell des Bettes.

»Mark ...«, begann sie wieder, aber er machte keine Anstalten, ihr zuzuhören. Wortlos wandte er sich ab und schaltete den Fernseher ein. Mit der Fernbedienung suchte er nach dem richtigen Kanal.

»Ich konnte nicht schlafen«, sagte er über die Schulter. »Da habe ich den Fernseher angemacht. Hier. Sieh es dir genau an!« Er zeigte mit der Fernbedienung auf den Bildschirm. »Ich ruf inzwischen bei der Mordkommission an.«

»Nein«, keuchte sie. »Bitte, gib mir fünf Minuten. Nur fünf Minuten. Danach kannst du anrufen, wen du willst.« Sie stöhnte vor Schmerz, aber es war nicht nur der Schmerz in ihrem Gesicht. Der Gedanke an Bobby zerriss ihr das Herz. Als sie in Marks Augen blickte, sah sie ebenfalls tiefe Trauer. Doch dahinter prasselte die Wut wie ein Kaminfeuer.

»Fünf Minuten wofür?«, fragte er zornig.

»Lass mich das erst sehen.« Mit dem Kopf wies sie zum Fernseher. Er zuckte mit den Schultern, griff dann aber nach einer Decke, die er über ihr ausbreitete. Kristin nickte dankbar.

Auf dem Bildschirm verkündete ein junger Mann gerade die Fünf-Uhr-Nachrichten.

»... Heute Nacht wurde der ehemalige BKA-Beamte Bobby Cramer, der im Zusammenhang mit dem Attentat auf Kanzler Lucas Helbig während des letzten Wahlkampfes bundesweit bekannt wurde, in seinem Haus in Dresden getötet. Die Ermittler haben zehn Kugeln in seinem Körper gefunden. Die Rede ist von einer regelrechten Hinrichtung ...«

Jetzt tauchte auf dem Bildschirm Bobbys Haus auf, das von den Scheinwerfern der Streifenwagen angestrahlt wurde. Männer in Uniformen und weißen Kitteln liefen zielstrebig hinein und heraus.

»... Die Polizei fahndet nach Kristin Eggert, der spurlos verschwundenen Freundin des Ermordeten. Die Achtundzwanzigjährige ist Ermittlerin beim Landeskriminalamt. Neben dem Toten wurde ihre Dienstwaffe gefunden. Ein Zeuge soll von einem heftigen nächtlichen Streit des Paares berichtet haben. Ersten Ergebnissen der Spurensicherung zufolge handelt es sich bei den Geschossen, die in der Leiche gefunden wurden, wahrscheinlich um Patronen aus Kristin Eggerts Waffe.«

Jetzt tauchte ein Bild von ihr auf, das Passfoto aus ihrem Dienstausweis. Der Nachrichtensprecher nannte eine Telefonnummer, unter der Hinweise entgegengenommen wurden, und schloss mit der überflüssigen Bemerkung, dass wahrscheinlich ein Haftbefehl gegen die junge Polizistin ergehen werde.

Kristin schüttelte immer wieder den Kopf.

Mark schaltete den Fernseher ab und trat vor sie. »Ich frage dich ein letztes Mal«, sagte er. »Was war zwischen Bobby und dir? Worüber habt ihr gestritten?«

Sie öffnete den Mund, um etwas zu sagen. Aber der Schmerz saß so tief in ihr, dass sie einfach nicht in der Lage war, ihre Gedanken unter Kontrolle oder gar in eine logische Reihenfolge zu bringen. Zu schrecklich waren die Ereignisse der letzten Nacht.

»Ratcher«, würgte sie mit Mühe hervor. »Ratcher hat Bobby erschossen.«

Marks Reaktion erinnerte sie an ihre eigene, als Bobby den Namen gestern erstmals erwähnt hatte. Mit einem Ausdruck völliger Verständnislosigkeit starrte er sie an. »Wovon redest du?«

»Ratcher«, beharrte sie. »Der Killer, der es vor drei Jahren auf Helbig abgesehen hatte. Er ist wieder da. Er hat Bobby getötet. Aus Rache.«

»Der große Unbekannte also, ja?«, sagte Mark kopfschüttelnd. Offensichtlich glaubte er ihr kein Wort. »Na schön, Kristin. Ich ruf jetzt in der Polizeidirektion an, damit dich jemand abholt ...« Er griff nach dem Telefon.

Sie holte mit geschlossenen Augen tief Luft und schluckte den dicken Kloß hinunter, der in ihrem Hals steckte.

»Hör mir endlich zu, Mark!«, brach es aus ihr hervor. »Und nimm mir diese beschissenen Handschellen ab!« Sie zerrte wild daran. »Was glaubst du eigentlich, wie mir zumute ist? Bobby ist heute Nacht vor meinen Augen erschossen worden. Willst du die Wahrheit erfahren oder nicht?«

Etwas in ihrer Stimme ließ ihn innehalten. Er legte das Telefon wieder zur Seite. Dann nahm er sich einen der Kiefernholzstühle und setzte sich umgekehrt darauf, so dass er die Arme auf die Lehne stützen konnte.

»Na schön, Kristin, dann schlage ich vor, dass du mir von Anfang an erzählst, was heute Nacht passiert ist. Aber ich warne dich. Sobald ich dich bei einer Lüge ertappe, stehe ich auf und gehe. Verstanden?«

Sie stieß einen Stoßseufzer aus und nickte. Dann erzählte sie ihm alles.

20

Ratcher spürte sein Herz schlagen, als er sich in Marks Apartment umsah.

Da war sie wieder, die Lust am Verbotenen, am Gefährlichen, das sein Leben war. Es gehörte zu seinem Beruf, in Häuser und Wohnungen einzudringen, vorbei an Kameras, Sicherheitspersonal, Alarmanlagen. Er liebte die Momente, wenn er fremde Welten erforschte, immer auf der Hut vor vorzeitigen Heimkehrern oder übereifrigen Wachmännern. Dass der erste Einbruch nach seiner Rückkehr ausgerechnet bei einem Staatsanwalt stattfand, empfand er als eine vergnügliche Ironie des Schicksals. Wenn er für etwas empfänglich war, dann für Ironien. Sie machten das Leben viel lebenswerter.

Er trat an den schweren Schreibtisch. Der Anrufbeantworter zeigte keine eingegangenen Nachrichten an. Der Schreibblock daneben war ebenfalls leer. Penibel prüfte Ratcher mit einer Lupe, ob es auf dem obersten Blatt durchgedrückte Notizen gab. Nichts. An einer Pinnwand hingen neben einer Liste mit Telefonnummern zwei kleinere Fotos. Das eine zeigte Mark Cramer im Gerichtssaal, im dunklen Anzug und mit triumphierendem Grinsen. Das andere war ein Schnappschuss, offenbar in einem Garten aufgenommen. Mark saß mit gebräuntem Oberkörper und einer Flasche Becks Lemon im Liegestuhl. Im Hintergrund war die Fassade eines einfachen Häuschens zu erkennen.

»Sieh mal an!«, murmelte Ratcher. Er zog eine kleine Digitalkamera mit einem extrastarken Blitzlicht aus der Tasche und fotografierte beide Bilder, die Telefonnummern und die voll gekritzelte Schreibtischunterlage. In der untersten Schublade des Schreibtischs fand er ein Adressbüchlein, das er ebenfalls fotografierte. Systematisch durchsuchte er die anderen Schubladen und Schränke, Unterlagen und Ordner, hob vorsichtig Blätterstapel an, las in handschriftlichen Notizen und durchblätterte Fotoalben. Danach suchte er die Wände nach einem Safe ab, fand aber keinen. Er schaltete Marks Computer ein, musste jedoch feststellen, dass der Zugang erwartungsgemäß mit einem Passwort gesichert war. Verärgert warf er einen Blick auf die Uhr. Er hatte keine Zeit, es zu entschlüsseln, zumal er kein Experte auf diesem Gebiet war. Also schaltete er den Computer wieder aus. Er würde sich mit dem begnügen müssen, was er hatte. Sorgfältig schloss er die Tür wieder ab und verließ lautlos das Haus.

21

»Und das soll ich dir glauben, ja?«

»Es ist die Wahrheit, Mark«, erwiderte Kristin schlicht.

Mark Cramer stand mit zusammengepressten Lippen vor ihr und starrte ins Leere. Was er soeben gehört hatte, war die unglaublichste Geschichte, die man ihm je aufgetischt hatte. Völlig verrückt. Allerdings hatte er Kristin mit Argusaugen beobachtet, während sie redete, hatte auf ihren Tonfall ebenso geachtet wie auf ihre Worte und ihre Mimik. Er hatte nicht den Eindruck, dass das, was sie ihm erzählt hatte, für ihn zurechtgebogen war. Wie sie da vor ihm lag, ein Häufchen Elend, das seine letzten Kräfte brauchte, um überhaupt reden zu können, kam sie ihm wie das vor, was sie vorgab zu sein: Eine Überlebende. Aber ihre Story war einfach zu ...

»Verdammt!« Mark rieb mit den Händen über seine stoppligen Wangen und setzte sich wieder auf den Stuhl. »Mal sehen, ob ich das alles richtig verstanden habe, Kristin. Du sagst also, dass der als Ratcher bekannte Auftragskiller, der vor drei Jahren ein Attentat auf Lucas Helbig verübt hat, plötzlich wieder aufgetaucht ist?«

Ein unsicheres Nicken war die Antwort.

»Um einen erneuten Anschlag auf Helbig zu verüben?«

Das Nicken wurde noch zaghafter, so, als glaube Kristin selbst nicht mehr, was sie soeben erzählt habe.

»Du sagst weiter, dass dieser Ratcher heute Nacht in Bobbys Wohnung aufgetaucht ist und ihn erschossen hat, während du ihm um Haaresbreite entwischt bist?«

Wieder das kaum wahrnehmbare Nicken.

»Aber damit nicht genug, Kristin, du vermutest auch, dass der Sicherheitschef des Kanzleramtes, Finn Gabriel, mit Ratcher gemeinsame Sache macht? Du glaubst das, weil Bobby nach seinen Erzählungen gestern Abend Ratcher am Flughafen gesehen und sofort Gabriel informiert hat. Später hat er in deinem Beisein von Gabriel einen Anruf erhalten, demzufolge Ratcher von BKA-Beamten festgenommen wurde. Ist das so richtig?«

»Ja. Wir haben daraufhin eine Flasche Champagner geöffnet und gefeiert ...« Ihre Stimme erstarb.

»Du glaubst, dass Gabriel gelogen hat.«

»Kannst du dir vorstellen, dass das BKA den meistgesuchten Verbrecher der Bundesrepublik schnappt und ihn ein zweites Mal entkommen lässt?«

Mark wiegte zweifelnd den Kopf. »Aber wenn deine Vermutung zutrifft, bedeutet das, dass die Anweisung, Bobby und dich heute Nacht zu töten, wahrscheinlich ebenfalls von Gabriel stammt.«

Sie zuckte mit den Schultern. »Ratcher tat so, als wäre er nur gekommen, um sich an Bobby zu rächen, wegen damals. Ich glaube aber, dass das nur ein Nebenaspekt war. Bobby musste sterben, weil er Ratcher gesehen hat. Gabriel hat ihn mit der Geschichte von der Festnahme hinhalten wollen, um Ratcher die Gelegenheit zu geben ...« Ihre Augen füllten sich wieder mit Tränen.

»Aber warum, Kristin?«, fragte Mark schnell. »Finn Gabriel ist der engste Vertraute des Kanzlers. Die beiden kennen sich seit einer Ewigkeit. Gabriel war schon mit Helbigs Vater befreundet. Warum um Himmels willen sollte er an einem Komplott gegen sein Patenkind mitwirken?«

»Ich weiß es nicht.« Müde ließ sie den Kopf auf das Kissen sinken. Ihre Arme waren noch immer an das Bettgestell gefesselt, aber sie achtete nicht mehr darauf.

Mark stand auf und stellte den Stuhl zur Seite. »Na schön. Ich sag dir, was ich jetzt tue. Obwohl das an einem Samstag alles andere als leicht ist, werde ich versuchen, irgendein Indiz zu finden, das deine Geschichte stützt. Ich fahre sofort in die Stadt. Außerdem muss ich meinen Bruder sehen«, fügte er mit brüchiger Stimme hinzu.

»Was wird aus mir?«, fragte sie.

»Du bleibst hier, bis ich zurückkomme. Und damit ich mir dessen sicher sein kann ...«

»Moment mal! Du willst mich doch nicht etwa den ganzen Tag so liegen lassen?« Sie klirrte aufgebracht mit den Handschellen.

»Nein.« Er zog einen Schlüssel aus der Tasche und nahm sie ihr ab. »Aber ich behalte deinen Autoschlüssel.«

»Was soll das, Mark? Ich merke doch, dass du mir glaubst. Wir wissen nicht, wie viel Zeit uns bleibt, ehe Ratcher zuschlägt. Wir müssen das BKA informieren.«

»Nicht so schnell, Kristin. Es *könnte* sein, dass ich dir glaube, mehr nicht. Aber ich will eine Bestätigung.«

Kristin begriff, dass ihr keine Wahl blieb. »Na schön. Aber sei vorsichtig! Wenn Gabriel merkt, dass du Nachforschungen anstellst, wirst du in seinen Augen ebenfalls zu einer Gefahr.«

22

Mark fuhr nicht auf direktem Weg in die Innenstadt, sondern zunächst über das Blaue Wunder und Tolkewitz nach Heidenau, einer kleinen Stadt östlich von Dresden, die sich wie eine Gürtelrose an der Bundesstraße 172 entlangzog. Die Cramers lebten hier in einem ehemaligen Lagerhaus, das in den neunziger Jahren umgebaut worden war. Jetzt beherbergte es im Erdgeschoss eine Bäckerei und in den beiden oberen Etagen großzügige Apartments.

Es war kurz vor sieben, die Bäckerei hatte schon geöffnet. Brötchenduft vermischte sich mit der frischen Morgenluft.

Mark ging davon aus, dass seine Eltern noch nicht wussten, was geschehen war. Sie besaßen keinen Fernseher. Für die Zeitungen war die Meldung viel zu spät gekommen, und ein Beamter der Mordkommission würde erst im Laufe des Vormittags erscheinen. Mark wusste nicht, wie er ihnen beibringen sollte, dass ihr Jüngster tot war. Er sorgte sich vor allem um seine Mutter, die nach einem leichten Schlaganfall im vergangenen Jahr jede Aufregung meiden musste. Ella Cramer war eine stämmige, warmherzige Frau mit einem ausgeprägten Gerechtigkeitssinn. Nie hatte sie einen Zweifel daran gelassen, dass ihre Söhne für sie das Wichtigste auf der Welt waren. Mark und Bobby waren in einer Welt voller Liebe und Zärtlichkeit aufgewachsen. Zu Ellas Leidwesen hatten sich die beiden Brüder nie sonderlich viel zu sagen. Zu sehr unterschieden sie sich in Statur, Temperament und Alter. Aber gegen Außenstehende hielten die Cramers immer zusammen. Als Bobby nach Ratchers Flucht plötzlich in die Schlagzeilen geriet, hatte sich die gesamte Familie schützend vor ihn gestellt.

Auch sein Vater.

Peter Cramer, ein wortkarger Oberlausitzer, gehörte zu den Männern, die den Dienst für ihr Land als höchste Auszeichnung verstanden, sei es als Polizist in Dresden, als Staatsanwalt - oder als Personenschützer beim Bundeskriminalamt. Er war verdammt stolz auf den Weg, den seine Söhne gegangen waren. Umso weniger Verständnis hatte er aufgebracht, als sein Jüngster lieber den Dienst quittierte, als um seine Ehre zu kämpfen. Aber nie hätte er seine Enttäuschung gegenüber Dritten eingestanden. Die Cramers hielten nun einmal zusammen.

Es traf Ella tief, als sie bemerkte, dass sich ihre Jungs wegen einer Frau noch weiter voneinander entfernten. Plötzlich gab es keine gemeinsamen Sonntagsessen in Heidenau mehr, kein Barbecue zu viert hinter dem Haus. Stattdessen verletzende Worte zweier Brüder, zwischen denen rein gar nichts mehr in Ordnung war. Sie ergriff nie Partei, aber insgeheim wusste sie, dass Bobby und Kristin füreinander bestimmt waren. Sie mochte die junge Frau mit den traurigen Augen und spürte, dass sie für ihren sensiblen Bobby die Richtige war. Nie hatte sie die Hoffnung aufgegeben, dass es im Laufe der Zeit zu einer Versöhnung ihrer Jungs kommen würde.

Mark parkte direkt vor dem Bäcker und ging zum Seiteneingang, der ins Treppenhaus führte. Er besaß noch immer einen Schlüssel für die Wohnung seiner Eltern, mit dem er die Tür öffnete.

Leise trat er ein.

Es roch nach frisch gemahlenem Kaffee. Auf dem Küchentisch war ein reichhaltiges Frühstück vorbereitet. Rührei mit Schinkenspeck, Bauernleberwurst, mehrere Sorten Marmelade und cremiger Blütenhonig. Dazu gab es warme Brötchen und eine Platte Zuckerkuchen aus der Bäckerei im Erdgeschoss. Peter

Cramer stand im Morgenmantel am Fenster, in der Hand ein Glas Orangensaft.

»Mark, ich hab dich kommen sehen. Was führt dich denn so früh her?«

»Morgen, Papa. Wo ist Mama?« Mark vermied es, seinen Vater anzusehen. »Ich muss mit euch reden.«

Diese Worte, scheinbar gleichmütig ausgesprochen, ließen Peter Cramer das Blut in den Adern gefrieren. Als Polizist hatte er Dutzende Familien besucht, um nach einem Verkehrsunfall die schrecklichste aller Nachrichten zu überbringen. Stets hatte er dabei in dem gleichen unheilschwangeren Ton gesprochen.

»Bobby?«, fragte er fassungslos. Seine Hand krallte sich um eine Stuhllehne, das Glas mit dem Orangensaft fiel herunter.

»Mark, was machst du denn hier?« Seine Mutter kam freudig überrascht herein. »Lass dich umarmen, mein Großer!« Als sie ihn küssen wollte, sah sie seine versteinerte Miene. »Um Gottes willen, was ist denn?«, fragte sie erschrocken. Sie warf einen Blick auf ihren Mann, dann wieder auf Mark.

Beide sahen sie an. Niemand sprach ein Wort.

»Bobby?«, flüsterte sie.

Mark nickte unmerklich.

Er wusste, dass er das abgrundtiefe Entsetzen, das in ihre Augen trat, niemals würde vergessen können.

23

Als er eine Stunde später über die B 172 in Richtung Dresden jagte, waren seine Augen gerötet und die Wangen verquollen. Er spürte jeden Schlag seines Herzens und merkte, wie die Wut allmählich wieder hinter seiner übergroßen Trauer hervorkehrte. Er wollte wütend sein, er musste es sein, um nicht völlig zu verzweifeln angesichts des Unglücks, das plötzlich über seiner Familie lag. Ein

Unglück, das ihn einen Bruder gekostet und das Leben seiner Eltern zerstört hatte. Er musste die Wut fühlen, weil sie ihm über seine Verzweiflung hinweghalf.

Mark machte sich nicht die Mühe, erst in seine Wohnung zu fahren, sondern nahm den kürzesten Weg zum Leichenschauhaus im Stadtteil Johannstadt. Als sich der Wachmann am Eingang anschickte, Schwierigkeiten zu machen, hielt er ihm wortlos seinen Ausweis unter die Nase. Ein Angestellter wurde herbeigerufen. Zunächst wirkte er etwas gereizt über die frühe Störung, aber dann warf auch er einen Blick auf Marks Ausweis. Seine Augen wanderten über das Gesicht des Staatsanwalts und seine mächtigen Oberarme.

Er beschloss zu kooperieren. »Wie kann ich Ihnen helfen?«, fragte er vorsichtig.

»Bobby Cramer.«

Der Angestellte musste keinen Blick auf seine Liste werfen. »Ah ja. Ist erst vor einer Stunde gekommen. Er liegt ... oh ...« Jetzt erst wurde ihm klar, mit wem er gerade sprach. »Es tut mir leid, Herr Cramer.«

»Er ist mein Bruder. Ich will ihn sehen. Jetzt.«

»Natürlich. Bitte folgen Sie mir!«

Der Angestellte verschwand für einen Moment im abgetrennten Glasabteil des Wachmannes, um telefonisch die Vorbereitung der Leiche zur Besichtigung anzuordnen. Dann fuhren sie mit dem Fahrstuhl eine Etage nach oben und gingen einen sehr langen Flur entlang. Der Angestellte war taktvoll genug zu schweigen. Schließlich blieb er vor einer Tür stehen und öffnete sie.

»Bitte, Herr Staatsanwalt!«

Mark kannte den typischen medizinischen Geruch des Leichenschauhauses, der nur entfernt etwas mit dem Geruch in Krankenhäusern oder Arztpraxen zu tun hatte. Normalerweise achtete er gar nicht mehr darauf, aber heute fühlte er sich wie in einer Gaskammer. Er versuchte, die Luft anzuhalten, wusste aber, dass es sinnlos war. Also gab er es wieder auf. In der Mitte des fensterlosen, weiß gefliesten Raumes stand eine Rollbahre, die mit einem weißen Tuch bedeckt war. Darunter zeichneten sich die

Umrisse eines menschlichen Körpers ab. Mark wartete nicht auf den Angestellten, er ging zur Bahre und hob das Tuch an.

Bobby wirkte friedlich, trotz der Blessuren. Auf seinen Lippen lag sogar die Andeutung seines jungenhaften Lächelns. Die Nase war lädiert, knapp unterhalb der rechten Schläfe war ein länglicher Kratzer zu sehen und an der linken Kopfseite eine hässliche Einschusswunde.

Als Mark das Tuch weiter anhob, sah er den mit Löchern übersäten Oberkörper. Wut flammte in ihm auf.

Wer hat dir das angetan, Bobby? Wer hat dich so sehr gehasst?

Er konnte einfach nicht glauben, dass dies Kristins Werk sein sollte. Der Kratzer, ja, vielleicht auch die Blessuren, sie konnte impulsiv sein. Aber sieben oder acht Kugeln?

Der Angestellte hüstelte verlegen.

Mark wandte sich mit eisiger Miene um. »Ja?«

»Ich wollte nur sagen, wenn Sie gern für ein paar Momente mit Ihrem Bruder allein wären ...«

»Wäre ich. Danke.«

Der Mann verließ wortlos den Raum.

Mark Cramer betrachtete seinen toten Bruder, dann legte er die Hand auf seine Wange. Sie war kalt, aber weich. Er beugte sich hinunter und küsste Bobby auf die Stirn.

»Ich weiß nicht, ob du das hören kannst«, sagte er leise, »aber es gibt ein paar Dinge, die ich dir sagen muss. Mir ist klar, dass ich nie der große Bruder war, den du dir gewünscht hast. Über das Warum habe ich immer wieder nachgedacht. Gut, wir lagen ein paar Jahre auseinander und wir waren grundverschieden. Doch das sind alles keine Gründe. Ich weiß es einfach nicht. Aber es tut mir leid, Bobby, es tut mir wirklich leid. Ich hätte öfter für dich da sein sollen.«

Er achtete nicht auf die Tränen, die in ihm aufstiegen.

»Da ist noch etwas, was du wissen sollst. All das Gute, all das Besondere, das unsere Eltern verkörpern, das steckte auch in dir. Ich habe dich oft darum beneidet, Bobby. Du warst wie sie. Einfach ... anständig. Du konntest Recht von Unrecht unterscheiden. Und du hast in der Überzeugung gelebt, dass das wichtig ist.« Mark räusperte sich, weil in seiner Kehle ein dicker Kloß steckte. »Dann ist da noch Kristin.« Er senkte den Blick. »Schon vor Monaten hätten wir darüber reden müssen. Aber es ging nicht. Mein Stolz stand mir im Weg. Ich meine, wer wird schon gern wegen seines kleinen Bruders verlassen? Ich war viel zu wütend, um mir Gedanken darüber zu machen, was Kristin dir bedeutete. Und du ihr. Manchmal lag ich nachts wach und habe mir vorgenommen, dich am nächsten Tag anzurufen. Und habe es dann doch nicht getan. « Ein tiefer Atemzug. »Ich habe dich geliebt, Bobby. Ich werde dich immer lieben. Und ich werde mich immer schuldig fühlen, weil wir im Streit auseinandergegangen sind. Bitte verzeih mir!«

Lange Zeit stand Mark Cramer regungslos vor der Bahre. Wie Regentropfen an einer Fensterscheibe liefen die Tränen über seine Wangen. Irgendwann beugte er sich hinunter, küsste Bobby noch einmal auf die Stirn und zog das weiße Tuch wieder über seinen Kopf.

Er verließ den kleinen Raum.

Vor der Tür stand der Angestellte mit einem Mann, der wie ein in die Jahre gekommener Grizzly wirkte, gebieterisch und Furcht einflößend. Er streckte Mark eine sehr große, sehr raue Hand entgegen.

»Herr Cramer? Wir sind uns noch nicht begegnet, aber ich kannte Ihren Bruder. Mein Name ist Finn Gabriel. Ich möchte Ihnen mein aufrichtiges Beileid aussprechen.«

Marks gewiss nicht kleine Hand nahm sich in der raubtierartigen Pranke seines Gegenübers wie die eines Kindes aus. »Danke. Bobby hielt sehr viel von Ihnen. Es hat ihm eine Menge bedeutet, dass Sie damals auf seiner Seite standen.«

Nach Lucas Helbigs Einzug ins Kanzleramt hatte Finn Gabriel den Posten des Sicherheitschefs übernommen. Er hatte sofort eine nochmalige Untersuchung eingeleitet, um die Umstände des Attentats aufzuklären. Anschließend hatte er Bobby Cramer öffentlich gegen alle Vorwürfe in Schutz genommen. Bobby hatte ihm das nie vergessen.

»Ihr Bruder war ein hervorragender Polizist, Herr Cramer.« Gabriels schwarze Augen funkelten ihn an. »Ich weiß, dass dieser

Verlust für Sie und Ihre Familie schrecklich sein muss. Wenn es irgendetwas gibt, was ich tun kann, lassen Sie es mich bitte wissen.«

In diesem Moment kam ein anderer Mann in einem grauen Anzug den Gang entlang. Riemers Augen leuchteten auf, als er Gabriel erkannte.

»Finn.«

»Kalle.« Gabriel sah Mark an. »Kennen Sie sich? Das ist Karl-Heinz Riemer, der Präsident des Landeskriminalamtes. Staatsanwalt Mark Cramer, der Bruder von Bobby.«

»Ich glaube, wir sind uns noch nicht begegnet«, sagte Riemer. Er war etwas kleiner als Gabriel und hatte das farblose Aussehen eines Bürokraten. »Mein aufrichtiges Beileid, Herr Cramer.« Er sah kurz zu Boden, wie in einem Anflug von Verlegenheit, dann wieder zu Mark. »Was Ihrem Bruder passiert ist, schmerzt mich umso mehr, als die Mordkommission derzeit davon ausgeht, dass eine Fahnderin des LKA in seinen Tod verwickelt ist. Frau Eggert ist seit gestern Nacht verschwunden.«

»Hab ich im Fernsehen gehört«, bestätigte Mark leise. »Gibt es keine Spur von ihr? Und was heißt *derzeit*? Haben Sie Zweifel an ihrer Schuld?«

Gabriel wandte sich dem Angestellten des Leichenschauhauses zu. »Bitte lassen Sie uns für einen Moment allein.«

Der Mann entfernte sich gehorsam.

Riemer sah Mark an. »Um Ihre erste Frage zu beantworten, nein, es gibt keine neue Spur. Haben Sie vielleicht eine Idee, wo sie sein könnte?«

»Ich?«, fragte Mark verwundert.

»Es ist nicht gerade ein Geheimnis, dass Sie und Frau Eggert früher ...«

»Eben. Früher«, antwortete Mark brüsk. »Wieso sollte sie nach dem, was heute Nacht passiert ist, ausgerechnet bei mir auftauchen? Ich hätte ihr vermutlich den Hals ...« Er brach kopfschüttelnd ab.

Riemer lehnte sich gegen die Wand. »Hören Sie, Mark – darf ich Mark sagen? Es mag Ihnen pietätlos erscheinen, wenn ich Ihnen neben der Leiche Ihres Bruders solche Fragen stelle. Aber ich trage Verantwortung für meine Leute. Um ehrlich zu sein, ja, ich habe

Zweifel an Frau Eggerts Schuld. Die Wunden, die Anzahl der Einschüsse – es passt irgendwie alles nicht. Es passt nicht zu ihr.«

Die Worte des Mannes bestätigten Marks eigene Gedanken. Er hörte die aufrichtige Anteilnahme in Riemers Stimme. Für einen Sekundenbruchteil war er versucht, mit ihm über Kristin zu sprechen. Aber dann fiel sein Blick auf Gabriel, und er beschloss, vorsichtig zu bleiben.

»Kristin ist eine sehr impulsive Frau, die schnell in Wut gerät«, meinte er vage. »Gibt es eigentlich einen vorläufigen medizinischen Bericht?«

Riemer gab ihm ein zusammengefaltetes Blatt Papier. »Einen sehr vorläufigen. Wir warten jetzt vor allem auf die Auswertung des Ballistikers. Wir müssen wissen, ob die Kugeln wirklich aus Frau Eggerts Waffe stammten.«

»Das würde doch nichts beweisen.«

Riemer strich sich über den Kopf. Er wirkte plötzlich sehr müde. »Solange Frau Eggert verschwunden bleibt, wird es für die Mordkommission eine ganze Menge beweisen, Mark. Das wissen Sie doch am besten.«

»Könnte ich eine Kopie des ballistischen Befundberichts bekommen? Ich bin heute im Büro.«

»Natürlich, das ist kein Problem. Falls sich Frau Eggert doch noch bei Ihnen melden sollte, schicken Sie sie bitte zu mir. Wenn sie unschuldig ist, werde ich sie beschützen.«

»Und wenn nicht?«

Der LKA-Chef zuckte mit den Schultern. »Dann verliere ich eine sehr gute Polizistin. Verstehen Sie mich nicht falsch, ich will, dass der Mörder Ihres Bruders gefasst und verurteilt wird. Aber Frau Eggert soll nicht für etwas bestraft werden, was sie nicht getan hat. Und wer sagt uns eigentlich, dass sie freiwillig verschwunden ist?«

24

Als Mark Cramer am Abend in das Cottage zurückkehrte, fand er Kristin in einen unruhigen Schlaf versunken. Sie war schweißüberströmt, ihr Körper verkrümmt unter der Last der Alpträume, die an ihr zerrten. Ihre Lippen bewegten sich in stummem Flehen. Vorsichtig hob er die heruntergerutschte Bettdecke auf. Das Gefühl des kühlen Baumwollbezuges auf ihrer feuchten Haut ließ sie erschrocken hochfahren. Verstört blinzelte sie ihn an.

»Ganz ruhig, Kristin.« Er betrachtete ihr Gesicht, das noch deutliche Spuren seiner Schläge aufwies. Beide Wangen waren geschwollen, auf der linken bildete sich ein Bluterguss. An ihrem Hals prangten Würgemale. »Geh ins Bad und mach dich frisch. Ich habe was zum Essen mitgebracht. Danach reden wir.«

»Heißt das, du hast etwas gefunden?«

»Geh ins Bad!«, wiederholte er unwirsch.

In der Küche packte er den Imbiss aus, den er in einem türkischen Restaurant auf der Pfotenhauerstraße gekauft hatte, Kalbfleisch vom Spieß, gegrillte Zucchini und Auberginen mit warmem Fladenbrot. Er richtete alles auf flachen Tellern an, die er auf den massiven Holztisch im Wohnzimmer stellte.

Kristin hatte inzwischen geduscht und die Haare zu einem Pferdeschwanz zusammengebunden. Sie trug Khaki-Shorts und ein kurzes grünes T-Shirt, beides Sachen von ihr, Überbleibsel aus ihrer gemeinsamen Zeit, die noch in Marks Kleiderschrank gelegen hatten. Ihre Verletzungen hatte sie nicht überdeckt, sondern trug sie wie eine stumme Anklage.

»Ich glaube nicht, dass ich auch nur einen Bissen runterkriege«, murmelte sie mit Blick auf den Tisch.

»Du musst etwas essen, Kristin«, antwortete er in einem Ton, der keine Widerrede duldete. »Setz dich!«

Sie zuckte zusammen. So war es schon damals gewesen, als sie noch mit ihm liiert war. Immerzu hatte er ihr gesagt, was sie tun sollte. Ganz anders als Bobby. Sie biss sich auf die Lippen, als erneut Tränen in ihr aufstiegen.

Um sich auf keine Wortgefechte einlassen zu müssen, lud sie halbherzig ein paar Stücke Aubergine auf ihren Teller. Während sie sich zwang, etwas zu essen, sah sie Mark unverwandt an. Er schien jedoch nicht gewillt, ihre unausgesprochene Frage zu beantworten. Mit großer Konzentration widmete er sich seiner Mahlzeit, aß mit einem Appetit, der ihr angesichts von Bobbys Tod gänzlich unangemessen erschien. Irgendwann, lange, nachdem Kristin fertig war, legte er sein Besteck zur Seite.

»Möchtest du einen Kaffee?«, fragte er.

Mit ihrer Geduld war es endgültig vorbei. »Vergiss den Kaffee!«, fuhr sie ihn an. »Mach endlich den Mund auf! Was hast du herausgefunden?« Da war er wieder, der Zorn, den sie zuletzt so häufig in seiner Gegenwart gespürt hatte. Aber ihre Ungeduld, ihr Ärger prallten wirkungslos an ihm ab. Er verschwand in der Küche und kam mit zwei Tassen zurück, die er sorgfältig auf dem Tisch abstellte. Dann erst zog er seine Tasche zu sich heran. Aus einem Seitenfach entnahm er mehrere kopierte Blätter, die er langsam auffaltete und vor sich auf den Tisch legte.

»Also?«, fragte sie erwartungsvoll.

»Also«, echote er, »in Bobbys Körper wurden zehn Kugeln gefunden. Halbmantelgeschosse, die ausnahmslos aus deiner Dienstautomatik stammen.«

»Aber das kann nicht sein. Ich habe dir doch ...«

»Jetzt rede ich, Kristin!«, unterbrach er sie ungerührt. »Auf deiner Waffe, die sichergestellt wurde, befanden sich ausschließlich deine Fingerabdrücke.«

»Mark, du musst mir glauben. Ich ...«

Aber er war noch nicht fertig. »Unter Bobbys Telefonanschluss wurde gestern zwischen zwanzig und vierundzwanzig Uhr nicht ein einziger Anruf registriert. Kein einziger!«

Ungläubiges Entsetzen spiegelte sich in ihrem Gesicht.

Mark sah sie ernst an. »Von Bobbys Handy wurde gestern zu keinem Zeitpunkt Finn Gabriels Dienstnummer im Kanzleramt angewählt.«

Wenn es für sie noch einen kleinen Zweifel an Gabriels Schuld gegeben hatte, jetzt war er beseitigt. Nur ein Mann mit seiner

Macht konnte Anrufe verschwinden und ballistische Gutachten fälschen lassen.

»Sonst noch was?«, fragte sie leise.

»Ja. Bobbys Türschloss weist keinerlei Spuren gewaltsamen Eindringens auf. Kein Nachbar hat einen Einbrecher gesehen.« Mark sah sie an wie ein Lehrer eine verstockte Schülerin, die beim Abschreiben ertappt wurde. »Mit anderen Worten, Kristin, es gibt nicht den Hauch eines Beweises dafür, dass deine Version richtig ist. Keine Anrufe, keine zweite Waffe, kein Ratcher.«

»Was ist mit Gabriels Anschluss?«, fragte sie ohne große Hoffnung. »Ist Bobbys Anruf bei ihm auch nicht verzeichnet?«

»Meine Möglichkeiten sind begrenzt, zumal an einem Sonnabend. Ich musste schon etliche Gefallen einfordern, um all diese Informationen zu bekommen. Wenn ich mich nach den Verbindungsdaten eines Regierungstelefons erkundige, wirbelt das eine Menge Staub auf. Man würde Fragen stellen, die ich nicht beantworten könnte.«

Kristin nickte resigniert. Sie wusste, dass Mark Recht hatte.

»Das gibt es einfach nicht«, sagte sie leise. Nicht genug damit, dass Bobby tot war, nicht genug damit, dass sie ihn hatte sterben sehen, nein, einer der mächtigsten Männer des Landes hielt seine schützende Hand über den Mörder. Wie sollte sie unter diesen Umständen ihre Unschuld beweisen? Wie das Kanzleramt vor Ratcher warnen? Niemand würde ihr glauben. Sie war mit ihrer Kraft am Ende.

»Danke für deine Mühe, Mark.« Sie zögerte. »Was geschieht nun? Ich nehme an, du wirst jetzt die Mordkommission anrufen«.

»Nein, Kristin«, erwiderte er und legte die Hand auf ihren Arm. Es war eine überraschend sanfte Berührung. »Ich glaube dir.«

25

In der Geschichte der Bundesrepublik war es, von kurzen Übergangsphasen in den Jahren 1966 und 1982 abgesehen, erst ein einziges Mal vorgekommen, dass Kanzler und Vizekanzler derselben Partei angehörten. Von 1957 bis 1963 regierte Konrad Adenauer mit Ludwig Erhard an seiner Seite. Eine harmonische Beziehung war es allerdings nicht. Adenauer hielt Erhard für einen unfähigen Trottel, der sein Ministerium nicht im Griff hatte und allzu oft durch Abwesenheit glänzte. Dreimal versuchte er, den beim Volk beliebten Erhard auf den Posten des Bundespräsidenten abzuschieben. Ohne Erfolg. Ein halbes Jahrhundert später gab es mit Lucas Helbig erneut einen Kanzler, der über eine absolute Mehrheit im Parlament verfügte und damit über einen Stellvertreter aus der eigenen Partei.

Doch das Verhältnis dieser beiden war ungleich besser.

Helbig, ein von Fachwissen weitgehend unbelasteter Strahlemann, hatte nie einen Hehl daraus gemacht, dass intensives Aktenstudium und zwölfstündige Bürotage nicht seine Sache waren. Wie sein Vorbild Ronald Reagan legte er großen Wert auf moderate Arbeitspensen und ausreichend Schlaf. Als ihm gleich nach seiner Amtseinführung mitgeteilt wurde, dass im Kanzleramt das tägliche Arbeitsfrühstück um sieben Uhr dreißig eine lange Tradition habe, antwortete er: »Das ist großartig. Macht ruhig weiter mit dem Arbeitsfrühstück um sieben Uhr dreißig. Aber ich werde nicht dabei sein.« Und er war nicht dabei.

Seine Arbeitstage begannen nie vor neun und endeten im Regelfall gegen fünf, die Freitagnachmittage waren frei, die Wochenenden meistens auch. Er verbrachte viel Zeit in seiner Heimatstadt Dresden und auf seinem idyllischen Landsitz in der Sächsischen Schweiz. Sehr schnell perfektionierte er die Kunst, Aufgaben zu delegieren.

Zum Beispiel an Maximilian Roth.

Der Vizekanzler wühlte sich von sechs Uhr morgens bis nach Mitternacht durch Berge von Akten, leitete Besprechungen und

Sitzungen, führte unzählige Telefonate. Roth war ein klassischer Karrierepolitiker mit über dreißig Jahren Parlamentserfahrung. Im Bundestag hatte er schon in jedem wichtigen Ausschuss den Vorsitz geführt und einige der bedeutendsten Gesetze in der Geschichte der Bundesrepublik auf den Weg gebracht. Die Jahre in der politischen Tretmühle hatten indes ihren Tribut gefordert: vier Herzinfarkte, drei Bypässe, chronischer Bluthochdruck, eine kaputte Wirbelsäule. Dennoch ging der Sechzigjährige ganz und gar auf in seiner Arbeit. Was immer er tat, er tat es voller Begeisterung, voller Elan. Er arbeitete härter als alle anderen, er war klüger als sie, es war einfach unmöglich, ihn nicht zu bewundern.

Helbigs notorische Lesefaulheit, gepaart mit einem schwachen Gedächtnis und einer Aversion gegen komplizierte Zusammenhänge, wurde durch seinen energiegeladenen Stellvertreter vollständig kompensiert. Roth arbeitete achtzehn Stunden am Tag, hatte einen brillanten Verstand und kannte alle Details und Geheimnisse der Regierung. Obendrein, und das machte die Sache perfekt, hegte er eine für seinen Berufsstand ganz und gar untypische Scheu vor Kameras und Mikrofonen. Das grelle Licht der Scheinwerfer, das Spiel mit den Massen war einfach nicht seine Sache. Er bevorzugte den Platz hinter den Kulissen und überließ es dem charismatischen Helbig, in der Öffentlichkeit die Lorbeeren einzuheimsen.

Der strahlende Kanzler und sein loyaler Stellvertreter galten als das beste Tandem, das die Bundesrepublik je erlebt hatte.

Auch jetzt, an einem Samstagabend, saß Roth an seinem Schreibtisch in Berlin. Vor ihm stand ein Essen, das sein Kardiologe missbilligt hätte, zwei frittierte Bierteigschnitzel mit Pommes frites, dazu eine Flasche kaltes Schwarzbier. Die Augen des Vizekanzlers waren auf ein Blatt Papier gerichtet, das die Überschrift »Kabinett« trug. Ein Dutzend Namen stand darauf, einige durchgestrichen, andere mit einem Ausrufezeichen versehen.

Müde nahm Maximilian Roth die Brille ab und legte das Papier zur Seite. Er klappte ein Notebook auf, das er aus einer eigens dafür vorgesehenen, mit Samt ausgelegten Schublade nahm. Seine kurzen, dicken Finger huschten über die Tastatur, dann begann eine DVD, sich summend zu drehen. Als sich das Programm öffnete und den Inhalt der Disc enthüllte, verzog sich Roths Gesicht zu einem triumphierenden Lächeln. Seine Augen, schmal und hart wie die eines Berufsspielers, nahmen einen metallischen Glanz an.

Gebannt starrte er auf den Bildschirm.

26

»Hier, für deine Wange!« Mark drückte Kristin einen Beutel mit gestoßenem Eis in die Hand.

Sie sah ihn an mit einer Miene, die Erleichterung, aber auch Verwirrung verriet. »Warum, Mark?«, fragte sie leise. »Warum glaubst du mir, wenn es so gar nichts gibt, was für mich spricht?«

Er setzte sich ihr gegenüber, um zu antworten, aber in diesem Moment wurde an die Tür geklopft. Mark bedeutete Kristin mit einer Handbewegung, in der Küche zu verschwinden. Auf Zehenspitzen schlich er zur Tür.

»Wer ist da?«, fragte er.

»Kriminalhauptkommissar Schaub und Kriminalkommissar Henken, Polizeidirektion Dresden«, ertönte es von draußen. »Würden Sie bitte öffnen, Herr Cramer?«

Als Mark der Aufforderung nachkam, sah er einen etwa fünfundvierzigjährigen Mann mit katzengrauen Pupillen und schweren, fast schläfrigen Lidern. Neben ihm stand ein etwas jüngerer Blondschopf. Beide trugen ein höfliches Lächeln und funkelnde Dienstmarken zur Schau.

»Guten Abend«, sagte Mark. »Wie geht's denn Alfred Böhm?« Alfred Böhm war der langjährige Leiter der Dresdner Polizeidirektion. »Der Tod seines kleinen Enkels vorige Woche hat ihn ja unheimlich mitgenommen. Ich hatte kurz mit ihm telefoniert. Ist er schon wieder im Dienst?«

»Ja, seit ... äh ... seit Mittwoch«, erwiderte Schaub, der offenbar der Wortführer der beiden war.

»Gerade mal sechs Jahre war der Junge.« Mark schüttelte traurig den Kopf. »Wollte später Polizist werden, genau wie sein Großvater.«

»Wir ... wir sind auch noch alle wie betäubt«, sagte Schaub etwas zögerlich. »Viele von uns kannten ihn. Bitte entschuldigen Sie die späte Störung. Dürfen wir kurz eintreten?«

»Ja, natürlich.«

»Es geht um Ihren Bruder ...«, begann Schaub, kam aber nicht dazu, weitere Erklärungen abzugeben, denn in diesem Moment traf ihn Marks Faust mitten ins Gesicht. Schaub, der vermeintliche Polizist, kippte wie ein gefällter Baum zur Seite.

»Was zum Teufel ...« In Henkens Hand tauchte plötzlich wie durch Zauberei eine kleine Maschinenpistole der Marke MAC-10 auf.

Derartige Waffen gehörten definitiv nicht zur Dienstausrüstung der sächsischen Kriminalpolizei. Mark sah, wie Henken blitzschnell einen Schritt zurücktrat. Er hätte sich mit einem gewagten Sprung auf ihn stürzen können, aber er wusste, welche verheerenden Schäden eine MAC-10 auf kurze Distanz anrichten konnte. Mit der linken Hand schleuderte er die massive Tür zu, dann duckte er sich weg.

In diesem Moment drangen auch schon die ersten Kugeln in Tür und Wände. Glas zersplitterte, Holz wurde in Späne gefetzt. Die Luft war von feinem Staub und dem Surren schallgedämpfter Geschosse erfüllt.

Mark robbte auf allen Vieren in die Küche, schnitt sich Hände und Knie an Glasscherben auf, die plötzlich überall im Raum verteilt waren.

»Hinten raus«, schrie er Kristin zu, die zusammengekauert neben dem Herd hockte.

Er hörte, wie die Eingangstür mit einem kräftigen Tritt aufgestoßen wurde, während weiter kurze, beherrschte Feuerstöße aus der MAC-10 drangen. Henken war sehr gut, zweifellos ein Profi, aber er musste den Job allein erledigen, ohne Schaubs Hilfe. Es gab im Wohnzimmer zwei Türen, die in andere Räume führten, und eine Treppe. Henken musste erst entscheiden, welchen Weg er nahm. Das kostete ihn wertvolle Zeit.

Mark öffnete die Hintertür und zog Kristin wie eine Puppe hinter sich her, die abgetretenen Steinstufen entlang, in den Wald hinein. Zweige peitschten ihm ins Gesicht, Dornen rissen an seiner Haut. Er spürte, wie das Gewicht an seiner Hand immer schwerer wurde. Kristin drohte, sich aufzugeben. »He!« Er stoppte abrupt, schlug ihr zweimal ins Gesicht. »Reiß dich zusammen!«

Der Schmerz weckte sie aus ihrer Lethargie.

»Da lang!«, kommandierte Mark. »Zum Wagen.«

Kristin nickte kraftlos.

Er bahnte sich seinen Weg durch das Dickicht, darauf achtend, dass er ihren Arm keine Sekunde losließ. Hinter sich hörte er Geräusche, die vom Cottage kamen. Offenbar hatte Henken ihren Fluchtweg entdeckt. Jede Sekunde konnten ihnen die Kugeln wieder um die Ohren fliegen. »Hier rein«, befahl Mark und zog Kristin unbarmherzig mit sich. Er wühlte sich durch scheinbar undurchdringliches Dornengestrüpp, hinter dem ein fast zugewachsener Waldweg entlangführte. Auf diese Weise gewannen sie wertvolle Sekunden. Womöglich rettete ihnen die Abkürzung sogar das Leben, denn Henken schickte jetzt blindlings Salve auf Salve in den Wald, während er mit den geübten Schritten eines Tausendmeterläufers weiterlief, an dem Dornengebüsch vorbei.

Marks Gesicht war von Kratzern und dünnen Blutfäden übersät, als sie das Auto erreichten. Er nestelte den Schlüssel aus der Tasche und ließ den Motor aufheulen. Der Wagen raste davon. Als Henken schließlich den zerfurchten Zufahrtsweg erreichte, war der BMW schon außer Sichtweite.

»Was war denn das?«, schrie Kristin hysterisch.

»Du hast mich gefragt, warum ich dir glaube«, knurrte Mark, während er den Wagen trotz der großen Geschwindigkeit sicher auf dem holprigen Weg hielt. »Hier hast du die Antwort.«

»Ich ...ich habe eure Unterhaltung gehört.« Kristin rang keuchend nach Atem. »Woher wusstest du, dass die Polizisten nicht echt waren?«

»Ich kenne Alfred Böhm sehr gut.« Marks Finger umklammerten das Lenkrad. »Er hat keine Kinder und demzufolge auch keinen Enkel, der sterben kann. Als die beiden Polizisten vor mir standen, beschlich mich so ein komisches Gefühl. Es war ein Test.« Er sah Kristin an und zuckte mit den Schultern. »Sie haben nicht bestanden.«

»Glaubst du, dass Gabriel sie geschickt hat?«

»Vermutlich. Offenbar konnte ich ihn heute früh nicht davon überzeugen, dass ich deinen Aufenthaltsort nicht kenne.«

Jetzt erreichten sie die Quorener Straße. Mark fuhr nach rechts in Richtung Weißig.

»Wo willst du überhaupt hin?«, fragte Kristin.

»Wenn wir auf direktem Weg ins Zentrum fahren, fangen sie uns mit Sicherheit irgendwo ab. Deshalb ist es besser, einen Umweg zu machen. Über Pirna und die Autobahn.«

»Und dann? In deiner Wohnung werden sie uns zuerst suchen.«

»Ja, wahrscheinlich.« Mark atmete geräuschvoll aus. Dann stutzte er. »Moment mal, ich habe eine Idee.« Ohne die Geschwindigkeit zu verringern, nestelte er sein Handy aus der Hosentasche.

27

Das Sherwood in Dresden-Neustadt war ein umgebautes Speicherhaus, ein imposantes Monument aus Backstein. Es lag in unmittelbarer Nähe des Regierungsviertels, direkt am Elbufer, und genoss einen hervorragenden Ruf als Kongresshotel. Deshalb wurde es vor allem von Geschäftsreisenden frequentiert. Der Mann, der am Abend unter dem Namen Tim Haye eincheckte und eine Suite im dritten Stock bezog, schien problemlos in diese Kategorie zu passen. Er trug einen anthrazitfarbenen Anzug von Brooks Brothers und eine teure Brille mit dunklem Rahmen.

Der jungen Empfangsdame fiel sein linker Ringfinger auf, dessen Kuppe fehlte. Die Haut über dem Stumpf glänzte rosa. Es war offensichtlich, dass die Operation nicht von einem Fachmann ausgeführt worden war. Doch sie fand, dass dieser kleine Makel der Attraktivität des Gastes keinen Abbruch tat. Er wirkte durchtrainiert und fit, wie jemand, der sehr genau auf sein Aussehen achtete.

»Würden Sie das bitte ausfüllen, Herr Haye?« Sie reichte ihm ein Formular.

Wie meist am Samstagabend war im Hotel nur wenig los. In einer schummrigen Nische am Ende der riesigen Eingangshalle saßen zwei Pärchen vor bunten Schirmchencocktails. An der Bar hielten sich ein paar einsame Männer an ihren Drinks fest.

Ratcher blieb nur kurz in seiner Suite. Er nahm eine kalte Dusche und schlüpfte in einen frischen Anzug. Dann fuhr er mit einem der Fahrstühle in die Lobby, um sich einen Platz an der Bar zu suchen.

»Einen Martini«, rief er dem jungen Barkeeper zu.

Neben ihm saß ein magerer Typ mit strähnigen Haaren, der sich offenbar schon einige Drinks genehmigt hatte. Ohne sich an jemand Bestimmten zu wenden, lamentierte er lautstark über die verdammten Bürokraten im Rathaus, die ihm das Leben schwer machten. Sein Kopf nickte im Takt seiner Worte, seine Stimme war so fistelig wie er dünn. Ratcher bedeutete dem Barkeeper mit einem Winken, das leere Glas des Mageren wieder aufzufüllen.

»Danke, Kollege.« Der Mann wandte sich seinem Nachbarn mit einer Miene zu, als habe Ratcher erst durch den spendierten Drink das Recht erworben, wahrgenommen zu werden.

»Ganz schön ruhig heute, was?«, meinte Ratcher und machte eine Handbewegung, die das ganze Hotel einschloss.

Der Magere, der einen dunkelbraunen Anzug und eine goldgelb gestreifte Krawatte trug, winkte ab. »Nur heute noch. Ab morgen geht's hier anders zur Sache.«

»Wieso denn das?«, fragte Ratcher in arglosem Tonfall.

»Haben Sie das Schild am Eingang nicht gelesen? Am Montag beginnt hier der Jahreskongress des Seniorenverbandes. Vormittags soll sogar der Kanzler sprechen.«

Ratcher wusste das bereits, das und einiges mehr, wovon der Magere wahrscheinlich keine Ahnung hatte. Zum Beispiel, dass seit gestern ein Aufklärungsteam des Bundeskriminalamtes in der Stadt weilte. Die Beamten waren die Route abgefahren, die der Kanzler am Montag nehmen sollte. Morgen würden sie damit beginnen, Briefkästen zu entfernen und Kanaldeckel zu versiegeln. Später würde sich das Team das Hotel vornehmen. Mit seinen vielen Nischen und Winkeln war es nicht gerade die beste Wahl für Leute, die den Kanzler zu schützen hatten. Aber der Kongress des Deutschen Seniorenverbandes war nicht irgendeine Veranstaltung. In Deutschland gab es zwanzig Millionen Rentner, was gleichbedeutend war mit zwanzig Millionen Wählern. Eine unwiderstehliche Versuchung für einen Politiker. Immerhin wollte Helbig im kommenden Jahr für eine zweite Amtszeit kandidieren.

»Was machen Sie denn im schönen Dresden?«, fragte sein Nachbar lallend.

»Bin in der Computerbranche«, erläuterte Ratcher vage. »Ich habe in Hamburg eine kleine Firma, die Datenbankanwendungen entwickelt. Am Montag treffe ich einen Kunden.«

»Viel Glück, Kumpel!«, meinte der Magere uninteressiert und rülpste leise. »Nehmen Sie noch einen?« Er deutete auf Ratchers halbleeres Martiniglas.

»Danke, der hier reicht mir. Ich ziehe mich lieber zurück.« Er zuckte entschuldigend mit den Schultern. »Will mir morgen früh mal die Stadt ansehen.«

Ratcher hatte keineswegs die Absicht, den Touristen zu spielen. Aber er musste noch ein paar Vorkehrungen treffen, ehe die Personenschützer des BKA ins Hotel kamen und anfingen, Lüftungsschächte zu öffnen und Wände zu röntgen.

28

Elf Kilometer weiter nordöstlich traf sich zur selben Stunde eine Gruppe sehr wichtiger Männer in einem Ferienhaus in der Dresdner Heide. Sie waren vollkommen ungestört; das aus Naturstein errichtete Domizil war eigens für dieses Wochenende angemietet worden. Es lag mitten im Prießnitztal und war von Bäumen und dichten Büschen umgeben, die vor neugierigen Blicken schützten.

Auf der großen Terrasse war eine längliche Tafel aufgebaut. Der Mann, der das Zusammentreffen arrangiert hatte, besaß eine Vorliebe für italienische Vorspeisen. Deshalb hatte sein Koch eine Reihe erlesener Antipasti angerichtet, von Bruschetta mit Olivencreme über Vitello tonnato, Meeresfrüchtesalat und Caprese bis hin zu Garnelen in Knoblauchsauce und gegrillten Auberginen.

Die fünf Männer, alle zwischen Ende vierzig und Mitte sechzig, warteten noch auf ihren Gastgeber. Mit Aperitifs in den Händen standen sie am Geländer, in gedämpftem Ton miteinander plaudernd, und sahen zu, wie sich die Prießnitz durchs Tal schlängelte. Wer die Szene aus der Ferne beobachtete, hätte an eine private Feier denken können, an Freunde aus einem Tennisklub, die sich einen gemütlichen Abend machten. Tatsächlich versammelten sich auf dieser Terrasse fünf der wichtigsten Wirtschaftsführer der Bundesrepublik.

Jeder dieser Männer war Vorstandsvorsitzender eines großen deutschen Konzerns. Jeder dieser Konzerne hatte eine lange Geschichte, die sich bis zur industriellen Revolution Mitte des neunzehnten Jahrhunderts zurückverfolgen ließ. Zunächst hatten sie ihr Geld mit Bergwerken verdient. Dann kamen Stahl- und Walzwerke hinzu, der große Eisenbahnbau. Nach Hitlers Machtübernahme stiegen sie ins Rüstungsgeschäft ein, produzierten Panzerschiffe und Flugzeugträger, Mittelstreckenbomber und U-Boote. Während des Kalten Krieges erweiterten sie ihre Geschäftsfelder. Sie erwarben Hotelketten, Tageszeitungen und Brauereien, stellten Elektrogeräte her, betrieben Kaufhäuser, errichteten Bürogebäude und Gefängnisse. Am Ende des Jahrtausends waren sie zu riesigen Kraken geworden, die sich mit ihren schuppigen Tentakeln überall festgesaugt hatten.

Das Wirtschaftsmagazin Forbes nannte sie die »Großen Fünf«.

Jeder dieser sogenannten »Mischkonzerne« wurde an der Börse gehandelt und zahlte Dividenden, die die Anleger in Verzückung versetzten. Obwohl sie erbitterte Konkurrenten waren, bestanden zwischen ihnen erstaunlich enge Beziehungen, geknüpft durch gegenseitige Beteiligungen und geheime Preisabsprachen. Es war ihnen schon immer gut gegangen, doch in den vergangenen drei Jahren waren ihre Gewinne förmlich explodiert und mit ihnen die Gehälter und Aktienoptionen der Vorstandsvorsitzenden. Der Mann, dem sie das zu verdanken hatten, residierte im Kanzleramt in Berlin. Hinter dem wichtigsten aller Schreibtische.

Die Großen Fünf hatten den mächtigsten Lobbyisten des Landes.

Mit sanfter Überredungskunst, viel Geld und einer gehörigen Portion Erpressung war es ihnen gelungen, einen jungen Außenseiter namens Lucas Helbig auf den Schild der Partei zu heben. Sie hatten seine politische Bildung vollendet und ihn zu einem perfekten Strohmann gemacht. Sie hatten seinen Wahlkampf finanziert und mit ihren Zeitungen und Fernsehsendern eine Welle der Begeisterung entfacht, die ihn bis ins Kanzleramt trug. Lucas Helbig mochte nicht der klügste Kanzler sein, nicht der würdevollste und anständigste, aber er war *ihr* Kanzler.

Vorgestern hatte jeder der fünf Konzernbosse einen Anruf erhalten. Er war von einem Mann gekommen, den man wegen seines Einflusses und seiner Macht in Berlin nur den Kardinal nannte, einen Mann, den sie alle hassten, aber auch fürchteten. Er war Helbigs engster Vertrauter, nur ihm ergeben, nur ihm gegenüber loyal. Auch wenn sie ihn verabscheuten, sie hörten ihm zu. Und in der Regel richteten sie sich nach seinen Vorschlägen. Denn wer ihn verärgerte, verärgerte Lucas Helbig.

Der Kardinal hatte sie für den heutigen Abend nach Dresden bestellt.

Sie waren hoch bezahlte, wichtige Männer, die man nicht einfach zu einem Treffen zitierte. Schon gar nicht nach Dresden. Aber wenn der Kardinal sagte, sie sollten zusammenkommen, kamen sie zusammen. Und blieben so lange, bis er sagte, dass sie wieder abreisen konnten. Diesmal waren sie der Einladung vor allem mit Sorge gefolgt. Nach allem, was sie bisher wussten, würde der Kardinal denkbar schlechte Nachrichten überbringen.

»Er kommt«, sagte einer der Wachmänner.

Es war kaum mehr als ein Flüstern, dennoch wandten alle die Köpfe zur Terrassentür. Durch sie trat in diesem Moment, mephistogleich, Finn Gabriel.

29

Monika Helbig entstammte einer alten Dresdner Ärztefamilie, die seit Generationen auf dem Weißen Hirsch lebte und arbeitete. Wie ihre Eltern und ihre Großväter hatte sie Medizin studiert und anschließend promoviert. Sie war Ärztin aus Leidenschaft und hasste es, wenn man in ihr einfach nur die Frau des Bundeskanzlers sah. Sie hatte ihre Identität nie von ihrem Mann bezogen. Nicht eine Sekunde war es ihr in den Sinn gekommen, ihren Job als Internistin aufzugeben, nachdem er zum Kanzler gewählt worden war.

»Du hast deine Karriere, ich meine«, hatte sie gesagt und damit war die Sache erledigt.

Sie war eine ernsthafte Frau, die diszipliniert arbeitete und es hasste, Zeit zu verschwenden. Ihr braunes Haar trug sie raspelkurz geschnitten. Nicht, weil es gut aussah, im Gegenteil, es betonte die Schärfe ihres Gesichts. Sondern weil sie nicht ständig widerspenstige Haarsträhnen aus dem Gesicht streichen wollte. Sie strahlte eine ungewöhnliche Kraft aus, die jeder, der ihr begegnete, sofort spürte, eine strenge Integrität.

Als sie am Abend von einem ihrer häufigen Wochenenddienste in der Klinik nach Hause zurückkehrte, lag ihr Mann auf dem Sofa und machte ein Nickerchen. Er schlief gern und oft. Sie legte ihre

Jacke ab, dann ging sie in die Küche und füllte ein Glas mit kaltem Wasser. Zurück im Wohnzimmer, kippte sie es ihm ins Gesicht.

»Aaah ... bäh.... was ...?« Der Kanzler der Bundesrepublik Deutschland fuhr verschlafen hoch. »Verdammt, was soll denn das?« Dann erkannte er seine Frau. »Monika. Bist du verrückt geworden?«

Sie betrachtete ihn. Wie er da in seiner schwarzen Jogginghose auf der Couch lümmelte, mit verklebten Augen, strubbeligen Haaren und Wasser, das ihm vom Kinn aufs T-Shirt tropfte, wirkte er weder wie der mächtigste Mann des Landes noch sonderlich sexy. Keine Spur vom »deutschen Kennedy«, wie die Bild-Zeitung ihn gern nannte.

»Lucas.« Sie hockte sich vor ihn, so dicht, dass er die winzigen Fältchen um ihre Augen sehen konnte. Augen wie blaugraue Steine. »Hatten wir nicht eine Abmachung? Hatten wir nicht sogar eine glasklare Abmachung?«

Er erschrak. Was sollte diese Frage? Und was war das für ein Umschlag, den sie da in der Hand hielt? Siedend heiß fiel ihm das Video ein. Aber wie ...?

»Ja, ja, natürlich«, murmelte er unsicher.

»Unsere Abmachung sah vor, dass du in Zukunft deine Hosen anbehältst, mein Lieber. Erinnerst du dich?«

»Ja. Aber wieso? Ich ... ich habe nicht ...« Seine Augen huschten unruhig hin und her.

»Zweimal habe ich dir verziehen, Lucas. Es wird kein drittes Mal geben.«

Scheinbar zerknirscht fuhr er sich mit der Hand durch die Haare. Ja, zweimal hatte sie ihn erwischt. Als er noch Ministerpräsident war. Einmal mit einer Journalistin, die eine Reportage über den jüngsten Regierungschef des Landes schreiben wollte. Sie selbst war auch noch verdammt jung gewesen. Er hatte sich mit ihr in Berlin verabredet, im Adlon. Dummerweise hatte eine von Monikas Freundinnen am selben Tag dort eingecheckt. Und dann war da noch diese Kosmetikverkäuferin von Karstadt gewesen, mit der er sich fast ein ganzes Jahr getroffen hatte. Er hatte nie herausgefunden, wie seine Frau dahintergekommen war.

»Was soll das?«, beschwerte er sich trotzig. »Es gab kein drittes Mal.«

Das war seine Strategie, schon immer. Leugnen. Alles leugnen, solange es nicht bewiesen werden konnte. Natürlich hatte es ein drittes Mal gegeben. Es hatte sogar viele dritte Male gegeben. So viele, dass er aufgehört hatte, sie zu zählen. Aber er war vorsichtiger geworden.

»Dann kannst du mir vielleicht erklären, was das hier soll?« Sie hielt ihm das braune Kuvert direkt vors Gesicht.

Ihm fiel es mit einem Mal schwer zu atmen.

Wie hypnotisiert starrte er auf den Umschlag.

30

Finn Gabriel trug einen dunklen Anzug, der mit seinem Kinnbart, den Augenbrauen und den pechschwarzen Haaren eine perfekte Einheit bildete. Seine hünenhafte Gestalt wirkte vor den schlaffen Bürohengsten noch einschüchternder. Trotz der abendlichen Schwüle schwitzte er nicht.

Der Kardinal schwitzte nie.

Von einem Kellner ließ er sich ein Glas Prosecco reichen. »Guten Abend, die Herren!« Er hob das Glas und prostete ihnen zu.

Sie lauschten, fast schon ängstlich, den Untertönen in seiner Stimme.

Wie schlimm ist es?

Doch wenn sie darauf gehofft hatten, sofort über alles informiert zu werden, wurden sie enttäuscht. Gabriel inspizierte die Speisen, nickte zufrieden und bat seine Gäste zu Tisch. Er ignorierte ihre Sorge, die flackernde Ungeduld in ihren Augen. Stattdessen aß er mit sichtlichem Genuss und dem Appetit eines Mannes, der ein straffes Arbeitspensum bewältigt hat. Seine Begeisterung ließ sie ebenfalls zugreifen. Für eine knappe Stunde erlebte das Ferienhaus in der Dresdner Heide wahrhaft friedliche Momente. Die Männer sprachen über die Champions League und über Golf, über ihre Kinder, die Internate in der Schweiz besuchten, und über den Preis eines neuen Learjets.

Nach dem Essen orderte Gabriel einen Zigarillo und ein Glas Grappa. Genüsslich ließ er die aromatische Flüssigkeit seine Kehle hinabrinnen.

»Ich gebe Ihnen eine grobe Zusammenfassung«, sagte er, als er das Gefühl hatte, dass ihm alle Anwesenden ihre ungeteilte Aufmerksamkeit widmeten. Mit sorgfältig gewählten Worten berichtete er von seiner Unterredung mit Lucas Helbig und über seine weiteren Nachforschungen. »Die Aufnahmen sind in der Toskana im Ferienhaus von Vizekanzler Roth entstanden.«

»Warum? Warum verrät er uns?«, wollte Pascal Viehweger wissen, der Chef des größten der fünf Konzerne. Seine Augen waren zu wütenden kleinen Schlitzen zusammengezogen. Gabriel fand diesen Versuch, den Draufgänger zu spielen, wenig beeindruckend.

»Ich denke, das liegt auf der Hand«, antwortete er. »Roth ist es leid, in Helbigs Schatten zu stehen. Er will selbst regieren. Ich glaube, er hielt sich schon immer für den besseren Kanzler. Lucas hat der Partei die größte Mehrheit ihrer Geschichte verschafft. Wahrscheinlich glaubt Roth, dass er mit diesem Bonus die nächste Wahl allein gewinnen kann.«

Die fünf Gäste nickten grimmig. Ihr Zorn galt Roth, diesem farblosen Bürokraten, diesem Parteisoldaten, der sich einbildete, ein Land führen zu können. Hatten sie ihn nicht erst zu dem gemacht, der er war? Hätte er es ohne sie jemals zum Minister gebracht, geschweige denn zum Vizekanzler? Und jetzt wagte er es, sich gegen sie zu stellen? Sie waren fassungslos vor Wut.

»Wie konnte es überhaupt so weit kommen, Finn?«, fragte David Haller, mit neunundvierzig der Jüngste in der Runde, vorwurfsvoll. »Wieso haben Ihre Leute die verdammte Kamera nicht entdeckt?«

»Weil Lucas nicht wollte, dass der Raum gecheckt wird«, fauchte Gabriel zurück. »Und weil er der Kanzler ist.«

Wieder nickten sie. Sie kannten ihren Goldjungen. Sie kannten auch seine Schwächen. Junge, hübsche Frauen waren die größte.

»Wie geht es jetzt weiter?«, wollte Viehweger wissen.

Gabriel lud sich ein Stück Torte auf seinen Teller. »Dieses Problem kommt unerwartet«, sagte er leise. »Aber ich werde damit fertig.«

»Was schwebt Ihnen vor, Finn?« Jürgen Wegmann, der Chef eines Düsseldorfer Konzerns mit einer Viertelmillion Beschäftigten, sah den Kardinal gespannt an.

»Ich will Sie und die anderen nicht mit Einzelheiten belasten.« Gabriel nahm einen bedächtigen Schluck von seinem Grappa. »Sagen wir, es geht um eine Kündigung. Eine fristlose Kündigung.«

Haller blinzelte. »Ich verstehe nicht ...«

Gabriel fand, dass es da nicht sonderlich viel zu verstehen gab. »Ich habe einen Spezialisten für Kündigungen engagiert. Aber er ist teuer.«

»Wie teuer?«, fragte Wegmann geschäftsmäßig.

»Zehn Millionen.«

Viehweger lachte leise. Man konnte von Gabriel halten, was man wollte, aber er war kein Schwätzer.

»Für zehn Millionen können wir ja wohl ein paar Details verlangen, oder?«, ließ sich Haller störrisch vernehmen.

»Nein.« Der Kardinal senkte die Stimme, um seinen Worten den erforderlichen Nachdruck zu verleihen. »Für zehn Millionen kaufen Sie ein Ergebnis. Nicht die Details. Nicht irgendwelche Erklärungen. Also, ziehen Sie mit oder nicht?«

Er beobachtete sie, sah, wie sie mit dem Gedanken spielten, ihn hin- und herdrehten, ihn vorsichtig beargwöhnten wie eine gegrillte Heuschrecke an einem thailändischen Imbissstand. Oh nein, sie waren alles andere als begeistert, genauso wenig wie er. Aber es war eindeutig die sauberste Lösung. Und sie verlangte von ihnen nicht mehr als ein Kopfnicken. Danach konnten sie beruhigt nach Hause fliegen, in ihre Villen, zu ihren Familien, um ihr süßes Leben weiterzuleben. War es nicht verlockend, alles ganz und gar dem Kardinal zu überlassen?

»Die Summe ist per Eilüberweisung zu zahlen, auf ein Konto in Genf, spätestens bis Montag neun Uhr«, erläuterte Gabriel. »Sobald es eintrifft, gebe ich den Startschuss. Nichts von dem, was folgt, lässt sich dann noch aufhalten.« Er hielt es nicht für nötig, die fünf Männer darauf hinzuweisen, dass er den Startschuss längst abgefeuert hatte. »Also, ich frage Sie noch einmal: Sind Sie dabei?«

»Sie bekommen das Geld«, knurrte Viehweger.

Niemand widersprach.

31

Widerwillig griff Helbig nach dem Umschlag. Er wendete ihn zwischen den Fingern und registrierte erleichtert, dass sich keine DVD darin befand. Stattdessen zog er eine mit Zeitungsbuchstaben ungelenk zusammengeklebte Nachricht heraus: »Fragen Sie Ihren Mann, wo er heute vor zwei Wochen war! Und mit wem!«

Fassungslos starrte er auf die alberne Collage. Roth! Es gab keine andere Erklärung. Der Mistkerl wollte ihn offenbar in die Enge treiben.

»Also?« Sie sah ihn an.

»Was *also*? Du willst doch nicht etwa sagen, dass du auf diesen anonymen Unsinn etwas gibst?«

»Beantworte einfach meine Frage!«

»Vor zwei Wochen.« Er tat, als müsse er nachdenken. »Das weißt du doch. Bei Maximilian Roth. In seinem Haus in der Toskana. Wir haben übers Wochenende die Kabinettsklausur vorbereitet.«

»Lucas, ich warne dich! Wenn ich dich noch einmal mit einem dieser Flittchen erwische, ist es vorbei! Endgültig! Dann reiche ich die Scheidung ein, und die Öffentlichkeit wird ein paar sehr unerfreuliche Dinge über dich erfahren. Deine Wiederwahl kannst du in diesem Fall getrost vergessen.«

Er richtete sich auf und legte seine Hand auf ihre Wange. Seine Stimme war sehr sanft. »Ich schwöre dir, dass es kein drittes Mal gegeben hat. Und nie geben wird. Monika, ich weiß, dass ich dir wehgetan habe. Aber das wird nie wieder passieren!«

Sie schloss für einen Moment die Augen und nickte.

»Hier hat sich irgendein Idiot einen blöden Scherz erlaubt«, fügte Helbig hinzu und zeigte auf das A4-Blatt. »Kannst du dir vielleicht vorstellen, dass ich mit Maximilian Roth wilde Orgien feiere?«

Nun erschien auf ihrem Gesicht sogar so etwas wie ein Lächeln. Sie schien ihm zu glauben. Lucas Helbig lächelte nicht. Kaum hatte sie sich aufgerichtet, stand er ebenfalls auf und verschwand eilig in seinem Arbeitszimmer.

Dort führte er ein sehr langes, sehr erregtes Telefonat mit Finn Gabriel.

32

Kristin blinzelte, dann öffnete sie die Augen, langsam, um sie allmählich an die grelle Helligkeit zu gewöhnen. Ihr Blick wanderte irritiert durch den Raum. Die pfirsichfarbenen Wände und das grobe Akaziensideboard waren ihr fremd. Sie lag in einem Queen-Size-Bett. Durch das geöffnete Dachfenster drangen Straßengeräusche. Dann fiel ihr wieder ein, wo sie sich befand. In der neuen Wohnung von Marks Kollegin Manja Koeberlin in Dresden-Trachau, keine zehn Fußminuten vom Elbe-Park entfernt.

Jetzt erinnerte sie sich auch, warum sie hier war.

Zu dem Gästezimmer, das sie bewohnte, gehörte ein kleines, in schlichtem Weiß gehaltenes Bad. Kristin drehte die Wasserhähne der Dusche auf und genoss volle zehn Minuten das beruhigende Gefühl des Wasserstrahls auf ihrem Körper. Dann erst griff sie zu Shampoo und Duschbad. Während sie sich die Haare einschäumte, kehrten ihre Gedanken zu den gestrigen Abendstunden zurück, als sie mit Mark vor Manjas Tür gestanden hatte. Die

Staatsanwältin wusste bereits, was mit Bobby geschehen war. Ohne Zögern hatte sie ihnen angeboten, in ihrer Wohnung zu übernachten.

Mit einem Badetuch um den Körper tappte Kristin in das kleine Zimmer zurück. Unter ihren nackten Füßen spürte sie abgeschliffenes, frisch versiegeltes Parkett. Es war ein angenehmes Gefühl, darauf zu laufen. So wie es angenehm und beruhigend war, hier zu sein, an einem Ort, wo sie nach menschlichem Ermessen niemand vermuten konnte. Manjas neunzig Quadratmeter große Wohnung, im obersten Stock eines Jugendstilhauses gelegen, war ein sonniges, behagliches Refugium mit großen Fenstern und Möbeln im Kolonialstil. Sie hatte das Apartment erst vor wenigen Wochen bezogen.

Gleich neben der Tür ihres Zimmers entdeckte Kristin einen Stapel Kleidungsstücke, den Manja hereingebracht haben musste, während sie unter der Dusche stand. Kristin zog Cordhosen und ein schwarzes Shirt an. Ein prüfender Blick in den Spiegel sagte ihr, dass alles passte. Dann tappte sie über den kühlen Korridor barfuss in die Küche.

»Guten Morgen!«

Zwei Köpfe wandten sich ihr zu. Manja und Mark saßen am Tisch und tranken Kaffee. Auf einem Teller lagen zwei Stück Apfelkuchen und zwei Stück Erdbeertorte, nicht gerade das, was Kristin unter einem Frühstück verstand. Doch von der Anrichte wehte der Duft frischer Brötchen herüber.

»Oh, mein Gott.« Leicht verlegen blickte Kristin auf die Uhr an der Wand. Es war schon nach zehn.

Mark winkte ab. »Mach dir keine Gedanken. Ich bin auch gerade erst aufgestanden.«

»Nimm Platz.« Manja wies auf einen Stuhl. »Kaffee?«

Sie und Kristin waren in etwa gleichaltrig und deshalb gestern ohne Weiteres zum Du übergegangen.

»Ja, bitte. Übrigens, vielen Dank für die Sachen, die du mir gebracht hast. Sie passen wunderbar.«

Manja nickte. »Ich dachte, dass du mit dem, was du anhast, nicht weit kommen wirst.«

Sie stand auf, um eine Tasse Kaffee einzugießen. Kristin musterte sie, ohne sich dessen bewusst zu sein. Manja hatte keine allzu große Mühe auf ihr Äußeres verwendet, Jeans und ein T-Shirt, kein Make-up. Trotzdem war sie eine ungewöhnlich attraktive Frau mit ihrem gebräunten, modelartigen Gesicht und den langen schwarzen Haaren. Nur die Augen störten den Gesamteindruck. Wachsamkeit lag in ihnen und Argwohn. Es waren die Augen eines Menschen, den das Leben achtlos herumgeschubst hatte. Kristin kannte solche Augen aus dem Spiegel.

Manja sah die beiden an. »Vielleicht ist es an der Zeit für ein paar Erklärungen. Aus dem wenigen, was ihr mir gestern gesagt habt, bin ich nicht schlau geworden.«

Mark nickte. »Kann ich mir vorstellen. Wo sollen wir anfangen?«

»Bobby ist tot. Machen wir von da aus weiter. Wenn ich das glaube, was in den Zeitungen steht, müsste ich auf der Stelle bei der Polizei anrufen ...«

»Du hast die Zeitungen?«, unterbrach Mark sie.

»Drüben im Wohnzimmer. Aber sie werden dir nicht gefallen.«

»Entschuldigt mich bitte«, bat er und stand auf. »Kristin kann die Geschichte ohnehin besser erzählen.« Schon war er verschwunden.

33

Die beiden Frauen musterten sich stumm. In gewisser Weise ähnelte sich ihr Schicksal. Beide hatten mit anschauen müssen, wie Menschen erschossen wurden. Beide hatten dem Tod selbst ins Auge gesehen. Der Schmerz, den sie erlitten hatten, verkettete sie auf unsichtbare Weise, ließ sie zu Verbündeten werden.

Kristin strich mit dem Finger über den Rand ihrer Kaffeetasse. »Hat der Umzug hierher auch mit deinem Verfahren gegen den Litauer zu tun?«

Manja nickte düster. »Im Juni habe ich noch am Großen Garten gewohnt. Dann sind seine Männer in mein Apartment eingedrungen. Ich hätte mich dort nie mehr sicher gefühlt.«

»Das wäre mir genauso gegangen. Wenn man weiß, dass Fremde in der eigenen Wohnung waren ...« Kristin dachte einen Moment lang über ihre nächsten Worte nach. »Ich habe Tom Metz gut gekannt. Ich kann noch immer nicht glauben, dass er tot ist.«

»Ja, so geht es mir auch.« Manja starrte ins Leere.

Tom Metz, ein Ermittler des Landeskriminalamtes, hatte im Verfahren gegen Petras Valkunas zu Manjas Team gehört. Sein Job war es gewesen, den Kronzeugen Michail Lukin zu verstecken. Wenige Stunden nach der Flucht des Litauers war Metz erstochen aufgefunden worden.

»Habt ihr eigentlich herausgefunden, was aus Luisa Born geworden ist, dieser Zollfahnderin?«, fragte Kristin.

Manja hätte ihr die Wahrheit sagen können, schüttelte aber stattdessen den Kopf. »Nein, sie ist noch immer spurlos verschwunden.«

Das war der offizielle Ermittlungsstand. Doch die junge Staatsanwältin wusste ein paar Dinge, die weder ihre Kollegen noch die Polizeibeamten wussten – und auch nie erfahren sollten.

In ein paar Stunden würde ihr Flugzeug nach Florida starten. In Fort Lauderdale, in einem hübschen zweistöckigen Strandhaus, wartete Luisa auf sie. Beim Gedanken an ihr erstes Wiedersehen nach zwei Monaten schlug Manjas Herz so laut, dass sie befürchtete, Kristin könnte es hören. Doch die Polizistin war mit ihren Gedanken ganz woanders.

»Du willst wissen, was passiert ist. Im Grunde hat alles vor drei Jahren begonnen. Mit dem Attentat auf Lucas Helbig.«

»Die Tat wurde von einem Profi verübt. Ein Mann namens Ratcher.«

»Genau.« Kristin nickte. »Er gilt als einer der fünf gefährlichsten Auftragskiller der Welt. Auf sein Konto gehen etliche spektakuläre Morde. Alexander Lebed, der damalige Gouverneur von Krasnojarsk. Laurent-Désiré Kabila. Anna Lindh, die schwedische Außenministerin. Der japanische Milliardär Koji Shimozato.«

»Aber bei Helbig ...«

»... hat er es komplett vermasselt. Helbig überlebte den Anschlag. Und Ratcher wurde, als er fliehen wollte, von Bobby gefasst. Bobby leitete damals das BKA-Team, das Helbig bewachen sollte.«

»Doch kurz darauf konnte Ratcher entkommen.«

Kristin rieb sich mit dem Finger über die Nase. »Was damals wirklich geschah, weiß bis heute niemand. Fakt ist, dass Bobby als Einziger aus seinem Team überlebte. Deswegen gab es später auch Gerüchte, er habe irgendwie mit der Sache zu tun gehabt.«

»Ratcher ist seither verschwunden, oder?«, fragte Manja.

Kristins Augen wurden glasig. »Bis vorgestern. Bobby hat ihn abends am Flughafen gesehen. Hier in Dresden. Vor seinen Augen fuhr Ratcher mit einem Taxi davon. Du kannst dir Bobbys Schock vorstellen. Drei Jahre war dieser Mann wie vom Erdboden verschwunden. Und mit einem Mal, wie aus dem Nichts, taucht er wieder auf.«

»Was hat Bobby gemacht?«

»Einen Mann angerufen, dem er vertraute. Finn Gabriel. Er ist Helbigs Sicherheitschef. Zwei Stunden später rief Gabriel zurück und sagte, dass Ratcher von einem BKA-Team verhaftet worden sei. Am Hauptbahnhof. Aber dann ...«, Kristin schüttelte den Kopf, »... dann stand Ratcher nachts plötzlich in unserem Schlafzimmer.« Tränen liefen über ihre Wangen, als die Erinnerungen zurückkehrten. Sie berichtete, wie sie Ratcher in letzter Sekunde entkommen und zu Mark geflüchtet war. Als Manja nach den Verletzungen in ihrem Gesicht fragte, holte Kristin noch weiter aus und erzählte von ihrer Beziehung zu Mark, und wie sie Bobby bei einer Geburtstagsfeier kennengelernt und die beiden Brüder entzweit hatte. Einiges davon wusste Manja bereits. Dennoch hörte sie aufmerksam zu. Irgendwann kehrte Kristin in das Cottage zurück, zu Schaub und Henken, den falschen Polizisten, und zu ihrer Flucht.

»Dass man Ratcher wiederauferstehen ließ, bedeutet, dass etwas sehr Großes bevorsteht«, schloss sie. »Er ist mit einem Zeitplan unterwegs – und mit einem Ziel.«

»Und was glaubst du, auf wen er es abgesehen hat?«

Kristin wischte sich mit dem Handrücken die Tränen ab. »Bobby und ich sollten die Nacht nicht überleben. Deshalb wurde Ratcher ein wenig unvorsichtig. Er sprach davon, dass er am Montag einen *Termin* habe. Hier in Dresden. Um einen Fehler zu korrigieren, der vor drei Jahren gemacht wurde.« Sie zuckte die Schultern. »Es gibt nur einen einzigen hochrangigen Politiker, der morgen in der Stadt ist. Und es ist genau der, den Ratcher vor drei Jahren bereits im Visier hatte.«

»Lucas Helbig.«

»Er hält eine Rede im Sherwood.«

»Und wie soll es jetzt weitergehen?«

»Keine Ahnung. Ich weiß nur eins, Manja.« In Kristins Augen brannte das Verlangen nach Vergeltung. »Von jetzt an ist Ratcher mein Ziel. Er hat mir das Wertvollste genommen, was es in meinem Leben gab.«

»Nein ...« Manja hob beruhigend die Hand. Kristins Worte trafen einen empfindlichen Nerv in ihr. Es war keine acht Wochen her, dass der Litauer ihr im Gerichtssaal blutige Rache geschworen hatte.

Sie können sich im letzten Winkel der Erde verstecken, Frau Staatsanwältin, ich finde Sie. Und ich werde Sie töten.

Noch heute verfolgte seine Stimme sie im Schlaf.

Kristin sprang wütend auf. »Ich werde Ratcher zur Strecke bringen, das schwöre ich.«

In diesem Moment erschien Mark wieder in der Küche, in der Hand die Dresdner Morgenpost und die Bild am Sonntag. »Jetzt ist es offiziell. Nach uns wird gefahndet.«

»Nach uns?« Kristin wandte sich erschrocken zu ihm um. »Wieso nach *uns*?«

Er zuckte die Schultern. »Ich bin jetzt mit im Spiel. Es steht in beiden Zeitungen. Die Mordkommission vermutet, dass ich mit Bobbys Tod etwas zu tun habe. Nach unserer gestrigen Begegnung mit den beiden Polizisten hat Gabriel offenbar keine Zeit verloren.«

»Warum schlagt ihr nicht einfach Alarm?«, fragte Manja. »Im Kanzleramt oder beim BKA. Oder von mir aus bei der Polizeidirektion. Ruft jemand an, der etwas zu sagen hat, und erzählt ihm, was ihr mir erzählt habt!«

»Wir haben keinerlei Beweise«, winkte Mark ab. »Die würden uns kein Wort glauben. Sie würden uns nicht einmal zuhören.«

»Ich könnte vielleicht mit meiner Abteilungsleiterin beim LKA telefonieren«, überlegte Kristin. »Cordula Lange. Wir haben ein recht gutes Verhältnis. Sie würde zuhören.«

»Na schön, aber was willst du ihr sagen?«, fragte Mark. »Dass Ratcher nach drei Jahren wiederaufgetaucht ist, um das zu tun, was ihm damals nicht gelungen ist? Dass ihn außer dir nur Bobby gesehen hat, der jetzt tot ist? Dass zwar deine Fingerabdrücke auf der Tatwaffe sind, du aber mit Bobbys Tod nichts zu tun hast? Dass es ein Komplott gegen den Kanzler gibt, an dem sein eigener Sicherheitschef beteiligt ist?«

»Stimmt schon«, seufzte Kristin. »Das klingt alles nicht besonders überzeugend. Selbst wenn meine Chefin mir glauben würde, müsste sie erst einmal das Kanzleramt überzeugen, dass Helbig wirklich Gefahr droht.«

»Im Übrigen glaube ich nicht, dass der Kanzler sich die Gelegenheit, vor dem Seniorenverband zu glänzen, aufgrund ein paar vager Hinweise entgehen lässt.« Mark trat ans Fenster. »Unser größtes Problem ist, dass unsere Geschichte keinen Sinn ergibt.« Er drehte sich um und sah sie beide an. »Verratet mir eins: Warum sollte Finn Gabriel ein Interesse an Helbigs Tod haben?«

Kristin wiegte den Kopf. »Wer sagt denn, dass Gabriel der Strippenzieher ist? Vielleicht wurde er gekauft. Es gibt garantiert Leute mit genügend Geld, die den Kanzler gern tot sehen würden. Es wäre doch clever, sich ausgerechnet mit dem Mann zu verbünden, der für seinen Schutz zuständig ist.«

»Das stimmt. Trotzdem ... Gabriel begleitet Helbig schon seit einer Ewigkeit. Und Geld? Nach dem Eindruck, den ich gestern von ihm gewonnen habe, ist er niemand, der sich einfach kaufen lässt.«

»Ein Fünf-Minuten-Eindruck«, spottete Kristin.

»Mag sein. Aber auf mein Gefühl kann ich mich meistens verlassen. Und mein Gefühl sagt mir, dass hier etwas nicht stimmt.«

Er presste seine Stirn gegen die Fensterscheibe. »Irgendwie liegen wir noch daneben.«

34

Der Aufenthalt in Sherwood-Hotels war ein Vergnügen.

Ratcher hatte bis neun Uhr geschlafen und sich anschließend über das Frühstücksbüfett im Speisesaal hergemacht. Jetzt saß er auf der Terrasse seiner Suite und genoss den Blick auf die Silhouette der Dresdner Altstadt. Entspannt hatte er seine nackten Füße auf einen Stuhl gelegt. Vor ihm stand eine Tasse heiße Schokolade mit Schlagsahne, daneben lag ein marmorierter Sandtaler.

Ja, es ist schön, wieder hier zu sein.

Er hatte Entbehrungen auf sich genommen, war Hunderte von Kilometern gereist, hatte den Mann getötet, der wie ein Schatten über seiner Vergangenheit gelegen hatte. Nun stand er dicht vor seinem Ziel. Morgen, wenn er seinen Auftrag erledigt hatte, würde er Absolution fordern. Wer wäre besser geeignet, sie zu erteilen, als ein Kardinal? Ratcher grinste bei diesem Gedanken.

Drinnen klingelte das Telefon.

Er schloss sorgfältig die Terrassentür hinter sich, ehe er abnahm. Nachdem ein Kennwort ausgetauscht worden war, empfing er Anweisungen, die knapp und sehr präzise waren. Er machte sich keine Sorgen, dass ihr Gespräch abgehört werden könnte. Für einen Uneingeweihten ergab der kurze Dialog einen ganz anderen Sinn.

»Was ist mit der neuen Kundin?«, fragte Ratcher.

»Ich gehe davon aus, dass sie an dem morgigen Meeting teilnehmen will.« Die Stimme am anderen Ende klang so nah, als säße der Mann im Nebenzimmer. »Sie brauchen sich allerdings nicht um sie zu kümmern. Ich habe jemand anderen mit ihrer Betreuung beauftragt. Sie nehmen sich nur unseres Hauptkunden an.«

»Selbstverständlich. Die Vorbereitungen sind schon getroffen. Ich denke, ich kann ihm morgen ein vorzügliches Angebot unterbreiten.«

»Ja, ich bin sicher, dass Sie das können. Die Abreisedetails entnehmen Sie den schriftlichen Instruktionen, die Sie erhalten haben.«

»Sehr wohl. Auf Wiederhören.«

Ratcher schlüpfte in den flauschigen weißen Hotel-Bademantel und in ein Paar Badeschlappen, griff nach einer Zeitung und einem Buch und ging zu dem kleineren Fahrstuhl am Ende des Ganges, der direkt in die Wellness-Oase des Hotels führte. Hinter dem Fitnessstudio und dem großen Innenpool lag der im karibischen Stil gehaltene Saunabereich. Das Sherwood bot seinen Gästen ein Marmordampfbad, eine Finnische Sauna und eine Kräuterschwitzstube, dazu ein Tauchbecken aus Granit und einen Ruheraum mit Holzliegen und flauschigen Decken. Der geflieste Fußboden war blitzsauber, Bambusrohr und schmale Zierdächer aus Schilf sorgten für Gemütlichkeit. Ratcher ließ sich von dem Mann an der Rezeption zwei Handtücher geben.

Es war kurz vor dem Mittagessen. Außer ihm war niemand da.

Nach einer heißen Dusche betrat er die Finnische Sauna. Er goss Minzwasser auf und setzte sich auf die mittlere der drei Bankreihen. Als das Thermometer in die Höhe schnellte, traten Schweißperlen auf seine Stirn. Er stöhnte vor Behagen und ließ den Kopf hängen, so dass der Schweiß auf seine Oberschenkel tropfte. Auf seinen Füßen traten die Adern hervor, sein ganzer Körper schien vor Wohlgefühl zu pulsieren.

Tiefer Friede erfüllte ihn.

Natürlich, nach dem morgigen Tag würde er wieder untertauchen müssen, sein Aussehen verändern, die europäischen Metropolen meiden. Aber diesmal würde er als Sieger ohne Makel gehen – und ganz sicher nicht nach Angola oder ein anderes vom Bürgerkrieg zerrissenes Land der Dritten Welt. In einem Buchladen hatte er sich gestern einen Reiseführer über den Westen der USA gekauft. Schon beim ersten Blättern waren ihm einige reizvolle Städte an der Pazifikküste ins Auge gefallen. Er würde sich eine

Villa am Meer kaufen, mit gutsituierten Nachbarn, die Wert darauf legten, ungestört zu bleiben.

So wie er.

Nach siebzehn Minuten stand Ratcher auf, schlang das Handtuch um seine Hüften und verließ die Sauna. Er duschte kalt und lange, ehe er sich in das eisige Tauchbecken gleiten ließ. Entspannt planschte er im Wasser, eingelullt von der Vorfreude auf den morgigen Tag. Später lag er, in seinen Bademantel gehüllt und mit einer Decke um die Füße, auf einer Liege. Neben ihm stand ein kühles Bier, ein helles Lager, das die angenehm-schläfrige Ermattung nach dem Saunagang noch verstärkte. Er legte sein Buch zur Seite und blätterte in der Sonntagsausgabe der Dresdner Morgenpost. Sie enthielt eine Reportage über Vancouver, eine passende Ergänzung zu seinem Reiseführer. In Kanada ließ es sich bestimmt auch wunderbar leben.

Ratcher las den Beitrag mit größtem Interesse.

35

»Wir müssen noch einmal zu Bobbys Haus.«

»Wieso denn das?« Mark sah überrascht auf. In seiner Stimme lag Unverständnis.

Kristin wippte vor Ungeduld vor und zurück. »Bobby hat ein Dossier über Ratcher angelegt. Vielleicht hilft es uns jetzt irgendwie.«

»Was für ein Dossier?«

»Protokolle, handschriftliche Notizen, Zeitungsausschnitte, einfach alles«, erwiderte Kristin. »Nach dem Skandal damals hat er die Sachen in akribischer Kleinarbeit zusammengetragen. Ich habe es mir nie angesehen, aber ich vermute, es ist die vollständigste Akte, die es über den Mistkerl gibt.«

Sie bebte geradezu vor Energie. Ihr übergroßes Verlangen nach Rache verschaffte ihr Ablenkung, half ihr, den Schmerz zu ertragen.

Dennoch war ihre Trauer so gegenwärtig wie ein in der Luft liegendes Gewitter.

»Na schön.« Er nickte. »Vielleicht hast du Recht.«

»Dann lasst uns gehen.« Manja griff nach ihrem Schlüssel.

»Moment mal.« Mark schüttelte energisch den Kopf. »*Du* gehst nirgendwo hin. Du hast einen Flug nach Amerika gebucht, erinnerst du dich?«

»Ihr glaubt doch nicht allen Ernstes, dass ich in den Urlaub fliege, während ihr einen Killer jagt.«

Mark stellte sich vor sie und strich ihr das Haar aus der Stirn. »Doch, Manja, genau das glaube ich.« Seine Stimme war ungewöhnlich sanft. »Du hast in den letzten Wochen genug durchgemacht. Bei uns beiden«, er wies mit dem Kopf hinüber zu Kristin, »ist es etwas Persönliches. Bei dir nicht.«

»Das mag ja sein. Aber ich kann euch trotzdem ...«

»Auf gar keinen Fall.« Mark verschränkte die Arme vor der Brust. »Das hier ist nicht dein Krieg, Manja.«

Zögernd nickte sie. Er hatte ja Recht. Und in Fort Lauderdale wartete Luisa auf sie. Ihr Herz vollführte einen gewaltigen Sprung. In ihren E-Mails hatten sie sich schon ausgemalt, wie sie den ersten gemeinsamen Tag verbringen wollten.

»Na schön«, meinte sie. »Aber ich lasse euch auf jeden Fall den Schlüssel für meine Wohnung da.«

36

Mark, der jetzt eine Sonnenbrille und ein Basecap trug, verließ das Haus als Erster. Kristin folgte zwanzig Minuten später. Sie hatte ihre braunen Haare mit Manjas Hilfe kurz geschnitten und blond gefärbt, keine perfekte Verkleidung, aber durchaus wirkungsvoll. Mit der S-Bahn fuhren sie ab Trachau bis zum Bahnhof Neustadt. Sie näherten sich Bobbys Haus auf einem Umweg. Auf den

Straßen war wenig los, die meisten Familien saßen noch beim Mittagessen. Mark prüfte, ob die Versiegelung an der weißlackierten Tür unbeschädigt war, dann öffnete er das Schloss mit einem Schraubenzieher.

Schnell schlüpften sie hinein.

Die Luft im Inneren war warm und stickig. Wie ein fauliger Geruch lag das Unheil in der Luft, das dieses Haus vor gut dreißig Stunden heimgesucht hatte. Kristins Unterlippe begann zu zittern. Mark strich ihr über die Schulter und zog sie kurz an sich.

»Beeil dich«, flüsterte er. »Wenn uns irgendjemand gesehen hat, sind die Bullen in fünf Minuten da.«

Sie bedeutete ihm mit einem Winken, ihr in den Keller zu folgen. In einem Schacht im Boden befand sich eine abschließbare Stahlkassette. Der Schlüssel dazu war mit Klebeband an der Unterseite einer Werkbank befestigt. Kristin entnahm der Kassette eine Mappe aus steifem Rindsleder, die sehr alt aussah.

»Hier, siehst du!« Sie ließ ihre Finger durch die handgebundene Akte gleiten. In seiner klaren, akkuraten Schrift hatte Bobby ein ausführliches Gedächtnisprotokoll der Vorfälle im Schlosspark Pillnitz vor drei Jahren angefertigt. Dahinter kamen die offiziellen Berichte, Zeugenaussagen, Mitteilungen ausländischer Behörden. Zeitungsartikel. »Vielleicht finden wir hier drin irgendetwas, ein Detail, das uns auf Ratchers Spur bringt.«

»Aber nicht jetzt! Pack die Mappe ein und dann raus hier«, drängte Mark.

Kristin schob die Unterlagen in den grauen Rucksack, den Manja ihr gegeben hatte. Sie holte ihren Pass, ihr Handy, etwas Bargeld und ein Foto von Bobby aus einem Schrankfach. Dann schlich sie sich wie eine Diebin aus dem Haus, das bis Freitagnacht noch ihre Zuflucht vor der Welt gewesen war.

Mit schnellen, aber nicht überhasteten Schritten entfernten sie sich.

»Wie geht es jetzt weiter?«, fragte Kristin. Sie blinzelte in die Sonne. Es war ein herrlicher Tag, wie geschaffen für einen Spaziergang an der Elbe oder eine Fahrt in die Sächsische Schweiz. Stattdessen war sie auf der Flucht.

Und Bobby tot.

Sie spürte, wie ihre Knie weich wurden.

Mark bemerkte ihr Taumeln. »Nimm dich zusammen, Kristin.« Er packte sie unsanft am Unterarm. »Wir schulden es Bobby, die Sache jetzt durchzuziehen. Los, zum Bahnhof!«

Fünfzehn Minuten später saßen sie wieder in der S-Bahn Richtung Trachau. Sie hatten beschlossen, vorerst in Manjas Wohnung zu bleiben. Neben ihnen blätterten Passagiere in den Zeitungen. Mark zog sein Basecap tief ins Gesicht.

37

Es war nur ein Testspiel, nichts weiter, aber die Duelle zwischen Dynamo Dresden und Union Berlin gehörten schon immer zu den brisantesten. Es herrschte traumhaftes Sommerwetter, außerdem gab es kaltes Bier, Bockwurst und Fischbrötchen.

Für Finn Gabriel war ein Fußballspiel immer noch ein Fußballspiel.

Im neuen Stadion der Dynamos hatten sich vielleicht sechstausend Fans versammelt. Gabriel war allein und inkognito hier. Er saß ganz oben auf der Tribüne, aber fernab des VIP-Bereichs, denn dort hatten sich Leute versammelt, die ihn kannten. Er wollte nicht gestört werden. Die Plätze links und rechts neben ihm waren frei. Auf den einen hatte er die Donnerstagausgabe des Kicker gelegt und eine Sonnenbrille, auf den anderen zwei Bockwürste mit Senf und Brötchen. In der Hand hielt er einen großen Becher Bier.

Während er den Aufwärmübungen der Spieler zusah, presste er ein kleines, schmales Mobiltelefon an sein Ohr.

»Sie sind zu dem Haus zurückgekehrt«, erläuterte Schaub, der falsche Polizist. »Der Bewegungsmelder hat angeschlagen. Als wir dort ankamen, waren sie allerdings schon wieder verschwunden.«

Gabriel dachte nach. »Suchen Sie nicht weiter nach ihnen. Ich bin sicher, die beiden werden morgen im Hotel auftauchen.«

»Wir werden vorbereitet sein.«

»Bis später.« Gabriel klappte das Telefon zu.

In diesem Moment wurde das Spiel angepfiffen. Mit Kennermiene beobachtete Gabriel den neuen Mittelstürmer der Dynamos, einen schlanken, aber muskulösen Jugoslawen, der sich mit der Geschmeidigkeit eines Salamanders bewegte. Vor knapp vier Jahrzehnten hatte er selbst für Dynamo Dresden auf dem Rasen gestanden, in der DDR-Oberliga. Über dreihundert Spiele hatte er absolviert und einhundertsiebzig Tore geschossen. Er war einer der besten Mittelstürmer, die Dynamo jemals hatte. Samstag für Samstag war er aufs Feld gegangen und hatte sich ins Getümmel gestürzt. Fußball war seine große Leidenschaft. Er hatte sie ausgekostet, bis die Ärzte ihn vom Rasen gezerrt hatten.

Nach dem Ende seiner Karriere hatte er eine kleine Bäckerei in seinem Heimatort Königstein übernommen. Er war auch weiterhin jede Woche zu den Heimspielen der Dynamos ins Stadion gefahren, um auf der Ehrentribüne mit seinen früheren Mannschaftskollegen zu fachsimpeln. Nach einem dieser Spiele kam es zu einem Vorfall, der Gabriels Leben völlig verändern sollte.

Er war auf dem Weg zu seinem Auto, als er sah, wie im Großen Garten drei betrunkene, stiernackige Anhänger der gegnerischen Mannschaft auf einen schmächtigen blonden Jungen einprügelten. Er lag bereits am Boden und versuchte hilflos, sich zu schützen, indem er sich zusammenkrümmte. Doch sie traktierten ihn mit ihren Schuhen und Stiefeln, offensichtlich entschlossen, ihn zu einem blutigen Brei zu treten.

Finn Gabriel kam von hinten und knallte wie eine Schubkarre Ziegelsteine gegen den Ersten. Der Schläger ging hart zu Boden. Das gab Gabriel die Gelegenheit, dem Zweiten das Knie zwischen die Beine zu rammen und ihm anschließend einen brutalen Kopfstoß zu versetzen. Der Mann flog um, als sei er gegen eine Betonmauer gerannt. Nun war nur noch einer übrig. Er war der bulligste der drei Männer und offensichtlich nicht gewillt, klein beizugeben. An einem Laternenmast schlug er eine Bierflasche entzwei.

»Na, wie gefällt dir das, du Drecksau?«, grunzte er. »Ich schneide deine Fresse auf wie einen Schweinebraten!«

Gabriel wurde von hinten umklammert. Der erste Schläger hatte sich aufgerappelt. Doch Finn platzierte einen zweiten wuchtigen Kopfstoß, diesmal mit dem Hinterkopf, und er war wieder frei. Dann packte er den rechten Arm des Bulligen, dessen Hand die zerbrochene Bierflasche hielt. Mit unwiderstehlicher Kraft drückte er ihm das gezackte Glas ins Gesicht, immer tiefer. Er hörte erst auf, als seine Hand über und über mit Blut bespritzt war. Mit einem Kniestoß in die Weichteile des anderen beendete er den Kampf. Der Mann wand sich wie ein halbierter Wurm auf dem Boden und heulte, dass er blind sei. Gabriel machte sich nicht die Mühe, das zu überprüfen. Stattdessen schaute er sich um. Die anderen beiden krümmten sich noch im Staub, die Hände vors Gesicht geschlagen. Gabriel konnte es sich nicht verkneifen, auch ihnen noch einen harten Tritt zwischen die Beine zu versetzen. Dann sah er nach dem Jungen. Er mochte zwölf oder dreizehn sein. Sein Gesicht war übel zugerichtet, blutig und stark angeschwollen. Weiße Flüssigkeit lief aus der Nase. In einem Auge sammelte sich Blut.

Fünfundvierzig Minuten später lag er im Krankenhaus.

Während auf der Intensivstation zwei Ärzte um sein Leben rangen, tigerte sein Vater Georg Helbig im Wartezimmer auf und ab. Er war selbst Arzt, ein sehr bekannter sogar, aber jetzt fühlte er sich ohnmächtig wie nie zuvor. Er verfluchte sich, weil er nicht da gewesen war, um seinen Sohn Lucas zu beschützen.

Irgendwann kam ein müde aussehender Mann in einem weißen Kittel herein. Während des Gehens streifte er seinen Mundschutz ab.

Für einen Moment blieb Helbigs Herz stehen.

Der Arzt leckte sich über die spröden Lippen, doch dann nickte er. »Ihr Sohn wird leben, Herr Kollege!«

»Oh Gott! Danke!« Georg Helbig umarmte ihn erleichtert. Große, salzige Tränen rollten seine Wangen hinunter. »Danke!«

»Danken Sie seinem Retter. Er ist gerade noch rechtzeitig gekommen. Lucas hat einen zweifachen Schädelbasisbruch erlitten. Eine das Hirn versorgende Schlagader ist gerissen, wodurch es zu einer Einblutung in den Venenraum an der vorderen Schädelbasis gekommen ist. Das hat zu einer Fistel geführt.«

»Sie meinen ...?«

Schulterzucken. »Ein paar Tritte mehr, und es wäre vorbei gewesen.«

38

Der Tisch war aus Mooreiche und maß knapp zwei mal zwei Meter. Auf ihm stand eine der extravagantesten Modelleisenbahnanlagen der Welt.

Zu sehen war ein Ausschnitt aus dem England des 19. Jahrhunderts, mit historischen Dampflokomotiven, Waggons und dem betriebsamen Londoner Hauptbahnhof Waterloo Station, vor dem Händler Fish & Chips verkauften. Durch die schmutzigen Straßen Londons fuhren Droschken, ein paar Häuser weiter spazierten Sherlock Holmes und Dr. Watson, umringt von eifrigen Zeitungsjungen. Auf den Feldern vor den Toren der Stadt genossen Arbeiter ihre Mittagspause. Durch die grünen Täler schlängelten sich alte Züge, die alle in unbeschädigtem Zustand zu sein schienen.

Maximilian Roth stand vor dem Tisch und säuberte mit einem Wattestäbchen sorgfältig den Schornstein einer Lokomotive. Als es an der Tür klopfte, hob er den Kopf.

»Haben Sie eine Minute Zeit, Herr Roth? Es gibt Neuigkeiten.«

»Natürlich, Michael, komm rein.«

Er winkte seinen Assistenten zu sich heran. Stolz zeigte er ihm seine neueste Erwerbung. »Sieh dir das an! Das ist die älteste Echtdampflok der Welt. 1852 hergestellt. Davon existieren nur noch vier Exemplare. Hat mich ein Vermögen gekostet.«

Michael Arnold lächelte milde. Er interessierte sich nicht für Modelleisenbahnen. Und er wusste, dass auch Roth all die Stunden, die er über diese Anlage gebeugt verbrachte, vor allem dazu nutzte, um über irgendein Problem nachzudenken, das in Form einer Akte oder eines Vermerks auf seinem Schreibtisch lag. Er liebte die Beschäftigung mit Details, hier wie dort.

Die gewaltige Leidenschaft für Politik war es, die den Vizekanzler und seinen fast dreißig Jahre jüngeren Assistenten verband. Beide hatten keine Familie, kein Privatleben. Es war deshalb alles andere als ungewöhnlich, dass sie sich an einem Sonntagnachmittag im Büro trafen.

»Was denn für Neuigkeiten?«, fragte Roth, als sie in den grauen Sesseln der schmucklosen Sitzgruppe am Fenster Platz genommen hatten. »Etwa vom Kanzler der Herzen?«

Arnold nickte lächelnd.

»Na los, raus damit!« Roth lehnte sich gespannt nach vorn.

»Wie soll ich es formulieren?« Der junge Assistent schaffte es nicht, das immer breiter werdende Grinsen aus seinem Gesicht zu wischen. »Gehe zurück nach Dresden. Gehe nicht über Los, ziehe nicht zweitausend Euro ein und lass dich in Berlin nie wieder blicken!«

»Moment mal.« Roth verschluckte beinahe seine eigene Zunge. »Du willst doch nicht andeuten, dass er bereits zurückgetreten ist?«

Sein Gegenüber schüttelte den Kopf. »Das nicht. Aber ich weiß von einem Journalisten, dass der Chef des Kanzleramtes für Dienstag kurzfristig eine Pressekonferenz einberufen hat. Nur für handverlesene Gäste. Was sollte Helbig da anderes verkünden als seinen Abgang?«

Roth atmete tief durch. »Dann läuft also alles nach Plan. Er nimmt seinen Hut ...«

»... und Sie folgen ihm als Kanzler bis zum Ende der Wahlperiode. Der Partei wird es in der Kürze der Zeit nicht gelingen, einen anderen Kandidaten zu finden, weshalb ihr gar nichts anderes übrig bleibt, als Sie für die Wahl im nächsten Jahr zu nominieren.«

»Die ich dank unseres Vorsprungs gewinnen werde.« Roths Nasenflügel bebten bei diesem Gedanken.

Sein Name hatte einen guten Klang, seit langem schon und noch bevor er zum Vizekanzler aufstieg. Der Abgeordnete aus Nordrhein-Westfalen galt als Mann ohne Skandale, der für seine Überzeugungen eintrat, ohne demagogisch zu sein. Natürlich bedachte er seinen Wahlkreis mit staatlichen Wohltaten, nahm Spenden an und erwies hierfür kleine Gefälligkeiten. Aber er gehörte nie zu denen, die die Macht und die Vergünstigungen ihres Amtes missbrauchten. Das bewog die Menschen, ihm zu vertrauen. Trotz dieser unbestreitbaren Vorzüge schien Roths politische Karriere allerdings im Parlament zu enden. Keiner seiner Parteifreunde und auch kein einziger Journalist hätte in ihm einen Kandidaten für einen Ministerposten oder gar das Amt des Kanzlers gesehen. Zu ungewandt war sein Auftreten in der Öffentlichkeit, zu unschön der Anblick seiner Augenringe und seiner grauen, immerzu schwitzenden Haut. Er war kein Mann, der die Massen in seinen Bann zog.

Aber dann schickte sich ein Außenseiter an, das Kanzleramt zu erobern. Und dieser Außenseiter brauchte ihn.

Es hatte in der Partei mehrere Bewerber für die Spitzenkandidatur bei der letzten Bundestagswahl gegeben. Den sächsischen Ministerpräsidenten Lucas Helbig hatte allerdings kaum jemand auf der Rechnung. Seine Streitmacht war zu gering, das Land, aus dem er kam, zu unbedeutend. Doch Helbig besaß mächtige Freunde. Die Großen Fünf füllten seine Kriegskasse und ließen ihre Verbindungen spielen. Einflussreiche Funktionäre stellten sich plötzlich auf Helbigs Seite. Monatelang reiste er kreuz und quer durch die Republik, um sich den Parteimitgliedern vorzustellen. Er besuchte Versammlungen und Sommerfeste, Grillabende und Weihnachtsfeiern. In den Gesprächen, die er führte, kam seine große Stärke zum Tragen, seine Gabe, Menschen von sich einzunehmen. Er war kein Stratege, keiner, der durch besonders brillante Gedanken auffiel. Aber es gab niemanden, der im persönlichen Umgang natürlicher und überzeugender wirkte.

Vielleicht hätte es trotzdem nicht gereicht für den smarten Außenseiter. Doch dann, kurz vor der Nominierung, holte Helbig überraschend Maximilian Roth an seine Seite. Seine Konkurrenten rätselten lange über das Wieso und Warum. Dabei war es ganz einfach. Fleißige Arbeiter wie Roth genossen an der Parteibasis hohes Ansehen. Gleichzeitig äußerten ältere Mitglieder häufig ihre

Sorge über die Jugend und Unerfahrenheit des sächsischen Kandidaten. Was lag also näher, als mit einem vertrauenswürdigen, beliebten Veteranen in die Schlacht zu ziehen? Und zwar einem aus Nordrhein-Westfalen, dem Land mit den meisten Delegierten beim Nominierungsparteitag. Ihre Stimmen waren es, die Helbig mit hauchdünnem Vorsprung über die Ziellinie brachten.

39

Ohne das furchtbare Ereignis im Großen Garten hätten sich die Wege von Finn Gabriel und Georg Helbig wohl nie gekreuzt.

Gabriel war der Sohn eines Bergarbeiters aus Königstein, während Helbig in einer Villa auf dem Weißen Hirsch aufgewachsen war. Gabriel hatte die Schule nach der achten Klasse verlassen, um eine Lehre als Bäcker zu absolvieren. Helbig hingegen hatte Medizin studiert und war inzwischen ein anerkannter Nierenspezialist. Auch äußerlich trennten den grobschlächtigen, muskulösen Gabriel und den schmächtigen, feingliedrigen Helbig Welten.

Dennoch wurden sie nach diesem Vorfall enge Freunde.

Zu ihrer Verblüffung entdeckten sie, dass sie ein gemeinsames Hobby hatten. Beide spielten mit Begeisterung Schach. Schon bald begannen sie, sich regelmäßig zu einer Partie zu treffen. Auf Helbigs Vermittlung kaufte Gabriel eine Bäckerei auf dem Weißen Hirsch, keine zweihundert Meter von der Klinik entfernt, in der der Arzt arbeitete. Später fand er ganz in der Nähe sogar ein kleines Häuschen. Er wurde zu einem gerngesehenen Gast der Helbigs und für ihren Sohn Lucas zu einer Art Lieblingsonkel.

Doch der Freundschaft der beiden ungleichen Männer war keine lange Dauer beschieden.

Im Alter von dreiundvierzig Jahren erlitt Georg Helbig einen schweren Herzinfarkt. Ihm blieben nur noch wenige Stunden. Er rief Gabriel zu sich und flehte ihn an, auf seinen Sohn aufzupassen.

»Ich muss sicher sein, dass mein Junge in guten Händen ist«, hatte er gesagt. »Er ist doch erst vierzehn. Du bist der Einzige, dem ich Lucas anvertrauen kann. Bitte, Finn!«

Es war nicht gerade ein bescheidener Wunsch. Doch Finn Gabriel hatte sich auf Georgs Bett gesetzt und ihm geschworen, dass er seinen Jungen beschützen, sich jeder Gefahr stellen und jeden seiner Feinde bekämpfen werde, solange er noch einen Hauch von Kraft und einen Funken Verstand in sich spüre.

»Niemand wird ihm je wieder Schmerz zufügen, Georg«, hatte er geflüstert.

Kurz darauf war Helbig friedlich eingeschlafen. Finn Gabriel, der weder eine Ehefrau noch Kinder hatte, wurde Lucas' Mentor, Pate und Beschützer. Er begleitete ihn als eine Art Ersatzvater durch das letzte Jahrzehnt der DDR, um ihm nach der Wende in die Politik zu folgen. Zunächst arbeitete er als Bodyguard und Fahrer des frischgebackenen Abgeordneten und späteren Fraktionsvorsitzenden im Sächsischen Landtag. Nach Helbigs Wahl zum Ministerpräsidenten übernahm er ganz offiziell den Posten des Sicherheitschefs der Staatskanzlei. Und als sein Schützling das Kanzleramt eroberte, zog er mit ihm nach Berlin.

Seine unübersehbare Nähe zum Regierungschef machte Gabriel zu einem der wichtigsten Männer der Hauptstadt. Das politische Berlin wusste, dass dieser grobschlächtige Mephisto mit dem stechenden Blick der Einzige war, der Lucas Helbigs uneingeschränktes Vertrauen genoss. Er war ihnen unheimlich, viele fürchteten ihn sogar. Aber alle spürten, welch gewaltige unsichtbare Kraft die beiden Männer verband, wie stark und unangreifbar der Bund zwischen ihnen war. Nicht wenige Gegner Helbigs wünschten sich, ebenfalls einen Mentor vom Schlage Gabriels an ihrer Seite zu haben.

Aber der Kardinal war einzigartig.

40

Der junge Mann trug ein weißes Jackett, eine schwarze Hose und glänzende schwarze Schuhe. Sein Haar war glatt gekämmt, über seinem rechten Arm hing ein blitzsauberes Kellnerhandtuch. Er schob den kleinen Servierwagen bis an die Tür der Suite und klopfte zweimal.

»Zimmerservice«, rief er.

Er hörte eine Stimme aus der Suite und drehte den Türgriff. Der Gast stand draußen auf der Terrasse und wandte ihm den Rücken zu, im Zimmer lief der Fernseher.

Alesandro schob den Servierwagen zu dem kleinen Couchtisch, auf dem Onlineausdrucke mehrerer Zeitungsartikel lagen, große Beiträge der Frankfurter Allgemeinen Zeitung, der Süddeutschen und der Welt, aber auch etlicher ausländischer Blätter, die er überhaupt nicht kannte. Alle Artikel behandelten dasselbe Thema, den Anschlag auf Lucas Helbig während des Bundestagswahlkampfes vor drei Jahren. Einige Fotos zeigten den blutüberströmten Kandidaten in Großaufnahme, auf anderen war im Hintergrund der Schlosspark Pillnitz zu erkennen, in dem sich das Attentat ereignet hatte. Alle Zeitungen hatten das gleiche grobkörnige Bild des entflohenen Killers abgedruckt, ein verschlagenes, misstrauisches Gesicht mit einem Drei-Tage-Bart, eingerahmt von halblangen dunkelblonden Haaren. Die Augen des Attentäters waren geschlossen.

»Was machst du hier?« Der Gast, der sich Tim Haye nannte, war hereingekommen und funkelte ihn wütend an.

Im Bruchteil einer Sekunde ging Alesandro auf, dass der Mann ihn gar nicht hereingebeten hatte; er hatte sich offenbar verhört und den Fernseher für die Stimme des Gastes gehalten.

»Entschuldigen Sie bitte«, stammelte er erschrocken. »Ich bringe Ihre Bestellung.« Zum Beleg deutete er auf den Servierwagen. Darauf lag ein Teller dampfender Croissants, dazu Butter und mehrere Sorten Marmelade. Außerdem eine Kanne Kaffee. »Ich habe angeklopft und dachte, Sie hätten Herein gesagt. Es tut mir leid, Herr Haye!«

»Schon gut«, knurrte Ratcher. Seine hinter dem Rücken verborgene Hand schob die Beretta zurück in den Hosenbund. »Stell alles hier ab.« Er deutete auf den Couchtisch.

»Soll ich das wegnehmen?«, fragte Alesandro und wies auf die Zeitungsartikel.

»Nein, nein, lass alles so liegen.« Ratcher beobachtete ihn. »Wie heißt du?«

»Alesandro, Herr Haye.«

»Wie lange arbeitest du schon im Sherwood?«

»Seit sechs Monaten. Vorher war ich in einem kleinen Hotel an der Costa del Sol.«

Der Kellner hatte sein Selbstvertrauen wiedererlangt. Geschickt drapierte er den kleinen Nachmittagssnack auf dem Tisch, dann trat er zurück und verbeugte sich. Ratcher zog einen Schein aus der Tasche. »Danke.«

Alesandro verbeugte sich erneut. »Vielen Dank. Ich bitte nochmals um Entschuldigung wegen ...«

»Keine Ursache.«

Kaum hatte der Kellner das Zimmer verlassen, verzerrte sich Ratchers höfliches Lächeln zu einer wütenden Maske. Er ärgerte sich über sich selbst, weil er das Zimmer nicht abgeschlossen hatte. Natürlich war ihm sofort aufgefallen, was Alesandros Aufmerksamkeit gefesselt hatte. Vorhin war er in einem Internetcafé in der Innenstadt gewesen, um sich aus den Online-Archiven der Tageszeitungen die Artikel von damals herauszusuchen. Viele kannte er bereits. Aber Bobby Cramer hatte ihm kurz vor seinem Tod etwas ins Ohr geflüstert, etwas Unfassbares, das vieles erklärte. Und alles veränderte.

Wenn es stimmte.

Deshalb hatte er sich die Artikel noch einmal ausgedruckt, aus sämtlichen Zeitungen, die ernst zu nehmen waren, auch den ausländischen. Er musste wissen, ob Bobby Recht hatte. Er war die Berichte durchgegangen, Zeile für Zeile, mit der Miene eines Mannes, der in die Vergangenheit zurückkehrt. Nirgendwo fand er die Information, die Bobby ihm gegeben hatte. Das machte sie jedoch nicht unbedingt falsch. Denn es gab auch keinen Hinweis, der sie widerlegte. Aber die Behauptung war zu ungeheuerlich, um sie auf sich beruhen zu lassen. Ehe er das Land verließ, musste er sich Gewissheit verschaffen. Es würde möglicherweise schmerzlich werden, aber es war notwendig, wenn er mit sich ins Reine kommen wollte.

Und Alesandro?

Der junge Kellner hatte den Zeitungsausschnitten wahrscheinlich keine weitere Bedeutung beigemessen, warum auch? Da interessierte sich ein Gast für den Anschlag auf Lucas Helbig, na schön. Aber nach den morgigen Ereignissen würde er die Sache mit anderen Augen sehen und jedem davon berichten, der es hören wollte. Dieses Risiko konnte Ratcher leider nicht eingehen.

41

»Ratchers Geschichte beginnt vor zwölf Jahren in Griechenland«, sagte Kristin und tippte auf einen Bericht des BKA, der den Stempel »VS – Vertraulich« trug. Es war eine Art Zusammenfassung des wenigen, was über Ratcher bekannt war. »Auf der Insel Rhodos, um genau zu sein.«

»Der Mord an Charisteos, dem Reeder?«, fragte Mark.

»Reeder, Waffenhändler und Milliardär«, präzisierte Kristin. »Der Anschlag erregte deshalb so viel Aufsehen, weil Charisteos als Sicherheitsfanatiker galt. Er hatte sich auf Rhodos eine ehemalige Johanniterburg gekauft und sie zu einer luxuriösen Festung umbauen lassen. Es heißt, dass seine Leibgarde besser war als der amerikanische Secret Service.«

»Ich erinnere mich dunkel. Wurde er nicht in seinem eigenen Schlafzimmer getötet? Ein Kopfschuss, oder?«

»Ganz genau. Trotz Leibwächtern vor der Tür und unter dem Fenster. Das Areal war weitläufig mit einem Stacheldrahtzaun gesichert, der mit zwanzigtausend Volt geladen war. Rund um die Uhr patrouillierten Wachen mit Hunden an der Mauer der Burg entlang. Außerdem gab es Bewegungsmelder, Kameras, Infrarot. Das ganze Programm. Und trotzdem ist es Ratcher gelungen, Charisteos mit einem einzigen Schuss zu töten und zu verschwinden.«

»Wie hat man ihn eigentlich als Täter identifiziert?«

»Anhand einer speziellen Munition, die er auch bei späteren Attentaten verwendete.«

Mark und Kristin hatten es unbehelligt zurück in die Wohnung geschafft. Manja saß mittlerweile in ihrem Flugzeug nach Florida. Mark hatte sich ein Glas Cola eingegossen und lag ausgestreckt auf dem weichen Teppich im Wohnzimmer, die Arme unter dem Kopf verschränkt. Den Inhalt des Dossiers hatte Kristin auf der Couch ausgebreitet.

»Was wissen wir noch über Ratcher?«, fragte Mark

»Ihm werden neunzehn Morde zugeschrieben. In erster Linie Politiker. Zu seinen Opfern gehören aber auch Journalisten, Drogenbosse und zwei russische Oligarchen. Er hat auf allen Kontinenten gearbeitet, vorzugsweise in Europa.«

»Wurde er jemals geschnappt?«

Sie schüttelte den Kopf. »Vor dem Helbig-Attentat nie.«

»Wer ist dieser Mann? Wo kommt er her?«

»Das weiß niemand. Er ist ein Geist, ein unsichtbarer Schatten, der nur auftaucht, um zu töten, und dann für Monate oder gar Jahre verschwindet. Es gibt keinerlei Hinweis auf seine Nationalität, seine Herkunft, seinen Background. Niemand weiß, woher der Name Ratcher stammt. Dieser Bericht hier«, sie tippte wieder auf das grüne, eng beschriebene Papier, »wäre noch um einiges dünner, wenn es Bobby nicht gegeben hätte.«

Mark sah Kristin fragend an.

»Die Ereignisse vor drei Jahren haben ihn hauteng mit Ratcher in Berührung gebracht. Bobby schätzte ihn auf Ende zwanzig bis Mitte dreißig. Schnell, muskulös, sehr gut ausgebildet, möglicherweise in einer Spezialeinheit einer Armee oder eines Geheimdienstes. Bobby hatte ein Gespür für solche Dinge.«

»Ich weiß«, erwiderte Mark sanft.

Sie schluckte die aufsteigenden Tränen hinunter. »Ihm ist es auch zu verdanken, dass es ein Foto von Ratcher gibt. Das einzige Foto überhaupt! Er hat es unmittelbar nach der Festnahme am Elbufer aufgenommen.«

»Wieso eigentlich? Er hatte in diesem Moment doch wahrlich andere Sorgen.«

»Stimmt«, nickte Kristin und zeigte auf einen Absatz des Berichtes. »Aber du kennst ja Bobby. Damals herrschte das absolute Chaos. Nach dem Schuss auf Helbig rannten die Menschen in alle Richtungen davon. Selbst die Beamten vom Bundeskriminalamt wussten nicht, wo ihnen der Kopf stand, von der Spurensicherung war noch keiner da. Bobby ging es darum, die Festnahmesituation zu dokumentieren.« Sie lächelte. »Er nahm seine Handykamera, etwas anderes hatte er nicht dabei. Ursprünglich zeigte das Foto Ratcher, wie er bewusstlos am Boden lag, zusammen mit dem Uferabschnitt, wo sie ihn erwischt hatten. Die Experten haben dann später aus dem Bild das Beste herausgeholt. Hier!« Sie hielt einen Ausdruck in die Höhe, der den Kopf eines Mannes in Großaufnahme zeigte. »Mit dem Ratcher von heute hat das allerdings nicht mehr viel zu tun.«

Mark betrachtete das Foto eingehend, ganz wie ein Briefmarkenspezialist eine alte Marke überprüft, ehe er sie für echt erklärt. »Was genau hat sich geändert?«

»Das Gesicht ist deutlich schmaler. Kein Bart, keine langen Haare, nur noch kurze blonde Stoppeln, fast eine Glatze. Diese Narbe auf der Stirn gibt es nicht mehr, jedenfalls habe ich sie nicht bemerkt. Anhand dieses Bildes hätte ich Ratcher nicht erkannt, als er mir gegenüberstand.«

»Warum wurden später nicht ordentliche Fotos gemacht?«, fragte er. »Fingerabdrücke, DNA-Proben?«

»Das sollte im Gefängnis passieren. Dort kam er aber nie an.«

Er nickte. »Was ist dir an jenem Abend in eurer Wohnung noch aufgefallen?«

Sie zuckte mutlos die Schultern. »Nicht viel. Er war braungebrannt, als habe er sich lange in den Tropen aufgehalten. Seine Stimme war weich, fast süßlich. Sie hatte etwas Suggestives.« Sie lehnte sich nach vorn und sah ihn an. »Am interessantesten ist aber ein Detail, das mir nicht aufgefallen ist!«

42

Ratcher zog eine schwarze Cordhose an und ein weißes Hemd mit kurzen Ärmeln. Dann verließ er seine Suite und fuhr mit dem Lift in die Lobby.

An der Rezeption blätterte er scheinbar interessiert in einer Broschüre der Sherwood-Kette. Neben ihm stand ein älteres Ehepaar, das von der Empfangsdame mit Namen begrüßt wurde. Das Ehepaar erkundigte sich nach dem Weg zu einem neu eröffneten italienischen Restaurant und gab seinen Schlüssel ab. Auf der Messingplakette mit dem Emblem des Sherwood prangte gut sichtbar die Zahl zweihundertzwanzig.

Ratcher lief zum nächsten Haustelefon und rief den Zimmerservice an. »Guten Tag. Altmann, Raum zweihundertzwanzig. Würden Sie uns eine Flasche Champagner mit drei Gläsern aufs Zimmer bringen? Und bitte schicken Sie uns Alesandro. Meine Frau möchte sich bei ihm persönlich bedanken! Er bedient uns immer so freundlich.«

Die Stimme am anderen Ende erwiderte verständnisvoll, dass dies kein Problem sei. Es war nicht ungewöhnlich, dass ältere Frauen nach Alesandro verlangten. Sie genossen es, von dem attraktiven jungen Mann bedient zu werden. Und natürlich mochten sie seine netten Komplimente und sein schüchternes Lächeln. Dafür zahlten sie auch gern etwas mehr Trinkgeld.

Ratcher hatte allerdings gänzlich andere Pläne. Er fuhr nach oben. Das Schloss von Zimmer zweihundertzwanzig stellte keine

Herausforderung dar. Er schlüpfte hinein. Der Raum roch leicht nach einem altmodischen Rasierwasser, von dem Ratcher gar nicht mehr geglaubt hätte, dass es noch existierte. Die Vorhänge waren zugezogen.

Er setzte sich in einen Sessel und wartete.

Nach etwa fünf Minuten klopfte es an der Tür. »Zimmerservice«, rief die bekannte Stimme.

»Herein«, erwiderte Ratcher.

Alesandros Augen brauchten einige Momente, um sich an das Halbdunkel des Zimmers zu gewöhnen. Dann erkannte er Ratcher und blinzelte überrascht. Das Flackern seiner Augen verriet einen Hauch von Besorgnis.

»Herr Haye?«

»Hat alles seine Richtigkeit, Alesandro«, lächelte Ratcher beruhigend. Er stand auf und trat auf ihn zu. »Die Altmanns sind alte Freunde von mir. Wir wollen auf den Geburtstag von Frau Altmann anstoßen. Ihr Mann wartet mit ihr unten in der Lobby, damit ich hier eine kleine Überraschung vorbereiten kann. Bring die Flasche rüber zum Tisch, bitte!«

»Natürlich.« Alesandro breitete ein kleines Leinentüchlein aus, um den Eiskübel mit dem Champagner darauf abzustellen. Seine Gedanken rotierten, während er den Blick durchs Zimmer gleiten ließ. Er war beunruhigt, höchst beunruhigt. Instinktiv spürte er, dass hier etwas nicht stimmte.

Aber was?

Hatte Haye Geburtstag gesagt? Der Geburtstag von Frau Altmann? Alesandro kannte sie recht gut. Eine nette Frau aus München, die wie Miss Marple aussah, aber weitaus großzügigere Trinkgelder vergab. Sie und ihr Mann kamen häufig ins Sherwood. Aber an der Sache mit dem Geburtstag war etwas faul. Wenn er sich nur besser erinnern könnte! Die Gedanken wirbelten durch seinen Kopf wie Staubflocken.

Das Oktoberfest!

Plötzlich fiel es ihm wie Schuppen von den Augen. Frau Altmann hatte ihm einmal erzählt, dass sie ihren Geburtstag meist nicht zu Hause, sondern mit ihren Verwandten und Freunden auf der Wiesn feiere. Aber jetzt war noch nicht Oktober, sondern Ende August! Alesandro wollte sich umdrehen. Doch in diesem Moment drang von hinten ein Messer genau in sein Herz. Alesandros ganzer Körper brannte, als wenn sein Blut in Flammen stünde. Der Eiskübel fiel scheppernd zu Boden. Die letzten Sekundenbruchteile, die sein Hirn noch mit der Außenwelt verbunden war, genügten, um Alesandros Gedanken zu dem Mann, der sich Tim Haye nannte, zu ihrer ersten Begegnung vor einer Dreiviertelstunde und sogar zu den mysteriösen Zeitungsausschnitten auf dem Couchtisch zurückzuführen.

Heilige Scheiße!

»Du warst einfach zu übereifrig, Alesandro«, stellte Tim Haye bedauernd fest, während er das Messer sorgfältig mit einem Tuch abwischte. »Und zu neugierig. Du begreifst doch, dass ich absolut sicher sein muss, dass du niemandem davon erzählst, oder?«

43

»Was ist dir nicht aufgefallen?« Mark sah Kristin gespannt an.

»Bobby hat mir erzählt, dass an Ratchers linkem Ringfinger ein Glied fehlt.« Sie schloss die Augen. »Niemand ist jemals nahe genug an Ratcher herangekommen, um dieses Detail zu bemerken.«

»Und in dieser Nacht ...?«

»Ich war starr vor Angst. Mir schossen Tausend Gedanken durch den Kopf. Ich habe überhaupt nicht auf Ratchers Hände geachtet. Aber Bobby hat ihn daran erkannt, auf dem Flughafen.«

»Wir müssen ins Sherwood«, stellte Mark fest. »Du kannst Ratcher eher als alle anderen identifizieren. Du hast gesehen, wie er sich bewegt, hast gehört, wie er spricht. Du hast in seine Augen geschaut.« Mit grimmigem Lächeln fügte er hinzu: »Auf verstümmelte Finger werden wir besonders sorgfältig achten.«

»Ich hoffe nur, dass man uns lässt. Ich schätze, im Hotel wimmelt es nur so von BKA-Leuten.«

»Der eigentliche Ansturm dürfte aber erst morgen beginnen, wenn Helbig kommt, oder?«

Sie nickte. »Wahrscheinlich.«

»Dann müssen wir die Zeit nutzen, die uns heute noch bleibt. Ratcher wird seine Vorbereitungen treffen. Ich wette, dass er bereits im Sherwood ist. Wir werden dort auftauchen, mit meinem Dienstausweis wedeln und ein paar Fragen stellen.«

»Dir ist klar, dass das deiner Karriere nicht förderlich sein wird, oder?«, bemerkte sie.

»Der Gedanke ist mir schon gekommen.« Auf seinen Lippen lag die Andeutung eines Lächelns.

Kristins Blick wanderte zum Fenster. Ja, sie würde am ehesten in der Lage sein, Ratcher zu identifizieren. Denn sie hatte ihn aus nächster Nähe erlebt. Ratcher, der höfliche Killer mit der sanften Stimme. Als Erstes musste sie sich allerdings eine Waffe besorgen.

Wenn ich dir gegenüberstehe, wird es nicht darum gehen, dir deine Rechte vorzulesen.

44

Ratcher breitete ein dickes weißes Handtuch auf dem Teppich aus, um Alesandro auf den Rücken drehen zu können, ohne Blutflecke zu hinterlassen. Die Gesichtszüge des Toten waren verzerrt, die gebrochenen Augen starrten ins Leere. Mit geübten Handgriffen durchsuchte Ratcher Alesandros Taschen. Einige Geldscheine kamen zum Vorschein, insgesamt dreißig Euro, ein Bestellblock des Sherwood und ein Kugelschreiber, außerdem ein Computerausdruck über die Bestellung von Zimmer zweihundertzwanzig. In der Innentasche der Kellnerjacke steckte ein zusammengefaltetes Blatt Papier.

Der Dienstplan für diese Woche.

Alesandro hatte bereits in einer halben Stunde Feierabend, ein kleines, aber willkommenes Mosaiksteinchen. So würde sein Verschwinden wahrscheinlich erst morgen auffallen. Mitten in der hektischen Betriebsamkeit, die ein Besuch des Kanzlers nun einmal auslöste, würde jedoch kaum Zeit bleiben, der Frage näher nachzugehen, wieso Alesandro unentschuldigt nicht zum Dienst erschien. Der wütende Oberkellner würde sich eine Notiz machen und die Aufgaben neu verteilen, um sich dann dem nächsten Problem zu widmen. Schließlich musste alles wie am Schnürchen laufen, wenn sich der mächtigste Mann des Landes die Ehre gab.

Nachdem Ratcher mit etwas Mühe die mindestens zwei Nummern zu kleine Kellnerjacke übergestreift hatte, verließ er das Zimmer. Er ging den langen Flur entlang, bis er vor einer dunklen Holztür stand, auf der in goldenen Buchstaben die Aufschrift »Nur für Personal« prangte. Das altmodische Messingschloss hielt Ratcher keine zehn Sekunden auf. Wie er vermutet hatte, gelangte man in einen Raum, in dem die Reinigungsfrauen ihre Utensilien aufbewahrten. An den Wänden standen große Regalschränke. In einem lagen frische Handtücher und Bettbezüge, in dem anderen ein Sammelsurium jener kleinen Aufmerksamkeiten, mit denen Hotels ihre Gäste beglückten: Seife, Duschhauben und winzige Nähsets, Plastikfläschchen mit Schaumbad, Bleistifte, Briefpapier. Eine gewaltige Batterie von Reinigern und Putzmitteln aller Art war in einem weiteren Schrank untergebracht. Weiter hinten befand sich ein offener Schacht, der dazu diente, Schmutzwäsche direkt in die hoteleigene Wäscherei im Keller zu befördern. Daneben stand, wie von Ratcher erhofft, ein käfigähnlicher Wagen, der zum Einsammeln der Wäsche in den Zimmern diente. Ratcher schnappte sich einen großen Stapel frischer Handtücher und zwei Bettlaken, warf alles hinein und rollte den Wagen zur Tür. Vorsichtig spähte er hinaus. Am Ende des Ganges warteten zwei ältere Damen auf den Lift. Nachdem sie verschwunden waren, machte er sich auf den Weg.

Im Zimmer der Altmanns hob er Alesandros noch warmen Körper an, wickelte ein Laken um ihn herum und wuchtete ihn in den

Metallkorb. Er ließ sich ohne Weiteres biegen, so dass er problemlos in den Behälter passte. Ratcher deckte ein paar Handtücher über ihn und ließ auch die Champagner-Flasche und die Gläser in dem Wagen verschwinden. Dann zerknüllte er ein Dutzend weiterer Handtücher, die er in den Korb warf, bis alles völlig harmlos aussah – ein großer Wagen voll mit schmutziger Wäsche.

Ein letztes Mal sah Ratcher an sich herunter, ehe er die Tür öffnete. Mit seiner weißen Jacke, der schwarzen Hose und dem Wäschewagen ging er ohne Weiteres als Hotelangestellter durch. Natürlich nur, solange er keinem echten begegnete.

Er rief den Lift.

Zweimal winkte er höflich ab, als sich die Türen öffneten und elegante Gäste in Dinnerkleidung zum Vorschein kamen, auf dem Weg zu einer weiteren gepflegten Mahlzeit, einem weiteren Abend bei Smalltalk und Sherry.

Ratcher erschauderte, als ihm auffiel, dass einige der Männer nicht viel älter waren als er selbst. Sie wirkten wie erstarrt, gelangweilt von ihrem erbärmlichen Dasein. In ihren leeren Blicken sah er ein Schicksal, mit dem er sich nie abfinden würde. Lieber würde er sterben, als auf diese Weise zu enden. Diese armseligen Würmer hatten nicht einmal eine Ahnung von dem, was für ihn *leben* hieß. Das berauschende Gefühl der Gefahr, die ihn wie eine zweite Haut umgab. Die Momente höchsten Glücks, wenn er einen Auftrag erledigt hatte. Das Vibrieren in den Eingeweiden, wenn sich ein neuer Klient ankündigte. Ratcher wurde bewusst, wie sehr er all das vermisst hatte.

Die Ereignisse vor drei Jahren hatten ihn so viel gekostet!

Während all diese Gedanken durch seinen Kopf schossen, spielte er nach außen weiter seine Rolle als Hausdiener. Unterwürfig lächelte er, bis die Fahrstuhltüren wieder geschlossen waren. Beim dritten Versuch klappte es, die Kabine war leer. Er zog den Wagen hinein und drückte den Knopf für die Tiefgarage. Aber schon in der ersten Etage kam der Lift knirschend wieder zum Stehen. Ein gut gekleidetes Ehepaar stieg zu, das ihn allerdings demonstrativ übersah. Die beiden schienen sich nicht zu wundern oder auch nur Gedanken darüber zu machen, dass der Angestellte mit seiner schmutzigen Wäsche den eleganten Gästefahrstuhl benutzte. Ratcher hatte den Lastenaufzug im hinteren Trakt des Hotels bewusst gemieden, weil ihm das Risiko, dort einem »Kollegen« zu begegnen, zu hoch gewesen war.

Der etwa fünfzigjährige Mann schnippte ein paar Staubflöckchen von seinem Marineblazer und seufzte vernehmlich.

»Liebling, müssen wir da wirklich hin?«, murrte er leise. »Wir könnten stattdessen ...«

»Darüber haben wir doch schon hundertmal gesprochen, Oliver.« Die Frau betrachtete sich prüfend im Spiegel des Lifts. »Meine Schwester wäre tödlich beleidigt, wenn wir nicht kämen. Sie war sowieso schon irritiert, dass wir es abgelehnt haben, bei ihr zu übernachten.«

Olivers Reaktion bestand in einem Grunzen. »Das fehlte gerade noch. Haferflocken zum Frühstück. Gedämpftes Gemüse zum Abendbrot. Ihre missratenen Enkel würden mir wieder auf die Hose kotzen. Und dann noch ihr dämlicher Ehemann, der so stolz ist auf seinen miesen ...«

»Hör auf zu jammern.« Sie zog ihren Lippenstift nach. »Brigittes Feiern sind doch immer furchtbar nett.«

Aber Oliver erwies sich als halsstarrig. »Billiger Sekt und pappige Cocktailhäppchen«, nörgelte er unbeirrt.

Er hatte die Hand auf Ratchers Wagen gelegt, eine beiläufige Geste, die er vermutlich gar nicht wahrnahm. Aber Ratchers Augen weiteten sich in jähem Schrecken. Denn direkt neben dem Hosenbein des Mannes lugte ein Stück Finger durch die dünnen weißen Metallstäbe. Glücklicherweise war das Ehepaar vollständig mit sich selbst und der Gestaltung seines Abends beschäftigt. In diesem Moment erreichten sie schon die Lobby. Leise glitten die Lifttüren auseinander. Oliver schien noch nicht gewillt, sich kampflos in sein Schicksal zu ergeben. »Können wir Brigitte nicht einfach sagen, wir ...«

Ratcher hörte nicht mehr, was die beiden Brigitte sagten könnten. Es interessierte ihn auch nicht. Er atmete auf, als niemand einstieg, um mit ihm in die Tiefgarage zu fahren. Kurz bevor sich die Türen wieder schlossen, fiel sein Blick auf die Rezeption am anderen

Ende der Eingangshalle. Er sah eine schlanke, junge Frau. Obwohl ihr Haar jetzt blond war, erkannte er sie auf Anhieb. Sie stand neben einem muskulösen Mann, den er bisher nur auf Fotos gesehen hatte, aber ebenfalls mühelos identifizierte.

Der Kardinal hatte wieder einmal Recht behalten.

»Willkommen im Sherwood, Frau Eggert«, murmelte Ratcher spöttisch.

45

»Staatsanwalt Cramer«, sagte der muskulöse Mann zu der sehr jungen Empfangsdame und hielt ihr ein laminiertes Plastikkärtchen hin. »Wie heißen Sie?«

»Anne«, erwiderte sie verunsichert. Sie strich sich verlegen eine blonde Haarlocke aus der Stirn. »Anne Schröder.«

Mark lächelte sie an. »Also, Anne, wir sind wegen des morgigen Besuchs des Kanzlers hier, wie Sie sich denken können.« Er stellte Kristin nicht vor, aber Annes atemlose Aufmerksamkeit galt ohnehin nur ihm.

»Ja«, antwortete sie. Auf ihren Wangen erschienen kleine rote Flecke.

»Im Vorfeld dieses Termins sind gegen den Kanzler eine ganze Reihe von Drohungen eingegangen«, erläuterte Mark. »Das ist natürlich nicht ungewöhnlich. Es gibt aber auch einen sehr konkreten Hinweis. Unsere Experten glauben zwar, dass dahinter ein harmloser Spinner steckt, aber wir müssen dem nachgehen. Reine Routine, verstehen Sie?«

Anne nickte eifrig.

»Heute ist hier einiges los, nicht wahr?«, fragte Mark verständnisvoll und zeigte mit dem Daumen hinter sich.

In der Lobby herrschte gewaltiger Andrang. Die Delegierten des Seniorenverbandes trafen seit dem Nachmittag in kleinen

Grüppchen ein. Einige machten sich gerade auf zu einem ersten Bummel durch die Stadt. Andere nahmen sich die Zeit für einen Aperitif vor dem Essen. An der Bar war kein einziger Platz mehr frei.

Wieder nickte Anne. »Ja. Hundertzwanzig neue Gäste allein in den letzten drei Stunden. Wir hatten alle Hände voll zu tun. Aber morgen wird es sicher noch hektischer.«

»Hören Sie, Anne.« Marks Ton wurde geschäftsmäßig. »Wir suchen nach einem Mann, der möglicherweise heute oder gestern eingecheckt hat. Etwa Mitte dreißig, schlank, sportliche Erscheinung. Unter welchem Namen er reist, wissen wir nicht. Er hat sehr kurze blonde Haare, vielleicht sind sie sogar ganz abrasiert. Möglicherweise trägt er aber auch eine Perücke.«

»Haben ... haben Sie vielleicht ein Foto?«, fragte Anne schüchtern. »Ich kann mir Gesichter ganz gut merken.«

»Leider nur ein sehr altes«, bedauerte Mark. Er lehnte sich ein Stück weiter vor. »Hier. Denken Sie sich die Haare und den Bart weg!«

Sie beugte sich ebenfalls noch etwas nach vorn, legte ihre manikürte Hand nahe neben seine und betrachtete das Foto sehr lange. Ihr französisches Parfüm kitzelte seine Nase. Einige Sekunden genossen beide die intime Nähe. Doch dann schüttelte Anne betrübt den Kopf. »Tut mir leid. Ich kenne keinen Gast, auf den dieses Bild passen könnte.«

Es war offensichtlich, dass es ihr wirklich leidtat, dem attraktiven Staatsanwalt nicht helfen zu können.

»Es gibt da noch ein weiteres Detail«, schaltete sich Kristin ein. »An seinem linken Ringfinger fehlt ein Glied. Vielleicht ist Ihnen so etwas aufgefallen?«

Anne schien bestürzt über diese Frage. Sie hob eine Augenbraue. »Nein. Nicht, dass ich wüsste.«

»Seit wann haben Sie heute Dienst?«, fragte Mark.

»Seit zwölf Uhr. Zusammen mit Lucy. Mit Frau Hilpert, meine ich.«

»Sonst noch jemand?«

»Zwischen zwei und fünf war zusätzlich noch Frau Kargus da, wegen der vielen neuen Gäste. Jetzt sind wir nur noch zu zweit.«

»Wo ist Lucy jetzt?«

Anne senkte schuldbewusst den Blick. »Sie wollte mal schnell rüber ins Westin Bellevue. Ihr Freund arbeitet dort.« Sie sah Mark flehend an. »Bitte! Sie dürfen es niemandem erzählen, sonst ist sie ihren Job los. Und ich meinen auch.«

»Keine Sorge, Anne«, sagte Kristin freundlich. Sie hob beruhigend die Hand. »Das bleibt unter uns.«

In diesem Moment tauchten vier neue Gäste an der Rezeption auf, rüstige alte Männer mit kleinen Koffern in ihren knotigen Händen. An ihren Hemden prangten runde Buttons, die sie als Mitglieder des Deutschen Seniorenverbandes auswiesen. Ihr Anführer legte mit Aufmerksamkeit heischender Miene die Arme auf den Empfangstisch.

»Guten Abend, junge Dame. Wir würden gern einchecken.«

Anne warf Mark einen bittenden Blick zu.

Der nickte und dirigierte Kristin in einen der bequemen Lobby-Sessel.

Wenige Minuten später waren die Neuankömmlinge versorgt und Anne wieder allein. Sie schaute verstohlen in alle Richtungen, als Mark und Kristin an die Rezeption zurückkehrten.

»Hatten Sie gestern auch Dienst, Anne?«, fragte Kristin

»Ja. Ab zwölf, wie heute auch. Zusammen mit Lucy. Wir arbeiten meistens gemeinsam.«

»Wann kommt sie wieder?«

»Ich denke, jeden ... jeden Moment. Nachdem der große Ansturm vorbei war, hat sie mich gefragt, ob sie mal schnell verschwinden könne.«

»Wer hatte bis zwölf Uhr Dienst?«, fragte Mark.

»Michelle und Sandra. Beide sind erst morgen wieder da.«

»Gut. Passen Sie auf, Anne! Wir warten da drüben und trinken einen Schluck.« Er zeigte auf die Sessel. »Wenn Ihre Kollegin zurückkommt, wollen wir gleich mit ihr sprechen. Inzwischen drucken Sie uns bitte eine Liste aller Gäste aus, die seit gestern neu angekommen sind. In Ordnung?«

Anne nickte so entschieden, dass ihre blonden Löckchen wie kleine Korken auf und ab hüpften.

46

Die Tiefgarage war hell erleuchtet. Vor kurzem war sie frisch gestrichen worden, die Linien zwischen den einzelnen Parkplätzen strahlten in makellosem Weiß.

Ratcher ging mit dem Wäschewagen zielstrebig zu einem kupferbraunen Jeep Cherokee, der in Nähe der Ausfahrt geparkt war. Er lud seine grausame Fracht ächzend um und vergewisserte sich, dass der Leichnam vollständig von dem Laken und den Handtüchern verborgen wurde. Dann bedeckte er alles mit einer dicken Plane und schloss den Jeep wieder ab. Den leeren Wäschewagen schob er in einen dunklen Verschlag neben dem Lift. Hier würde er heute Abend niemandem mehr auffallen.

Für den Rückweg nahm er die Treppe. Als ihm zwei junge Männer entgegenkamen, stieg sein Adrenalinspiegel. Ratcher musterte sie mit höchster Konzentration, die Hand unter seiner Kellnerjacke um seine Beretta geschlossen. Auf dem Treppenabsatz trat er an die Wand und gab sich den Anschein, auf jemanden zu warten. Hätten sie es auf ihn abgesehen, hätte er es in ihren Augen gelesen. Doch die Männer schenkten ihm nur einen beiläufigen Blick.

Im Erdgeschoss spähte er vorsichtig durch das runde Türglas. Mark und Kristin saßen in der Nähe der Rezeption. Sie hielten die Köpfe über ein paar Papiere gesenkt und debattierten eifrig. Ratcher kam zu dem Schluss, dass er noch nicht entdeckt worden war. Das Auftauchen der beiden bedeutete zwar, dass er seinen Plan geringfügig ändern musste, aber das störte ihn kaum.

Er war auf alles vorbereitet.

Zum Beispiel Alesandro. Ein ebenso unerwartetes wie lästiges Problem. Aber er hatte es aus der Welt geschafft, lediglich des Ballasts musste er sich noch entledigen. Aus diesem Grund hatte er bereits daran gedacht, seinen erst für morgen vorgesehenen Unterschlupf vorzeitig aufzusuchen. Nun, nach Kristins Auftauchen, war dies sogar unumgänglich.

Zwei Stufen auf einmal nehmend eilte Ratcher in den dritten Stock.

Es war nicht das erste Mal, dass er in aller Eile abreisen musste. Keine seiner Bewegungen verriet Hektik oder gar Angst. Seine Tasche hatte er vorsichtshalber gar nicht erst ausgepackt. Lediglich Alesandros Kellnerjacke musste er noch hineinstopfen. Dann befeuchtete er ein Handtuch mit Wasser, um alle glatten Flächen in der Suite sorgfältig abzuwischen. Als er fertig war, sah er sich noch einmal um. Sein prüfender Blick erfasste alles und ließ nichts aus.

47

Lucy Hilpert hatte halblange braune Haare und ein hübsches, wenn auch ausdrucksloses Gesicht. Als sie ins Sherwood zurückkehrte, empfing Anne sie alles andere als freundlich.

»Na endlich!«, fauchte sie ihre Freundin an. »Wo bleibst du denn nur? Ich sitz hier wie auf Kohlen.«

»Was ist denn los?«, fragte Lucy unschuldig.

Wie Anne trug sie eine weiße Bluse und ein elegantes dunkelblaues Kostüm. Sie griff unter den Tisch nach einer Flasche mit Mineralwasser und nahm einen langen Schluck.

»Ein Staatsanwalt ist hier, das ist los«, zischte Anne scharf. »Es geht um den Besuch des Kanzlers. Er will ...«

»Schon gut, Anne.« Mark tauchte plötzlich neben den beiden Frauen auf. Er hielt Lucy seinen Ausweis hin. »Passen Sie auf, Lucy, das ist sehr wichtig und sehr eilig.« Er vergewisserte sich, dass sie ihm genau zuhörte, ehe er fortfuhr. »Wir suchen nach einem Mann, der möglicherweise gestern Nachmittag oder heute hier eingecheckt hat. Etwa Mitte dreißig, schlank, kurze blonde Stoppel, vielleicht sogar eine Glatze. Erinnern Sie sich an jemand, auf den diese Beschreibung passt?«

Lucy verzog den Mund. »Du lieber Gott, wissen Sie, was heute hier los war? Ein ständiges Kommen und Gehen. Obwohl, die meisten Männer waren ziemlich betagte Herren.« Beifällig musterte sie Mark. »An jemand wie Sie würde ich mich garantiert erinnern.«

Mark bemerkte, wie Annes Augen wütend aufblitzten. »Hier ist ein Foto, Lucy«, sagte er schnell. »Bitte schauen Sie es sich genau an. Denken Sie sich die Haare weg und den Bart. Der Mann ist jetzt vermutlich schlanker.«

Die junge Empfangsdame nahm noch einen Schluck Wasser, während sie auf das Bild starrte. Sie betrachtete es ebenso sorgfältig wie Anne, schüttelte dann aber ebenfalls den Kopf. »Nein, da klingelt nichts bei mir.«

»Da gibt es noch etwas. Der linke Ringfinger dieses Mannes ist verstümmelt. Ein Glied fehlt. Ist Ihnen vielleicht bei einem Gast so etwas aufgefallen?«

Lucy blies die Backen auf. »Finger, Finger, Finger ...«, sie schnippte mit ihren, während sie überlegte, »... ja, irgendetwas war da. Aber ich komme nicht darauf.«

Mark seufzte. »Passen Sie auf, Lucy, hier ist eine Liste der neuen Gäste. Vielleicht fällt es Ihnen wieder ein, wenn Sie sich die Namen anschauen.«

»Ja, vielleicht«, räumte sie ein.

Sie beugte sich über das Papier. Ein lautes Atemholen war zu vernehmen, als sie sich zu konzentrieren versuchte.

»Merbach«, murmelte sie. »Nein, das ist ein langer Dünner mit dunklen Koteletten. Kühne, da passt das Alter nicht. Die Schindlers sind ein Ehepaar aus Rostock, die kommen regel ...«

»Wir suchen nach einem einzelnen Mann, Lucy«, unterbrach Mark sie ungeduldig. »Er ist mit Sicherheit kein Stammgast.«

»Ja, ja, verstehe.« Mit den Zeigefingern fuhr sie über ihre Augenbrauen. »Grahle – nein, nein, die Beschreibung passt nicht. Bei Riedel auch nicht, das ist ein ganz Dicker. Müssig, Stieler, Zorn, Haye – vom Alter her kämen sie in Betracht. Aber ich verbinde irgendwie keine Gesichter mit diesen Namen.«

»Lucy, bitte geben Sie sich ein bisschen Mühe. Sie werden dafür bezahlt, mit diesen Namen Gesichter zu verbinden. Also?«

Lucy nickte unsicher. Sie warf noch einmal einen Blick auf das Bild und widmete sich erneut der Liste. Mark drehte sich zu Kristin um, die in ihrem Sessel sitzengeblieben war. Enttäuscht schüttelte er den Kopf.

»Moment mal!« Lucys spitzer Schrei ließ ihn herumfahren. »Ich glaube, jetzt erinnere ich mich. Der hier ...« Sie tippte mehrmals auf die Liste. »Haye, Tim Haye. Ja, genau. Mir gefiel der Name. Ein sehr eleganter, gepflegter Typ. Sieht wirklich gut aus. Er hat überhaupt keine Ähnlichkeit mit dem Mann hier.« Sie zeigte auf das Foto, dann sah sie Mark strahlend an. »Aber an einem seiner Finger fehlte ein Glied. Ich weiß noch, wie mir der rosige Stumpf aufge ...«

»Zimmernummer?«, bellte Mark.

48

Maximilian Roth saß noch immer in seinem Büro. Nachdenklich starrte er in sein Whiskyglas. Er hatte Lucas Helbig misstraut, von Anfang an. Damals, als Helbig ihn kurz vor der Nominierung um Unterstützung bat, hatte es ihn nur wenige Telefonate gekostet, um alles zu erfahren, was er über den jungen Provinzpolitiker wissen musste. Über sein seltsames Verständnis von Arbeit. Über seine intime Nähe zu den Großen Fünf. Selbst über seine Affären, über die im Dresdner Regierungsviertel mehr oder weniger offen getratscht wurde. Roth wusste, dass ihn mit dem smarten Kandidaten aus Sachsen nichts, aber auch gar nichts verband.

Dennoch nahm er Helbigs Angebot an.

Es war seine erste und vermutlich letzte Chance, an den Kabinettstisch zu gelangen. Und er wollte, ja er *musste* ins Kabinett. Im Bundestag fühlte er sich zunehmend fehl am Platz. Natürlich gab es kluge, fleißige Parlamentarier wie ihn, die etwas verändern wollten. Aber sie waren eine verschwindend kleine Minderheit.

Die meisten Abgeordneten hatten keinerlei Vorstellungen, worüber sie im Plenum eigentlich abstimmten. In den Ausschüssen stellten sie den Fachleuten dümmliche Fragen, über die in den Ministerien laut gelacht wurde. Gesetze wurden bis ins Detail von den Ministerialbeamten ausgearbeitet und von den Volksvertretern schnell abgenickt, wenn sie aus der parlamentseigenen Sauna kamen. Für eine ernsthafte Beschäftigung mit den Entwürfen fehlte ihnen das Interesse. Und oft leider auch die Intelligenz. In einem Interview hatten Mitglieder des Finanzausschusses neulich unumwunden eingeräumt, dass sie ihre eigene Steuergesetzgebung nicht verstanden. Roth verachtete diese Wichte. Der Bundestag war in seinen Augen zu einer Schmierenkomödie verkommen, mit Abgeordnetenimitatoren, die es als gewaltigen Erfolg feierten, wenn in ihrem Wahlkreis eine Straße neu asphaltiert wurde.

Helbig war Roths große Chance, all dem zu entfliehen. Und wenn er es geschickt anstellte, konnte das Ministeramt vielleicht sogar zum Sprungbrett nach ganz oben werden. In seinem Kopf reifte die Idee zu einem Plan heran, einem Plan, der nicht unmöglich war, aber kühn.

Zunächst einmal sammelte er hinter den Kulissen die letzten noch fehlenden Stimmen für Helbigs Nominierung. Anschließend zog er an seiner Seite in den Wahlkampf. Nachdem der junge Herausforderer das Kanzleramt mit einem sensationellen Sieg erobert hatte, war es gar keine Frage, dass Roth sein Stellvertreter werden würde.

Aber welchem Ressort sollte er künftig vorstehen? Sieben der letzten zehn Vizekanzler hatten das Außenministerium geführt. Roth war jedoch nicht darauf erpicht, im Flugzeug zu leben und afrikanischen Despoten die Hand zu schütteln. Stattdessen entschied er sich für das Wirtschaftsministerium. Hier musste er aus nächster Nähe beobachten, wie schamlos der neue Kanzler seine Gönner, die Großen Fünf, begünstigte. Ihre Wünsche, ihre Profite, ihre Interessen waren das Maß aller Dinge. Egal, ob es um Steuervorteile, Kartellgenehmigungen oder Rüstungsaufträge ging, die Großen Fünf bekamen, was sie begehrten.

Nicht etwa, dass Helbig sich persönlich um diese lästigen Alltagsangelegenheiten gekümmert hätte. Nein, dies überließ er seinem Kanzleramtsminister, einem gerissenen Manipulator namens Tom Vollmer, den Finn Gabriel aus der sächsischen Staatskanzlei mitgebracht hatte. Der Mann hatte ähnliche Arbeitszeiten wie Roth. Von früh bis spät hing Vollmer am Telefon, um sicherzustellen, dass die Vorgaben der Großen Fünf umgesetzt wurden. Nebenbei musste er die Abstimmung zwischen den Ministerien organisieren und dafür sorgen, dass die Regierung wie eine gut geölte Maschine funktionierte. Helbig selbst sah sich, in Anlehnung an sein Vorbild Ronald Reagan, in erster Linie als Sprecher seines Kabinetts, der Sachfragen weitgehend den Ressortchefs überließ und nur die Ergebnisse nach außen verkaufte.

Was er, wie alle einräumen mussten, meisterhaft beherrschte.

Um die geistige Beanspruchung des Kanzlers möglichst gering zu halten, entwickelte Tom Vollmer ein Mini-Memo-System, das auf den Berliner Fluren schon bald berüchtigt war. Ehe Lucas Helbig eine Frage zur Entscheidung vorgelegt werden durfte, mussten die Beamten des Kanzleramtes Problembeschreibung und Lösungsvorschläge auf einer einzigen A4-Seite zusammenfassen. Außerdem wälzte Vollmer so viel Arbeit wie möglich auf den Vizekanzler ab. Maximilian Roth beschwerte sich nie. Nicht nur, weil er davon ausging, dass die Probleme des Landes bei ihm ohnehin besser aufgehoben waren. Sondern auch, weil sein Plan erforderte, dass Lucas Helbig in ihm einen Verbündeten sah. Also spielte er brav die Rolle des treu ergebenen Stellvertreters, der glücklich war, überhaupt am Kabinettstisch zu sitzen. Er schuftete unermüdlich und vermittelte dem Kanzler das beruhigende Gefühl, sich ganz und gar auf ihn verlassen zu können. Geduldig wartete er auf seine Chance. Es sollte fast drei Jahre dauern.

Aber dann kam sie.

49

Mark und Kristin hetzten die Treppe des Sherwood hinauf.

Beide hatten ihre Pistolen gezogen; schwarze, gemein aussehende Desert Eagle, die sie bei einem zwielichtigen Sportwaffenhändler in der Neustadt erworben hatten. Kristin, die Ermittlerin, wusste, dass der Mann unter der Hand auch illegale Schusswaffen verkaufte.

Bevor sie den Flur zur dritten Etage betraten, blieben sie kurz stehen. Sie wechselten einen Blick, dann nickte Kristin und stieß die Tür auf. Schussbereit schoben sie sich an der Wand entlang, bis sie vor der Suite standen, in der Tim Haye seit gestern logierte.

»Wir kommen zu spät«, zischte Mark wütend. »Da!« Er deutete auf die nur angelehnte Tür.

»Abwarten!« Kristin drückte sie auf, hörte, wie das Holz über den Teppichboden schabte. Mit angehaltenem Atem musterte sie den Raum.

Die zwei Stehlampen neben dem großen weißen Sofa in der Mitte des Zimmers brannten noch. Ein mildes Aftershave hing in der Luft. Hinter dem Sofa hätte ein Mann Platz gefunden, aber Kristin spürte instinktiv, dass Mark recht hatte. Was sie hier vorfanden, war ein verlassenes Versteck. Dennoch vergewisserten sie sich, dass auch die anderen Räume und die Terrasse leer waren. Das Bett im Schlafzimmer war säuberlich gemacht, Überbleibsel persönlicher Sachen fanden sich weder im Kleiderschrank noch in einem der Sideboards. Sie sahen auch unter dem Bett und im Papierkorb nach.

Kristin ging in die Hocke, betrachtete den Tisch. »Er ist an einigen Stellen noch feucht«, stellte sie fest.

»Hier.« Mark hielt ein Handtuch hoch, das auf der Couch gelegen hatte. »Ich schätze, damit hat er ihn abgewischt. Wir werden nicht einen Fingerabdruck finden.«

»So hat Bobby ihn beschrieben.« Kristin setzte sich hin. »Genau so. Ratcher ist kein Mann, der achtlos ist oder Details übersieht. Aber woher wusste er, dass wir kommen?«

»Keine Ahnung. Vielleicht hat er uns gesehen. Oder er wurde von Gabriel gewarnt. Vielleicht hat er auch den verdammten siebten Sinn.«

Verärgert knallte Mark mit der Faust gegen die Wand. Die Stille des Raums schien sich über sie lustig zu machen. Bobbys Mörder war ihnen um Haaresbreite entwischt. Und die Bundesrepublik stand kurz vor dem ungeheuerlichsten Attentat ihrer Geschichte. Doch niemand würde ihnen das glauben.

50

Zum zweiundvierzigsten Geburtstag hatte Maximilian Roth dem Kanzler einen Kurzurlaub in der Toskana geschenkt. »Das Anwesen gehört mir«, hatte er ihm augenzwinkernd zugeraunt. »Sie sind dort völlig ungestört.«

In der Villa war alles vorbereitet, vom frisch bezogenen Himmelbett über Champagner im Kühlschrank bis hin zum perfekt temperierten Swimmingpool. Nach einem ausgedehnten Wochenende kehrte Helbig beschwingt und voller Begeisterung nach Berlin zurück. Er schien ein neuer Mensch zu sein. Der Grund dafür war simpel: Der Kanzler hatte diese Tage nicht mit seiner Gattin verbracht.

Die amourösen Eskapaden Helbigs hatten schon zu seinen Zeiten als sächsischer Ministerpräsident pathologische Züge angenommen. Es war wie eine Sucht, die ihn fest in ihren Klauen hielt. So oft es ging, befreite er sich von seiner Entourage, um im Verborgenen seinen unerhörten sexuellen Appetit zu stillen. Seine Gespielinnen stammten meist aus wohlhabenden, prominenten Familien, verwöhnte Töchter und Ehefrauen jener Männer, denen er bei Banketten und Empfängen begegnete. Sie waren Politgroupies, die der Gedanke, sich vom mächtigsten Mann des Landes auf Pratesi-Laken verführen zu lassen, aufs Höchste erregte. Die Suche nach geeigneten Verstecken war für einen Kanzler allerdings außerordentlich schwierig, weitaus schwieriger als für einen Ministerpräsidenten.

Genau darauf hatte Maximilian Roth gesetzt.

Helbig konnte nicht einfach in ein Hotel gehen. Die winzige Dienstwohnung in Berlin war ungeeignet für ein romantisches Wochenende, jedenfalls für eines, das seinen Vorstellungen entsprach. Die Villa auf dem Weißen Hirsch in Dresden bot sich ebenfalls nicht an. Immerhin lag die Arbeitsstelle seiner Frau keine fünfhundert Meter entfernt. Außerdem gab es hier viel zu viele neugierige Augen. Und auch auf seinem Sommersitz in der Sächsischen Schweiz war Helbig nur selten so ungestört, wie er sich das wünschte.

An diesem Punkt kam Roth ins Spiel.

Liebend gern überließ er dem Kanzler sein Haus nahe Bagno Vignoni auch ein zweites und ein drittes und viertes Mal. Irgendwann wurde es zu einer Art Tradition. Helbig liebte die Stille in den toskanischen Bergen, den Geruch nach gebratenem Knoblauch und Olivenöl, den Rotwein und vor allem das Gefühl, völlig unbeobachtet zu sein. Von Berlin aus waren es keine vier Flugstunden, schon saß er inmitten von Weinbergen und Zypressen, mit niemandem im Schlepptau außer zwei verschwiegenen Männern von Finn Gabriel, dem Piloten der Cessna 401, die der Kardinal für diese Gelegenheiten besorgt hatte, und seiner neuesten Eroberung.

Für einen Bundeskanzler war das mehr Freiheit, als er erhoffen durfte.

Natürlich erfüllten Gabriels Männer ihre Pflichten und nahmen die Villa stets unter die Lupe. Aber die Routine war ein tückischer Gegner. Je öfter Helbig das abgeschiedene Domizil besuchte, umso oberflächlicher wurden die Beamten, wie Roth an sorgfältig platzierten Haaren feststellte. Sie checkten die Zimmer, hörten aber auf, Schränke zu durchwühlen und hinter Bilder zu schauen.

Schließlich waren sie im Haus eines Freundes.

Und niemand außer ihnen wusste, dass sie hier waren. So auch vor zwei Wochen. Freitags hatte der Kanzler überraschend bei

Roth angerufen und ihn für den Abend um Überlassung der Villa gebeten.

»Eine sehr wichtige Besprechung, Max«, hatte er gesagt und glucksend gelacht. »Und sehr kurzfristig. Hat sich heute Morgen erst ergeben.«

Roth versicherte ihm, wie glücklich er sei, ihm behilflich sein zu können. Selbstverständlich stünde die Villa zu seiner Verfügung.

»Danke. Sie sind ein Freund«, hatte der Kanzler frohlockt und aufgelegt.

Zwei Telefonate später wusste Roth, dass Helbig am Vormittag ein Gespräch mit Morgan Powell geführt hatte, dem neuen amerikanischen Botschafter. Er hatte ferner in Erfahrung gebracht, dass Powell eine äußerst aparte Tochter hatte, Sloane, die in Berlin Betriebswirtschaft studierte. Sie hatte ihren Vater an diesem Tag ins Kanzleramt begleitet. Nun bestand für Roth kein Zweifel mehr, welcher Art die wichtige Besprechung Helbigs sein würde. Die Chance, auf die er so geduldig gewartet hatte, war gekommen. Er tätigte einen weiteren Anruf. Eine Stunde später startete ein Privatflugzeug mit seinem Assistenten Michael Arnold an Bord in Richtung Toskana. Er hielt sich keine dreißig Minuten im Haus auf.

Am Abend saßen Finn Gabriels Männer zusammen mit dem Piloten in der großen Küche und pokerten. Derweil lag der Kanzler eine Etage höher schwitzend zwischen Sloanes wohlgeformten Schenkeln.

Beobachtet vom Auge einer Kamera, der nichts entging.

51

Das Haus stand in einem der Außenbezirke Dresdens, in Gittersee, inmitten einer Reihe ähnlich schlichter Eigenheime, wie Beamte oder mittlere Angestellte sie sich leisten konnten. Der Eigentümer des Hauses war weder das eine noch das andere, aber er besaß einen kupferbraunen Jeep Cherokee. Deshalb wunderte sich die Nachbarin auch nicht, als ein solcher Wagen in die sich automatisch öffnende Tiefgarage fuhr. Den Schlüssel zu diesem Schlupfloch hatte Ratcher ebenfalls in dem Schließfach im Hauptbahnhof vorgefunden, ein weiterer Beweis für die bewundernswerte Umsicht des Kardinals.

Während er Alesandros Leichnam aus dem Wagen lud, dachte er an Kristin Eggert und ihren neuen Beschützer Mark Cramer. Sie jagten ihn, soviel stand fest, aber die Leichtigkeit, mit der er ihnen entwischt war, beflügelte ihn. Sie hatten ihre Chance verpasst. Ratcher kam zu dem Schluss, dass er die beiden beruhigt dem Kardinal überlassen konnte.

Mit seiner Tasche in der Hand stieg er die Treppen zur Wohnung empor. Ehe er das Licht anmachte, ließ er die Rollläden an den Panoramafenstern herunter. Die Umgebung wirkte nahezu ländlich. Die Grundstücke waren von Hecken und Sträuchern gesäumt und verfügten nach hinten über kleine Gärten. Es gab keine gepflasterten Fußwege und nur wenige Laternen. Das gefiel Ratcher.

Das Haus gehörte Robert Lameck, einem Anwalt Mitte fünfzig, der mit einer kleinen, auf Scheidungsfälle spezialisierten Kanzlei in der Innenstadt sein Dasein fristete. Von Scheidungen verstand er zwar etwas, immerhin hatte er selbst schon drei hinter sich, dennoch gingen die Geschäfte schlecht. Manchmal hatte Lameck tagelang keinen Termin. Am Montag würde er nicht zur Arbeit erscheinen, aber seine Sekretärin würde sich nicht darüber wundern, weil sie eine E-Mail von Lameck vorfinden würde. Darin teilte er ihr mit, dass er übers Wochenende zu seinem Sohn nach Hamburg fliegen und erst am Dienstagabend zurückkehren wolle. Das war in der Vergangenheit bereits vorgekommen und deshalb nicht verwunderlich. Am Mittwoch würde Lamecks Putzfrau seine Leiche entdecken. Bei der Obduktion würde man feststellen, dass er einem Herzinfarkt erlegen war, seinem zweiten. Man würde Robert Lameck begraben, betrauern und vergessen. Niemand würde auf die Idee kommen, dass er sterben musste, damit sein Haus einem Attentäter als Unterschlupf dienen konnte.

Ratcher inspizierte den Kühlschrank. Dienstbare Geister hatten ihn mit frischen Lebensmitteln aufgefüllt. Er fand alle Zutaten, um sich ein Käse-Schinken-Omelett zuzubereiten. Wenige Minuten später erfüllte verführerischer Duft die kleine Küche. Ratcher verzichtete auf Alkohol und wählte als Getränk stattdessen eine Cola. Auf einem Tablett trug er alles ins Wohnzimmer und sah sich beim Essen die Wiederholung eines Hollywood-Streifens aus den neunziger Jahren an. Hinterher wusch er gründlich auf. Speisereste und sonstige Spuren seines Aufenthaltes packte er in einen Plastikbeutel, der später in einer Abfalltonne verschwinden würde.

Aber wohin mit Alesandro?

Ratcher dachte fast fünf Minuten über diese Frage nach. Die Leiche durfte nicht hier im Haus gefunden werden, jedenfalls nicht in nächster Zeit. Gleichzeitig wollte er aber auch nicht das Risiko eingehen, das Grundstück zu verlassen und einem Nachbarn oder einer Polizeistreife zu begegnen.

Bei einem Rundgang im Garten fand er die Lösung. Lameck verfügte über eine große Jauchegrube, die knapp bis zur Hälfte gefüllt war. Mit Hilfe eines Besenstiels prüfte Ratcher ihre Tiefe. Er konnte den Grund nicht erreichen. Im Schutz der Dunkelheit und der dichten Bäume schleppte er den Leichnam aus dem Haus und ließ ihn so leise wie möglich in die übel riechende Grube gleiten. Zufrieden betrachtete er sein Werk. Millionen von Enzymen und Bakterien hatte er soeben ein Festmahl serviert.

Wieder im Haus, warf Ratcher einen Blick auf die Uhr. Ihm blieb noch Zeit, ein paar Stunden zu schlafen, ehe er ins Sherwood zurückkehrte. Bevor er es sich auf der Couch bequem machte, nahm er einen zerkratzten Plastikkoffer mit einem aufgeklebten Roten Kreuz aus einer Sporttasche und legte ihn auf den großen Esstisch im Wohnzimmer. Dann suchte er die Sachen zusammen, die er heute Nacht mitnehmen wollte. Sorgfältig ging er eine Liste, die nur in seinem Kopf existierte, zweimal durch und hakte Punkt für Punkt ab. Kleidung, Nahrung und Waffen. Diverse Hilfsmittel und alle Utensilien für seine Flucht.

Der wichtigste Gegenstand war eine Remington 700 mit einem Leupold-10-Power-Zielfernrohr.

52

Offiziell hielt sich der Kanzler am Sonntag in seiner Villa in Dresden auf. So stand es im Einsatzplan der BKA-Sicherungsgruppe. Es war also nur folgerichtig, dass sechs Beamte das Grundstück auf dem Weißen Hirsch mehr oder weniger unauffällig bewachten. Auf einer Wiese hinter dem Anwesen stand der Kanzlerhubschrauber, der sich seit Freitag nicht mehr von der Stelle gerührt hatte. Helbig war nach einem leichten Mittagessen auf der Terrasse im Haus verschwunden, für ein Schläfchen, wie es hieß. Seine Gattin war schon am Morgen nach Hamburg geflogen, zu einem viertägigen Internistenkongress. Lucas Helbig war alles andere als unglücklich darüber, im Gegenteil. Denn so hatte er freie Bahn, auch ohne das Liebesnest in der Toskana. Keiner der sechs BKA-Beamten ahnte, dass der silberne Toyota RAV 4 mit den getönten Scheiben, der das Grundstück am frühen Nachmittag verlassen hatte, Helbig heimlich weggebracht hatte. Zu seinem Sommersitz in der Sächsischen Schweiz, den er diesmal ganz und gar für sich allein hatte. Für sich und Denise.

Der jüngste Kanzler in der Geschichte der Republik saß mit einem Glas Champagner in einem sprudelnden Freiluft-Whirlpool und genoss sein Leben. Ja, er nahm nicht nur die Pflichten seines anspruchsvollen Amtes wahr, sondern auch die Vergünstigungen. Er war bei weitem nicht der einzige Regierungschef, der sich etwas Entspannung gönnte. Allerdings war er wesentlich diskreter als einige seiner Kollegen. Wenn man den bekannten Fotos aus Amerika und Italien glauben durfte, verfügte er außerdem über weitaus mehr Geschmack.

Denise Baron zum Beispiel.

Sie war eine jener Frauen, die es sonst nur in Werbespots zu geben schien, mit einer schlanken Taille, wohlgeformten, straffen Schenkeln und verführerischen Kurven. Jetzt trat sie hinaus in den von einer hohen Hecke umgebenen Garten. Lucas Helbig sah ihr erwartungsvoll entgegen, erfreute sich an dem Anblick, wie sie mit wiegenden Hüften langsam näherkam. Ihr schwarzes

Kleid glitt zu Boden. Darunter trug Denise nichts. Anmutig stieg sie in den Whirlpool. Als sie vor ihm stand, packte er sie mit seinen starken Armen und zog sie an sich.

»Ich habe mich seit Wochen auf diesen Tag gefreut«, flüsterte sie. Mit ihren Fingernägeln streichelte sie seine Brust. Sie langte nach dem zweiten Champagnerglas, das auf dem Beckenrand stand, dann setzte sie sich auf ihn.

Lucas Helbig schloss in lustvoller Verzückung die Augen.

Ja, für diese Momente lohnte es sich zu leben. Lohnte es sich, ein paar Risiken auf sich zu nehmen. Obwohl die Risiken lächerlich gering waren. Er fand sogar Spaß daran, seine Protokollabteilung hinters Licht zu führen, die nutzlosen Ohrenbläser, die ihn umgaben, die BKA-Leute und die Tölpel von der Presse, die sich für so gerissen hielten. Nein, die Risiken waren eher ein zusätzlicher Reiz, sie sorgten für ein besonderes Prickeln, das seine kleinen Seitensprünge noch aufregender machte. Finn Gabriel hatte ihm zwei diskrete Männer zur Seite gestellt, die ihn schon in seiner Zeit als Ministerpräsident beschützt hatten. Sie waren die Einzigen, die ihn bei diesen Gelegenheiten begleiteten. Natürlich blieben sie stets taktvoll im Hintergrund.

»Worüber grübelst du?« Denise fuhr mit den Händen durch seine blonden Haare.

Ein wohliges Kribbeln durchrieselte Helbig, als er ihre Fingerspitzen auf seiner Haut spürte. Er streichelte ihre Brüste und ließ sich noch tiefer in das warme, sprudelnde Wasser sinken.

Ja, er genoss sein Leben.

Nie hatte er wie sein Vater werden wollen, ein von seiner Arbeit getriebener Fanatiker, der weder für seine Familie Zeit hatte noch für die Freuden des Alltags. Ein Workaholic, der selbst zu Weihnachten in der Klinik war, weil er dachte, ohne ihn würde alles zusammenbrechen. Was hatte er davon gehabt? Einen tödlichen Herzinfarkt. Mit dreiundvierzig! Lucas Helbig hatte am Beruf des Arztes keinerlei Interesse. Und auch nicht an den Arbeitspensen seines Vaters.

Während des Abiturs hatte er verzweifelt nach einem Studienfach gesucht, das ihm geeignet erschien. Auf Finn Gabriels Rat hatte er sich schließlich für ein Sportstudium entschieden. Es klang nach frischer Luft und viel Bewegung – und außerdem gab es in diesem Studiengang die hübschesten Mädchen.

Die Frage, was aus ihm geworden wäre, wenn die DDR weiter existiert hätte, wurde von denen, die ihn kannten, später gern gestellt, aber sie war ebenso überflüssig wie die meisten Was-wäre-wenn-Fragen. Denn die DDR hörte auf zu existieren – und Lucas Helbig fand seine Bestimmung.

In den turbulenten Monaten nach der friedlichen Revolution entdeckte der Dreiundzwanzigjährige seine Leidenschaft für die überall aufflammenden politischen Diskussionen. Über die evangelische Kirche gelangte er an den Dresdner Runden Tisch der Jugend und von dort in einem komplizierten Verteilverfahren, das Alter, Konfession und Herkunft unzähliger Kandidaten berücksichtigte, auf einen hinteren Listenplatz für die bevorstehende Landtagswahl. Lucas rechnete nicht ernsthaft mit einem Mandat, doch die Wähler wollten es anders. Sie bescherten seiner Partei die absolute Mehrheit und ihm einen Sitz im Parlament. Es war der Auftakt einer Karriere, die einzig und allein darauf gerichtet war, in politische Ämter gewählt zu werden und sie zu bekleiden.

Dabei war Lucas Helbig keiner, der von Visionen getrieben wurde, keiner, der gegen Missstände kämpfte und etwas verändern wollte. Nein, er liebte das Spiel um seiner selbst willen. Die öffentlichen Auftritte, das Bad in der Menge, den Kontakt zu den Menschen. Mit Begeisterung verschlang er alle Biographien über Ronald Reagan, die er finden konnte. Der »Große Kommunikator« aus Amerika wurde sein Vorbild. Helbig besorgte sich Videos mit Ansprachen des früheren Präsidenten und stand stundenlang vor dem Spiegel, um seine eigenen Fähigkeiten als Redner zu verbessern.

Die Fortschritte, die er dabei erzielte, waren beachtlich.

Sehr schnell erkannten die Strategen der Partei, dass dieser unverschämt gut aussehende Junge, der durch seinen steten Optimismus und seine Herzlichkeit bestach, ein begnadeter Vermittler von Gefühlen war. Wie kein anderer verstand er es, sein Publikum an sich zu binden. Und wann immer ein Wahlkampf bevorstand, blühte er förmlich auf. Seine Welt waren die Straßen, die Einkaufszentren, das Verteilen von Flugblättern an den Haustüren. Lucas Helbig ging unbekümmert auf die Leute zu. Er studierte ihre Gesichter und erfuhr aus erster Hand, was sie bewegte, begeisterte – und erzürnte.

Im Sächsischen Landtag brachte er es innerhalb von zehn Jahren zum Fraktionsvorsitzenden. Doch auch dieser Posten war nicht mehr als eine Zwischenstation. In der Partei bestand nicht der geringste Zweifel, dass dieses politische Wunderkind eines Tages an der Spitze des Freistaates stehen würde. Am Ende ging es viel schneller, als alle dachten. Durch eine Indiskretion wurde bekannt, dass die Staatskanzlei bei der Vergabe eines Millionenauftrages über die Errichtung eines IP-Netzes für die sächsischen Behörden eine dubiose Leipziger Agentur eingeschaltet hatte. Für »allgemeine Beratungsleistungen«. Zufälligerweise gehörte die Agentur dem Schwiegersohn des Regierungschefs. Ein fürstliches Honorar in Höhe von vierhunderttausend Euro war geflossen – wofür, ließ sich nicht mehr so recht ermitteln. Eine Woche nach den ersten Zeitungsberichten über die Affäre musste der Landesvater seinen Hut nehmen. Der Finanzminister, lange Zeit als Kronprinz gehandelt, war nach einer Privatfahrt unter Alkoholeinfluss politisch angeschlagen, und plötzlich gab es nur einen Mann, der ernsthaft als Nachfolger in Betracht kam. Mit siebenunddreißig Jahren wurde Lucas Helbig zum Ministerpräsidenten des Freistaates Sachsen gewählt.

Von der täglichen Regierungsarbeit hielt er sich allerdings weitgehend fern, so wie später auch als Kanzler. Er sah seine Aufgabe vor allem darin, die Ergebnisse der Regierung zu verkaufen, vor der Presse und in unzähligen Gastauftritten bei diversen Interessengruppen. Diese Gelegenheiten nutzte er, um sein Auftreten und seinen rhetorischen Stil weiter zu perfektionieren. Er regierte den Freistaat Sachsen insgesamt vier Jahre, nicht glanzvoll, aber solide und so, dass eine große Mehrheit der Wähler das Gefühl hatte, unter ihm ginge es ihnen besser als unter seinem Vorgänger.

Nicht mehr und nicht weniger erhofften sich die Großen Fünf, als sie ihn für das Kanzleramt ins Gespräch brachten.

In ihren Augen war es höchste Zeit für einen Wechsel. Allzu sentimental erschien ihnen der Amtsinhaber. Zu zögerlich, zu sehr auf den Schutz von Arbeitnehmern, kritischen Verbrauchern und kleinen Unternehmen bedacht, also den natürlichen Feinden der Großen Fünf. In ihren Vorstandsetagen sprach sich herum, dass es da in Dresden einen jungen Mann gab, der einen hervorragenden Vertreter ihrer Interessen abgeben könnte. Ein Mann, der verblüffend gut aussah, aber nicht zu klug war, der wohlformuliert zu sprechen verstand, aber nicht beseelt war von dem Wunsch, die Welt zu verbessern. Er war einfach ihr perfekter Kanzlerkandidat.

Gewiss, insgeheim hatte Helbig schon längst mit diesem Amt geliebäugelt. Nachts, im Bett, hatte er sich bereits mit den Mächtigen der Welt verhandeln sehen, das Weiße Haus besuchen und den Kreml, hatte sich im Bundestag reden sehen, vor den Augen der ganzen Nation. Aber er wusste auch, dass es für jede Herausforderung den richtigen Moment gab, und seiner war noch nicht gekommen. Mit Anfang vierzig war er zu jung, auf Bundesebene noch viel zu unbekannt. Doch das überraschende Angebot der Großen Fünf änderte alles. Ihre Kontakte, ihr Einfluss, ihr Geld konnten seine Nachteile ausgleichen. Lucas Helbig wusste, dass sich ihm eine solche Chance nicht noch einmal bieten würde.

Beherzt griff er mit beiden Händen zu.

53

Die Suite war dunkel bis auf das fahle Mondlicht; sanfte Windstöße bewegten die Vorhänge hin und her. Mark stand am Fenster, die Augen auf Kristin gerichtet, die im Bett lag. Sie war aus ihrem unruhigen Schlaf erwacht und beobachtete ihn, wie er sie beobachtete. Er konnte ihre leuchtenden Pupillen sehen.

Den beiden Mädchen am Empfang hatte Mark erzählt, dass mit Tim Haye alles geklärt worden sei. Wie erwartet habe nur ein

Missverständnis vorgelegen. Er wollte vermeiden, dass sich die beiden in ihrer Aufregung an den Direktor des Hotels oder gar einen der BKA-Beamten wandten. Anne und Lucy waren sichtlich erleichtert gewesen und hatten eifrig versichert, über die ganze Angelegenheit Stillschweigen zu bewahren. Dass er sich Ratchers Suite für eine Nacht borgen würde, hatte Mark den beiden vorsichtshalber verschwiegen.

Es war Kristin gewesen, die zu seiner Überraschung vorgeschlagen hatte, nicht in getrennten Räumen zu schlafen. »Falls Ratcher zurückkommt«, hatte sie unwirsch gesagt und Marks verwirrtes Gesicht einfach ignoriert.

Er hatte im Bett gelegen und keinen Schlaf gefunden. Obwohl er müde und erschöpft war, brachte er kein Auge zu. Immer wieder horchte er in sich hinein. Da waren die Trauer, der Schmerz, vor allem aber sein hilfloser Zorn. Sein Bruder war tot. Der Mörder lief frei herum und bereitete in aller Ruhe sein Attentat vor. In Heidenau weinten seine Eltern sich die Augen leer. Und neben ihm lag die Frau, die seinen Bruder geliebt hatte und die er noch immer begehrte.

Irgendwann nach Mitternacht war er aufgestanden. Er holte sich aus der Minibar eine Cola, trank und grübelte. Dann sah er, wie Kristin die Augen aufschlug und ihn musterte. Nachdenklich spielte er mit seiner Coladose. »Erinnerst du dich noch, als du wegen Lanz bei mir warst?«, fragte er leise. »Am Freitag.«

Sie antwortete nicht, gab ihm aber zu verstehen, dass sie zuhörte, indem sie sich etwas aufrichtete und ein Kissen hinter den Kopf schob.

»Manchmal ...« Er zögerte, dachte einen Moment über seine Worte nach. »Manchmal sagt man Dinge, die man so gar nicht meint. Ich wollte nicht ...«

»Doch, das wolltest du«, fiel sie ihm ins Wort und drehte den Kopf zur Seite.

Er verstummte, lauschte ihrer Stimme nach, suchte nach einem Klang, den er als Ermutigung auffassen konnte, fortzufahren. Er fand keinen, aber auch nichts, was ihn entmutigt hätte. Also redete er weiter.

»Ich weiß, wie sehr ich dich verletzt habe, Kristin. Es ist nur ...« Trotzig zuckte er mit den Schultern. »Ich habe einfach nicht verstanden, warum du gegangen bist.«

»Du wolltest es nicht verstehen, Mark!«

»Vielleicht hast du Recht. Tief in mir habe ich möglicherweise gefühlt, dass es eine richtige Entscheidung war. Das, was zwischen dir und Bobby war, war viel stärker und größer als alles, was zwischen uns beiden je gewesen ist. Aber ich konnte einfach nicht akzeptieren ...«

»... dass es dein Bruder war.«

»Ja«, räumte er widerwillig ein. »Wenn es irgendein anderer Mann gewesen wäre, hätte ich besser damit umgehen können.«

Sie richtete sich weiter auf und schlug das Laken ein Stück zurück. Sie fühlte sich wie in einer Sauna. Ihr Körper war warm und feucht.

Ihre Augen blitzten, als sie ihn ansah. »Ich habe ihn geliebt, Mark. Du ahnst nicht, was Bobbys Tod für mich bedeutet. Es ist schlimmer, als wenn ich selbst gestorben wäre. Dieser Schmerz.« Über ihre Wangen liefen große Tränen, die im Mondlicht wie Perlen glänzten. »Es ist ein unvorstellbarer Schmerz, der in mir wütet. Ich verblute seelisch.«

Er kniete sich vor das Bett und berührte mit den Fingerspitzen den Schorf der Wunden auf ihrer Wange. Wunden, die er ihr zugefügt hatte.

»Als ich im Fernsehen von Bobbys Tod erfahren habe ...«, flüsterte er. »Ich habe nie geglaubt, du könntest es getan haben. Es war absurd für jeden, der euch kannte. Aber plötzlich durfte ich auf dich wütend sein, verstehst du? Und als du dann zu mir kamst ...« Er schüttelte den Kopf. »Es tut mir leid.«

Sie griff nach seiner großen Hand, verschränkte ihre Finger mit seinen.

»Komm her!« Sie rutschte zur Seite. Ihr Gesicht war nass von den Tränen, die noch immer über ihre Wangen rollten.

Zögernd legte er sich neben sie.

Sie zog seinen Arm über sich und schmiegte sich an ihn. »Halt mich fest!«

54

Es ging auf drei Uhr morgens zu, als Ratcher das Sherwood erreichte. Er war mit einem Taxi bis zum Bahnhof Neustadt gefahren, von dort dann allerdings gelaufen.

Der auf der westlichen Gebäudeseite gelegene, von einer hohen Koniferenhecke abgeschirmte Lieferanteneingang des Sherwood bestand aus zwei Rolltoren auf einer betonierten Laderampe und aus einer schmalen Seitentür, die direkt in den Küchenvorraum führte. Sie war aus Stahl und verfügte über ein Messingschloss, das allerdings eher der Abschreckung als der Sicherheit diente. In wenigen Stunden, wenn die Lebensmittel für den heutigen Tag angeliefert worden waren, würden die Personenschützer des Bundeskriminalamts auch dieses Schlupfloch verschließen, ebenso wie die Tiefgarage, den Keller und diverse Seitenausgänge, und das Sherwood in eine kleine Festung verwandeln.

Aber dann war es zu spät.

Ratcher hatte die Männer des Voraustrupps schon gestern durch die Gänge huschen sehen. Die Beamten waren mühelos zu erkennen, mit ihrer typischen Mischung aus trainierter Lässigkeit und leicht übertriebener Eleganz, beides ergänzt durch die harten, misstrauischen Augen von Feldchirurgen. Im ersten Stock hatten sie eine Kommandozentrale eingerichtet. Ratcher wusste, dass sie nach einem Rundgang durchs Hotel bereits mit der Sicherung der wichtigsten Räume begonnen hatten. Die Suite, in der sich der hohe Gast vor seinem Auftritt frisch machen konnte, war auf Bomben und Wanzen untersucht worden. Außerdem hatten sich die Beamten mit drei deutschen Schäferhunden auch den Ballsaal vorgenommen, in dem der Kongress stattfinden würde.

Heute morgen gegen sieben Uhr würde der Rest der Mannschaft eintreffen, Bodyguards, Techniker, Scharfschützen. Das Landeskriminalamt und die Dresdner Polizei würden zusätzliche Kräfte zur Verfügung stellen; insgesamt würden über fünfhundert Beamte im Einsatz sein, um den prominentesten Redner des Kongresses zu beschützen.

Ratcher durchquerte den Aufenthaltsraum des Küchenpersonals, bog um mehrere Ecken und ging einen anderen Korridor entlang, der nach einem Wasserrohrbruch gerade renoviert wurde. Überall standen Trittleitern und Farbeimer, Kleisterpackungen und andere Malerutensilien, denen er mit Hilfe seiner winzigen Taschenlampe auswich. Er gelangte in ein kleines Labyrinth von Personalräumen, hatte mit seinem Geschossplan aber keinerlei Mühe, sich zu orientieren.

Der Ballsaal des Sherwood, der größte dieser Art in ganz Sachsen, lag im Südflügel. Mit seiner hohen gewölbten Decke war er in der Tat ein Schmuckstück, ehrwürdig und gediegen, mit rotem Samt, kunstvoll verzierten Lüstern und weich gepolsterten Stühlen. So mochte es in Versailles unter Ludwig XIV. ausgesehen haben. Genau das richtige Ambiente also für das Spektakel, das Ratcher den Kongressteilnehmern morgen bieten wollte.

Während seiner Erkundungstour in der Nacht zum Sonntag hatte er sich den Saal in aller Ruhe angesehen. Er war mehrmals durchgelaufen, um ein Gefühl für die Größe zu bekommen, hatte sich Notizen über die Notausgänge, die Belüftung und die Elektrik gemacht und sie mit seinen Unterlagen verglichen.

Als er die Tür zum Treppenhaus erreichte, blieb er in der Dunkelheit stehen. Er stellte seine Tasche ab und wartete geduldig. Nach etwa zehn Minuten hörte er Schritte, die schleppend näherkamen und sich ebenso schleppend wieder entfernten: ein missmutiger BKA-Beamter, der mit der undankbaren Aufgabe betraut worden war, den vier Flügeltüren des Ballsaales Kontrollgänge abzustatten. Die Techniker hatten den Saal, nachdem sie ihn mit ihren Hunden und Infrarotgeräten gründlich durchkämmt hatten, verschlossen und versiegelt. Während der nächtlichen Patrouillen wurden die Siegel kontrolliert und auf diese Weise jedes noch so kleine Risiko ausgeschlossen.

Das dachten die Beamten jedenfalls.

Ratcher wartete nach dem Verhallen der Schritte noch zwei Minuten, ehe er in den von Halogenleuchten erhellten Aufgang trat. Er huschte an den großen Saaltüren vorbei, vor denen bereits die Metalldetektoren standen. Eine halbe Treppe höher befanden sich die Garderoben für die Gäste und die Toiletten. Daneben, versteckt durch einen kleinen Pflanzendschungel mit Miniwasserfall, gab es eine weitere Tür, die nur wenigen bekannt war.

Der Eingang zum Technikraum.

Dieser Raum lag oberhalb des Ballsaales und war nur über eine schmale Treppe aus rohen Kiefernbohlen zu erreichen. Selbstverständlich hatten die Beamten gestern auch das Innere dieses Raumes gründlich untersucht und anschließend die einzige Eingangstür sorgfältig verschlossen. Ratcher wusste das, dennoch streckte er die Hand aus und drückte die Klinke nach unten.

Die Tür öffnete sich.

55

»Da vorn steht ein Kollege vom LKA.« Kristin schloss die Tür und drehte sich zu Mark um. »Gregor Siebert, der Leiter unserer Personenschutzabteilung. Ich schätze, er ist mit seinen Leuten hier, um die BKA-Leute zu unterstützen. Vielleicht ist das ein Zeichen.«

»Was denn für ein Zeichen?«, zischte Mark.

Es war kurz vor acht. Sie hatten ihre Sachen gepackt und wollten gerade unauffällig verschwinden, als auf dem Gang eine lautstarke Diskussion ausgebrochen war, die Kristin veranlasst hatte, vorsichtig hinauszuspähen.

»Mark, dort könnte sonst wer stehen. Aber es ist jemand, den ich kenne. Der mich kennt.« Sie winkte ihn heran, öffnete die Tür einen Spalt breit und zeigte auf einen schwergewichtigen Mittfünfziger mit Bulldoggengesicht und einer Frisur, die einer Drahtbürste ähnelte. »Vielleicht sollten wir zu ihm gehen.« Sie verspürte zwar ein leichtes Unbehagen bei dem Gedanken, denn sie hielt Siebert für einen aufgeblasenen Wichtigtuer. Aber viel Auswahl hatten sie nicht.

Mark schwenkte verständnislos die Arme. »Und wenn es der Innenminister persönlich wäre, wir können uns auf keinen Fall sehen lassen!«

Sie drückte die Tür so leise wie möglich wieder zu. »Wir müssen etwas tun, Mark. Wenn wir nichts tun, passiert ein Unglück. Sie sind Ratcher nicht gewachsen, die Leute vom BKA nicht und Siebert schon gar nicht.«

Mark ließ seine Faust in die offene Hand knallen, während er im Zimmer umherwanderte. »Verdammt, Kristin, darüber haben wir doch schon gesprochen. Wir haben keinerlei Beweise in der Hand. Warum sollten sie ausgerechnet uns glauben? Wir werden wegen Mordes gesucht, schon vergessen? Außerdem ist Ratcher weg. Vielleicht haben wir ihm die Tour vermasselt. Keiner kommt heute so ohne Weiteres hier rein.«

»Und wenn er noch hier drin ist? Oder schon wieder?« Sie verschränkte die Arme ineinander und kaute auf der Unterlippe. »Nein, es hilft nichts. Wir müssen mit Siebert reden.«

»Ich halte das für eine bescheuerte Idee.«

Kristin schielte auf den Gang. Die Unterhaltung war inzwischen verstummt. »Die anderen beiden sind weg. Eine so günstige Gelegenheit kommt nie wieder. Ich geh zu ihm. Bleib du hier!«

Ohne auf Marks Erwiderung zu warten, trat sie hinaus und lief mit schnellen Schritten zu dem Mann, der am anderen Ende vor dem Fahrstuhl stand. Obwohl es noch nicht besonders heiß war, wischte er sich gerade mit einem großen karierten Taschentuch über das Gesicht. Mit jedem Meter, den sie näherkam, stieg Kristin der säuerliche Schweißgeruch in die Nase, der Siebert wie eine unsichtbare Glocke umgab. Sie schluckte ihren Ekel hinunter. Siebert war schließlich ihre einzige Chance. Atemlos holte sie ihn ein, genau in dem Moment, als die Fahrstuhltüren sich öffneten.

»Herr Siebert, einen Moment bitte. Ich muss unbedingt mit Ihnen reden.«

Überrascht drehte er sich um. Er blinzelte, wie ein Mann, den das Sonnenlicht blendet. »Frau Eggert?«

Sein Blick wanderte von Kristins blondierten Haaren über ihr ramponiertes Gesicht bis hin zu dem schwarzen Shirt und der

Cordhose. Der Fahrstuhl fuhr ohne ihn weiter, aber er achtete nicht darauf.

»Was zum Teufel machen Sie hier?« Seine Augen hatten einen lauernden Ausdruck, den Kristin kannte. Siebert fragte sich, ob er gerade in Schwierigkeiten geriet.

»Herr Siebert, wir haben ein großes Problem.«

»Das ist die Untertreibung des Jahres!« Er krempelte seine Hemdsärmel hoch und entblößte dabei einen dichten, struppigen Pelz dunkler Haare. »Wissen Sie eigentlich, was in der Stadt los ist? Ich müsste Sie auf der Stelle festnehmen ...«

»Ratcher ist hier«, unterbrach ihn Kristin ruhig.

56

Es gab schlechtere Möglichkeiten, den Tag zu beginnen, als ein Frühstück auf dem Dach des Hotels Park Inn. Das höchste Gebäude Berlins lag an der Nordostseite des Alexanderplatzes und bot einen phantastischen Blick über die Stadt. Die Tafel aus massivem Mahagoni und die Stühle waren so angeordnet, dass die beiden Männer direkt in den Sonnenaufgang sahen. Hinter ihnen standen zwei Kellner in adretten Hemden und mit biederen Fliegen, jederzeit bereit, ihre Wünsche zu erfüllen.

»Sie verstehen es wirklich, Ihre Gäste zu beeindrucken«, sagte Maximilian Roth anerkennend und prostete Pascal Viehweger mit seinem Champagnerglas zu.

»Es ist ein außergewöhnlicher Ort«, bestätigte Viehweger gelassen. »Für einen außergewöhnlichen Gast. In den vergangenen drei Jahren haben Sie unglaublich viel erreicht, Max. Sie sind der mit Abstand produktivste Vizekanzler, den dieses Land je hatte.«

Roth lächelte. Dass ein mächtiger Mann wie Viehweger, der in München über vierhunderttausend Beschäftigte herrschte, extra nach Berlin kam, um ihn zum Champagnerfrühstück einzuladen, konnte nur eins bedeuten: Die Großen Fünf hatten sich mit ihrer Niederlage abgefunden und versuchten, Schadensbegrenzung zu betreiben. Dabei war Helbig noch nicht einmal zurückgetreten. Sehr loyale Freunde, das musste man ihnen lassen. Roth hatte nicht vor, seinem Gastgeber auch nur einen Zentimeter entgegenzukommen.

»Ich fühle mich geschmeichelt, Pascal. Aber ich bin mit Sicherheit nicht hier, um mir schmeicheln zu lassen. Oder um Ihnen zu schmeicheln.«

Viehweger nahm bedächtig einen großen Schluck Champagner, genoss das Prickeln in seinem noch leeren Magen. »Sie reden nicht um den heißen Brei herum, was?«

»Dafür habe ich keine Zeit. Habe ich nie gehabt.«

»Nun, ich hoffe, Sie haben zumindest die Zeit für ein Frühstück mitgebracht, Max. Bitte, greifen Sie doch zu!« Viehweger deutete mit ausgebreiteten Händen auf die Tafel und beobachtete, wie sich sein Gast für die noch warmen Crepes mit Schokoladencreme entschied. Er selbst nahm sich ein Sesambrötchen, bestrich es mit Frischkäse und legte Salat und eine Scheibe Räucherlachs darauf.

»Max, ich habe Sie um diesen Termin gebeten, weil ich Ihnen sagen möchte, wie sehr ich Ihre Arbeit schätze.«

Nein. Du hast mich eingeladen, weil du Angst hast.

»Sie wissen, dass wir in Sachfragen nicht immer einer Meinung sind.«

Praktisch nie.

»Aber ich erkenne einen fähigen Mann, wenn er vor mir steht.«

Und ich einen widerlichen Opportunisten.

»Für den Fall, dass der Kanzler irgendwann ...«, Viehweger wählte seine Worte mit Bedacht, »... amtsmüde werden sollte, könnte ich mir keinen besseren Nachfolger vorstellen als Sie.«

Da sind wir endlich mal einer Meinung.

»Niemand kennt das Regierungsgeschäft besser. Niemand hat mehr Erfahrung. Sie hätten meine volle Unterstützung, Max. Das sollten Sie wissen.«

»Haben Sie denn irgendwelche Hinweise, dass der Kanzler amtsmüde sein könnte?«, fragte Roth unschuldig.

»Nein, nein«, antworte Viehweger hastig. »Aber wenn es einmal dazu kommen sollte, werden Sie Freunde brauchen. In der Politik geht es nicht ohne Freunde.«

Nicht ohne Freunde wie dich, meinst du.

»In all den Jahren, die ich Vorstandsvorsitzender von ...«

Ihr Gespräch wurde von einem blassen jungen Mann mit schief sitzender Krawatte und zerknittertem Anzug unterbrochen.

»Entschuldigen Sie bitte, Herr Minister«, rief Michael Arnold aus respektvoller Entfernung. Als Roth sich umdrehte, deutete der junge Mann verlegen auf das schmale Mobiltelefon in seiner Hand. »Der Kanzler möchte Sie sprechen.«

57

Den ungläubigen Blick, mit dem Siebert sie bedachte, kannte Kristin bereits. Mark hatte sie ebenso angesehen, als sie ihm zum ersten Mal von Ratcher erzählte. *Und ich Bobby.*

»Sie meinen den ...«

»Genau den.«

Gregor Siebert runzelte die Stirn. Nicht, weil er nachdachte; er runzelte einfach gern die Stirn. »Ist der Staatsanwalt bei Ihnen. Dieser Cramer?«

»Er wartet in der Suite am Ende des Ganges.« Sie wies mit der Hand über die Schulter.

»Eine Suite, natürlich.« Gregor schnaubte auf seine verächtliche Weise. »Haltet ihr euch für Bonnie und Clyde, oder was? Los, wir reden dort weiter.« Er packte Kristin am Unterarm und zog sie unsanft mit sich.

Mark hatte offenbar alles beobachtet, denn als sie näherkamen, öffnete er ihnen prompt, ohne dass sie klopfen mussten. Gregor wirbelte Kristin ins Zimmer, dann knallte er die Tür zu. Er musterte die beiden mit einer Mischung aus Entsetzen und Widerwillen.

»Also, Sie haben jetzt genau eine Minute, um mir zu erzählen, was hier gespielt wird«, polterte er. »Was soll das Gefasel von diesem Ratcher?«

»Erzähl du es ihm«, sagte Mark zu Kristin.

Auf und ab gehend, berichtete Kristin, was sie seit Freitag erlebt hatte. Vorsichtshalber verschwieg sie, was sie über Finn Gabriels Rolle wusste und dachte. Es schien ihr nicht der richtige Zeitpunkt zu sein, Siebert davon zu überzeugen, dass der Sicherheitschef des Kanzleramts für die Gegenseite arbeitete. Aber selbst die bereinigte Version war zu viel. Noch während sie sprach, spürte Kristin, dass es ihr nicht gelingen würde, Siebert von irgendetwas zu überzeugen. Ungeduldig sah er alle paar Sekunden auf die Uhr. Immer, wenn er einen tiefen Seufzer ausstieß, stieg ein Schwall seines ranzigen Atems in ihre Nase. Doch sie ließ sich nichts anmerken. Unbeirrt erzählte sie weiter.

Als sie fertig war, zuckte Siebert nur mit den Schultern. »Eine wirklich spannende Geschichte, Frau Eggert. Aber wo sind die verdammten Beweise?«, fragte er und schnippte mit seinen dicken Wurstfingern, als wolle er seinen Hund rufen.

»Herr Siebert, verdammt noch mal, ich gehöre zur selben Truppe wie Sie! Weshalb brauchen Sie Beweise, um mir zu glauben?«

Das Gesicht des Beamten war eine regungslose Maske. »Mal schauen, ob ich das richtig verstanden habe. Ich rede mit einer Ermittlerin, die seit drei Tagen wegen des Verdachts des Mordes an ihrem Freund gesucht wird. Wegen Mordes, wohlgemerkt! Wie aus dem Nichts taucht diese Ermittlerin plötzlich auf und erzählt mir, dass ein Auftragskiller, der von sämtlichen Geheimdiensten Europas gejagt wird, hinter dem Kanzler her ist. Was außer ihr nur leider keiner weiß. Und wofür sie nicht den Hauch eines Beweises hat. Rein zufällig soll es eben dieser Auftragskiller gewesen sein, der vorher auch ihren Freund umgebracht hat.«

Er lachte humorlos. Es klang wie das Scheppern einer Blechbüchse. »Haben Sie sich die Geschichte selber schon mal erzählt, Frau Eggert? Haben Sie sich mal zugehört?«

Kristin musste nicht zu Mark schauen, um zu wissen, was er gerade dachte.

»Aber es ist die Wahrheit, Herr Siebert«, erwiderte sie mühsam beherrscht. »Jedes verdammte Wort.«

Gregor Siebert ging schwerfällig zur Tür. Mit dem Finger zeigte er auf Kristin. »Ich sag Ihnen was. Sie und Ihr neuer Freund bleiben jetzt hier drin, bis ich zurück bin. Derweil werde ich die Sache mit diesem Tim Haye mal überprüfen. Dürfte ja keine große Sache sein. Ich glaube zwar nicht, dass was dahintersteckt, aber ich tue es. Okay?«

Kristin nickte überrascht. Das war immerhin etwas. »Danke. Aber wäre es nicht besser, wenn Sie sofort das BKA informierten?«

Gregor Siebert wischte die Frage mit einer Handbewegung weg. »Selbst wenn Ratcher wirklich hier wäre«, sagte er bestimmt, »hätte er keine Chance, den Kanzler zu töten.«

»Natürlich hat er die!«, beharrte Kristin zornig. »Wir dürfen ihn nicht unterschätzen! Denken Sie an die Geschichte vor drei Jahren.«

»Frau Eggert ...«

»In Bobbys Dossier habe ich gelesen, dass er ein Meister der Verkleidung ist«, unterbrach sie ihn. »Vielleicht nimmt er die Rolle eines Polizisten an, mit Waffe, Ausweis und allem, was dazugehört. Womöglich hat er sogar Helfershelfer in den Reihen des BKA. Das ist ein Risiko, das wir nicht eingehen können!« Ihre Oberlippe zitterte vor Ärger über die Ignoranz ihres Kollegen.

Siebert legte sich müde eine Hand über die Augen. »Selbst wenn *ich* Ratcher in Verkleidung wäre, hätte ich keine Chance, Helbig zu töten.«

»Wieso denn nicht?« Ihre Stimme war jetzt hoch und schrill.

Gregor Siebert klang wie ein Zauberkünstler, der sich den besten Trick bis zuletzt aufgehoben hat. »Ganz einfach. Der Kanzler hat seinen Auftritt vor einer halben Stunde abgesagt.«

58

Sie saßen in Helbigs Dresdner Villa, in seinem Arbeitszimmer. Auf dem Schreibtisch stand ein Porzellanteller mit Mürbeteiggebäck. Der Kanzler trug seinen schwarzen Jogginganzug und Hausschuhe mit Tigerfellmuster. In der Hand hielt er ein Glas Martini. Erwartungsvoll sah er seinen Mentor an.

»Könntest du mich auf den aktuellen Stand bringen, Finn?«, wagte er sich behutsam vor.

Gabriel schüttelte den Kopf. »Es gibt nichts, was du wissen müsstest.« Er machte eine Pause. »Oder wissen möchtest. Die Vorbereitungen sind getroffen. Nichts lässt sich mehr aufhalten.«

Lucas Helbig nickte gehorsam.

Der Kardinal holte ein Papiertütchen aus der Tasche und legte es auf den Tisch. »Hier. Ich will, dass du das nimmst, mit etwas Wasser.« Er sah auf die Uhr. »In etwa zwei Stunden.«

»Was ist das?«

Es lag kein Misstrauen in Helbigs Stimme. Wenn es einen Mann auf der Welt gab, dem er sein Leben, seine Gesundheit, einfach alles bedenkenlos anvertraut hätte, dann war es Finn Gabriel. Er würde auch eine Tasse Quecksilber trinken, wenn der Kardinal es verlangte.

»Ein altes Wundermittel. War unter uns Bäckergesellen beliebt, wenn wir uns mal drücken wollten.« Gabriel zupfte an seinem dunklen Bart. »Du wirst heute Abend vor die Kameras treten müssen. Ich will, dass du krank wirkst. Sehr krank. Schließlich haben wir deinen Auftritt im Sherwood wegen einer fiebrigen Erkältung abgesagt.«

Helbig griff nach dem Tütchen und wendete es zwischen den Fingern. »Und dieses Pulver ...«

»... bewirkt, dass deine Haut wächsern und kränklich aussieht. Nachdem du es zu dir genommen hast, fühlst du dich hundeelend. Die Übelkeit verschwindet nach ein paar Minuten, aber die Haut bleibt für ein paar Tage schlaff und schweißig.«

»Na gut.« Helbig klang nicht sonderlich begeistert, aber er stellte Finn Gabriels Anweisungen nicht in Frage.

Das tat er nie.

Auch nicht, als Gabriel heute Morgen angerufen und ihn angewiesen hatte, auf seine übliche Joggingrunde zu verzichten. Kurz darauf war ein Arzt gekommen. Er hatte eine besorgte Miene zur Schau gestellt und den Bundeskanzler offiziell krankgeschrieben. Der Termin beim Seniorenverband, so der Kardinal, sei allerdings zu wichtig, um ihn einfach abzusagen. Gehorsam hatte Helbig mit dem Vizekanzler telefoniert, um ihn zu bitten, sofort nach Dresden zu kommen und an seiner Stelle die Rede zu halten. Schließlich, so hatte er auf Gabriels Instruktion in galligem Ton hinzugefügt, werde Roth in Zukunft ja viele derartiger Termine wahrnehmen müssen.

»Vertrau mir, Lucas!« Der alte Mann saß mit der Unerschütterlichkeit des Mount Everest in seinem Sessel.

Helbig nickte wieder, denn er fühlte, was er immer in Gabriels Gegenwart fühlte. Absolute Sicherheit. Sein Blick wanderte über Gabriels schwarze Augen – er gehörte zu den wenigen, die darin keine Feindseligkeit sahen – und die mehrfach gebrochene Nase bis hin zu dem dunklen Bart. Irgendwo auf diesem Weg verlor er an Schärfe und wurde glasig.

Es war einer jener quälenden Momente.

Helbigs Herz setzte einmal aus. Plötzlich war er wieder dreizehn Jahre alt und von bösartig verzerrten Fratzen umzingelt. Und von Fäusten, die erbarmungslos auf ihn einschlugen. Von Stiefeln, die gegen seinen Kopf traten. Noch immer verfolgte ihn das Geräusch, wie seine Schädeldecke brach. Noch immer hörte er seine gellenden Schreie und schmeckte sein eigenes Blut. Seit diesem Überfall waren mehr als drei Jahrzehnte vergangen. Der schmächtige blonde Junge war erwachsen geworden, ein selbstbewusster, ungewöhnlich attraktiver Mann. Frauen drehten sich bewundernd nach ihm um, Männer beneideten ihn um das Leben, das er führte. Er besaß Macht und Einfluss, mehr, als irgendwer sonst in Deutschland, vielleicht sogar in Europa. Aber noch immer gab es Momente, in denen die Angst von damals dämonengleich zurückkehrte.

Der Kardinal musterte ihn aus halbgeschlossenen Lidern. Er wusste genau, worüber Lucas grübelte, vermied es aber, ihn in seinen Gedanken zu stören. Gegen die Geister der Vergangenheit war auch er machtlos. Als er seine Position im Sessel leicht veränderte, schoss ein stechender Schmerz durch seinen Rücken. Er war alt geworden, alt und morsch. Bei jeder Bewegung spürte er, dass seine Kräfte nachließen. Seine Freunde von früher, die noch übrig waren, saßen auf ihrer Veranda, tranken Kakao und genossen die Ruhe, die in ihr Leben eingekehrt war.

Er nicht. Denn er hatte einem Freund ein Versprechen gegeben, und er war kein Mann, der sein Wort brach.

Er hatte nicht nur geschworen, Leben und Leib des Jungen zu schützen, sondern auch seine Würde und seine Träume. Vor drei Jahren hatte er ihm seinen sehnlichsten Traum erfüllt. Nun musste er dafür sorgen, dass Lucas nicht daraus erwachte.

59

Als Gregor Siebert in die Suite zurückkehrte, wurde er von zwei Männern begleitet, die den gleichen grauen Anzug wie er trugen. Die Uniform der LKA-Personenschützer. Kristin hatte die beiden noch nie gesehen, aber das war nicht verwunderlich. Das Landeskriminalamt beschäftigte über achthundert Mitarbeiter. Der Kleinere hatte weißblondes Haar und helle, fast durchscheinende Haut, wie ein Albino. Offenbar war er ein Comic-Fan, denn auf seiner auberginenfarbenen Krawatte kämpfte Spiderman gegen den Kingpin. Der andere Beamte, ein hochgewachsener, dünner Mann, roch nach billigem Rasierwasser und sah zerknittert aus, als hätte er in seinen Klamotten geschlafen. Beide Beamte hatten Sonnenbrillen aufgesetzt, erzielten damit aber keineswegs die gewünschte bedrohliche Wirkung. Sie sahen vielmehr aus wie eine Provinzausgabe der Blues Brothers.

Kristin hätte bei ihrem Anblick gelacht, wenn sie nicht auf die Waffe gestarrt hätte, die der Albino auf sie richtete. Das schwarze Loch der Mündung füllte ihr Blickfeld vollkommen aus. Der Lange war offenbar für Mark zuständig, denn er hielt ihm die Waffe ebenfalls genau vors Gesicht, während sich Siebert in der breitbeinigen Pose eines Gangsterbosses zwischen seinen beiden Revolvermännern aufpflanzte.

»Was soll das, Herr Siebert?«, fragte Kristin verblüfft.

Siebert sah sie grimmig an. »Für wie dumm halten Sie mich, Frau Eggert?« Er wedelte mit einem bekritzelten Notizblatt herum. »Tim Haye ist ein absolut unbescholtener Bürger aus Hamburg. Zwar geschieden, aber wer ist das nicht heutzutage? Hat eine kleine Computerfirma, zahlt seine Steuern und spendet für die Kirche. Er hält sich beruflich in Dresden auf.«

»Aber ... aber wieso ist er dann verschwunden?«

Siebert zuckte uninteressiert mit den Schultern. »Keine Ahnung. Geht mich aber auch nichts an. Er hat seine Rechnung im Voraus bezahlt und konnte das Hotel verlassen, wie es ihm beliebte.«

»Herr Siebert.« Kristin spürte, wie sich ihr Hals zuschnürte. Sie hatte das Gefühl, ihre Zunge verschluckt zu haben. »Denken Sie doch mal nach ...«

»Nein, Frau Eggert, Sie sollten mal nachdenken. Ich glaube nämlich, dass Sie mir vorhin einen Haufen Müll erzählt haben.« Er nickte zur Bestätigung. »Einen riesigen Haufen Müll«, wiederholte er zufrieden.

»Moment mal ...« Mark trat einen Schritt nach vorn.

»Keine Bewegung!«, bellte Siebert.

Der Lange legte den Finger auf den Abzug seiner Waffe. Mark hob die Hände und wich wieder zurück.

»Warum sollte ich Sie denn belügen?« Kristins Gesicht war dunkelrot angelaufen vor Wut. »Weshalb sind wir wohl hier?«

Siebert steckte seine dicken Daumen in den Gürtel und wippte auf den Fersen vor und zurück. »Ich glaube, es ist in Ihrem eigenen Interesse, wenn ich diesen Gedanken nicht zu Ende verfolge, Frau Eggert.«

»Sie werden also nichts weiter tun, ja?«

»Ich habe schon mehr getan, als Sie verlangen können. Vorhin habe ich nämlich mit dem Chef gesprochen, der wiederum mit dem Kardinal telefoniert hat. Wissen Sie was? Gabriel will Sie sehen.«

»Wie bitte?« Kristin schaute ihn entsetzt an.

»Hat mich auch überrascht. Aber offenbar ist der Name Ratcher eine Art Schlüssel, mit dem Sie jede Tür zu Gabriel öffnen. Sie wissen schon, wegen damals. Er kommt dann in die Zentrale, um sich dort Ihre Geschichte anzuhören.«

»Er ist hier? Was macht der Kardinal denn in Dresden?«

»Er wird das Wochenende in der Stadt verbracht haben, genau wie der Kanzler. Ich habe mit dem Chef übrigens auch über den Haftbefehl gesprochen. Er meint, wir können ihn nicht einfach ignorieren. Und deshalb sind Sie und Herr Cramer hiermit verhaftet.«

Mark sah Kristin an. *Es tut mir leid*, gab sie ihm mit einem gequälten Augenaufschlag zu verstehen.

»Die Zentrale schickt einen Wagen. Solange bleiben Sie beide hier«, knurrte Siebert. Die Fettfalten seines massigen Doppelkinns schwangen sanft hin und her, als er mit der Miene eines Mannes, der eine Krise souverän gemeistert hat, den Kopf schüttelte. »Los, legt den beiden Handschellen an!«

Zwei Minuten später saßen Mark und Kristin auf dem Boden vor dem Fenster, jeweils mit einer Hand an das Kupferrohr des Heizkörpers gefesselt. Der Albino und der Dünne hatten sich an den Tisch gesetzt und ließen sie nicht aus den Augen.

Ein paar Minuten waren in völliger Stille vergangen, als Kristin plötzlich einen spitzen Schrei ausstieß. »Verdammt, das ist es!«

Drei Augenpaare richteten sich nahezu synchron auf sie.

»Jetzt passt alles«, stieß sie hervor. »Mark, erinnerst du dich, du hast gesagt, es ergebe keinen Sinn, dass Lucas Helbig das Opfer sein soll. Natürlich nicht! Er ist es ja auch nicht. Er war es nie! Sie haben es auf Maximilian Roth abgesehen.« Sie senkte die Stimme, als sie hinzusetzte: »Ich weiß nicht, warum, aber Gabriel ist hinter Roth her. Alles war von Anfang an so geplant.«

Mark lehnte den Kopf an den Heizkörper und dachte nach. Er nickte seufzend. »Ich glaube, du könntest Recht haben.« Dann sah er zu den beiden Beamten. »Jungs, wir müssen sofort mit Siebert sprechen. Auf der Stelle.«

Der Albino nahm seine Waffe vom Tisch und richtete sie auf ihn. »Du hast hier überhaupt nichts zu verlangen, klar? Jetzt halt endlich die Klappe!«

»Aber versteht ihr denn nicht?«, schrie Kristin. »Sie haben es auf Roth abgesehen! Er ist in Gefahr!«

»Vor einer halben Stunde war es noch der Kanzler«, winkte der Albino gelangweilt ab. »Und jetzt auf einmal ist es Roth. Dein Killer ist nicht gerade wählerisch, was?«

»Nein, verdammt!« Kristin zerrte an ihrer Handschelle. »Wir haben uns geirrt. Es ging immer nur um Roth. Gabriel ist der Auftraggeber. Ja, ihr habt richtig gehört, der Kardinal. Kapiert ihr nicht, ihr Blödmänner? Gabriel hat das alles geplant. Er hat Ratcher geholt, um den Vizekanzler zu töten! Und Helbig hat den Termin heute unter einem Vorwand abgesagt, damit Roth hierherkommt.«

»Finn Gabriel? Und der Kanzler?« Der Albino sah seinen Partner kopfschüttelnd an. »Das wird ja immer besser. Hier scheint jemand zu viele Filme zu sehen.«

Der Lange lachte nur.

60

Ratcher schaute auf die Uhr. Es war kurz nach halb zehn. Seit über sechs Stunden saß er in seinem Versteck. Keine zehn Meter von ihm entfernt rumorten die Techniker des Sherwood. Durch das Summen der Klimaanlage hindurch hörte er Wortfetzen, die darauf hindeuteten, dass gerade eine letzte Mikrofonprobe vorgenommen wurde.

»Eins ... zw ... drei ... Test ... Test ... est«

Der ovale, logenartige Technikraum erinnerte auf den ersten Blick an den stickigen Vorführraum eines Kinos. Bei genauerem

Hinsehen erwies er sich jedoch als überraschend groß und verwinkelt. Die Wand zum Ballsaal war nur knapp anderthalb Meter hoch gemauert, darüber befand sich ein geschmiedetes Geländer. Vor der Brüstung stand auf einem Tisch ein vorsintflutlich anmutendes Mischpult für die Lautsprecheranlage. Rechts von ihr führte eine zerkratzte Tür in einen alten, nicht mehr benutzten Lagerraum. Im hinteren Bereich des Technikraumes, drei Meter neben dem Treppenaufgang, befand sich ein lang gezogener Verschlag, der die gewaltige Klimaanlage beherbergte. Der schlauchartige Gang hatte früher den Technikraum mit einem dahinterliegenden Magazin verbunden. Nach einem Umbau war der Zugang verschlossen worden, aber der nunmehr nutzlose Korridor hatte sich als ideal erwiesen, um die mächtige, bis zur Decke reichende Klimaanlage aufzunehmen.

In genau diesem Korridor, hinter der Klimaanlage, hatte Ratcher sich eingerichtet. Er saß auf einem unbequemen Holzstuhl. Trotzdem bereitete es ihm Mühe, nicht einzuschlafen. Es war warm und feucht in seinem Schlupfloch. Hinzu kam das gleichmäßige Brummen der Anlage, die große Mengen Luft einsog und wieder ausstieß wie eine riesige Lunge. Er zog eine Thermoskanne mit Kakao aus seiner Tasche und beschloss, noch etwas zu essen, ehe der Spaß losging. Sein Proviantpaket bestand aus einer Platte Schokoladenstreuselkuchen, die er in vier gleich große Stücke geschnitten und in Frischhaltefolie verpackt hatte.

Die Gefahr, vorzeitig entdeckt zu werden, schätzte Ratcher als gering ein.

Die Beamten hatten gestern den gesamten Technikraum bereits gründlich überprüft, einschließlich des hinter einem roten Samtvorhang verborgenen Korridors. Es gab keine Veranlassung, sich noch einmal hierher zu begeben, geschweige denn den Wartungsverschlag einer Prüfung zu unterziehen.

Er wickelte ein Stück Kuchen aus und aß es langsam, immer auf der Hut vor verdächtigen Geräuschen.

Von vorn waren plötzlich etwas lautere, erregte Stimmen zu hören. »Es geht aber nicht anders. Ich brauche Olaf und Jens neben mir. Wenn mit der Tonanlage etwas ist ...«

»Einer von beiden reicht. Entscheiden Sie sich! Mit der Anlage kommen Sie auch zu zweit klar.«

Das war offenbar ein BKA-Beamter. Ratcher vermutete, dass mindestens zwei Polizisten im Raum bleiben würden, dazu offenbar zwei Angestellte des Hotels. Vier Männer waren verdammt viele Gegner, zumal wenn sich darunter zwei bestens ausgebildete Personenschützer befanden. Aber er hatte das Überraschungsmoment auf seiner Seite, jene Sekundenbruchteile, die ein Mensch braucht, um sich auf eine neue Situation einzustellen. Ratcher nickte, weil er mit dem Stand der Dinge hochzufrieden war. Er hatte das Gefühl, alles bedacht zu haben und auf alles vorbereitet zu sein.

Gute Vorbereitung war eben doch ein Patentrezept für sicheren Erfolg.

61

Als die Limousine des Vizekanzlers das Sherwood erreichte, nahmen die am Eingang postierten Beamten Haltung an. Ihre Körper strafften sich, Hände glitten durch die Rückenschlitze von Jacketts und schlossen sich um die Griffe automatischer Pistolen. Die hinter Sonnenbrillen verborgenen Augen suchten noch konzentrierter die Menschenmenge ab, die sich vor dem Hotel versammelt hatte. Einer der Männer hob den Arm und sprach in sein Manschettenmikrofon.

»Kommandoposten Sieben Alpha. Wallenstein erreicht Ziel.«

»Wallenstein« war der Codename für den Vizekanzler, der als großer Verehrer Schillers galt. Lucas Helbig, so wurde beim BKA gern gelästert, hielt Wallenstein hingegen für einen Linksverteidiger des FC Bayern.

Es waren nur deshalb so viele Zuschauer hinter den Absperrgittern, weil sich noch nicht herumgesprochen hatte, dass der

Kanzler den Termin nicht selbst wahrnehmen würde. Die Dresdner platzten fast vor Stolz, dass es einer der ihren zum mächtigsten Mann des Landes gebracht hatte. Wann immer Helbig einen Termin in seiner Heimatstadt wahrnahm, kamen die Menschen in Scharen. So auch diesmal. Auf vielen Gesichtern spiegelte sich Enttäuschung, als stattdessen Maximilian Roth dem Wagen entstieg. Dennoch winkten die Zaungäste aufgeregt.

Während er umständlich sein Jackett zuknöpfte, warf Roth einen fast scheuen Blick in die Menge und winkte, aber kaum lange genug, um den Fotografen zu ein paar anständigen Bildern zu verhelfen. Dann drehte er sich rasch um und marschierte etwas steif über den roten Teppich, den das Sherwood ihm zu Ehren ausgerollt hatte.

»Herr Minister, es ist uns eine große Ehre.« Alfred Gorski, der Vorsitzende des Deutschen Seniorenverbandes, begrüßte Roth enthusiastisch.

Neben ihm standen sein Geschäftsführer und der Chef des Sherwood, die ebenfalls über das ganze Gesicht strahlten. Alle drei trugen eine Nadel mit weiß-grünem Emblem am Revers, ein Zeichen, das ihnen das Recht gab, unmittelbar an den hohen Gast aus Berlin heranzutreten. Roth schüttelte routiniert ihre Hände und kämpfte gegen das Verlangen an, den dünnen Schweißfilm abzuwischen, den er auf seiner Stirn spürte. Derweil leerten sich die anderen beiden Limousinen, in denen die Entourage des Vizekanzlers saß, Mitglieder seines Stabes, der Pressesprecher, zwei Personenschützer vom BKA und ein Arzt.

Die Beamten am Hoteleingang entspannten sich erst wieder, als ihr Schützling im Inneren des Gebäudes verschwunden war.

»Herr Minister, wir haben für Sie eine Suite vorbereiten lassen«, erläuterte Josef Vogt, der Einsatzleiter des BKA, der von nun an wie ein siamesischer Zwilling an Roth kleben würde.

»Sehr gut.« Der Vizekanzler warf einen Blick auf seine Armbanduhr, ein schmuckloses japanisches Modell. »Wir sehen uns dann in wenigen Minuten, Herr Gorski.« Er nickte ihm zu.

»Selbstverständlich, Herr Minister.«

Roth wandte sich zu Vogt. »Erst mal kurz in die Suite.«

In einer wohl organisierten Traube von Bodyguards wurde der Vizekanzler zum Aufzug geleitet. Alle Fahrstühle standen still, mit Ausnahme des einen, der zur Kommandozentrale des BKA im ersten Stock fuhr. Roths Suite lag direkt daneben. Der Vizekanzler wandte sich leise an Michael Arnold, seinen Assistenten.

»Michael, während ich meine Rede halte, rufst du diese Männer an.« Er reichte ihm einen zusammengefalteten Zettel. »Ich will mit ihnen reden, noch heute Abend. Sie sollen sich gegen zehn im Ministerium einfinden.«

Diese vier Männer, seit Jahren seine engsten politischen Weggefährten, sollten die Eckpfeiler seines neuen Kabinetts werden. Es war an der Zeit, sie auf ihre neue Aufgabe einzustimmen. Nach der Frühstückseinladung Viehwegers und dem Telefonat mit Helbig ging Roth fest davon aus, dass der Kanzler morgen seinen Rücktritt erklären würde. Er wollte darauf vorbereitet sein.

»Und wenn sie nach dem Anlass fragen?«

Roth wischte die Frage mit einer Handbewegung weg. »Sag ihnen, dass ich ihnen das selbst mitteilen will.«

»Geht in Ordnung.« Arnold nahm den Zettel entgegen und machte sich eine Notiz auf einem Klemmbrett.

»Erinnere mich außerdem daran, dass ich unbedingt den Justizminister anrufen muss, sobald wir wieder in Berlin sind.«

»Natürlich.« Arnolds Kugelschreiber kratzte eifrig über das Papier.

Von den anderen Männern sprach keiner ein Wort.

In der ersten Etage stiegen sie aus.

»Hier entlang bitte, Herr Minister.« Vogt wies ehrerbietig nach rechts.

Als sie um die Ecke bogen, erschienen am anderen Ende des Flurs zwei Beamte, die aussahen, als führten sie ein Gangsterpärchen ab, einen muskulösen Burschen und eine junge Frau mit blondierten Haaren.

»Herr Minister«, schrie die junge Frau, als sie die Neuankömmlinge erkannte. »Sie sind in Gefahr!«

Kristin stürzte vorwärts, vergaß dabei aber, dass sie mit einer Hand an den Albino gekettet war. Der, überrascht von der ruckartigen Bewegung, geriet ins Taumeln und verlor seine Sonnenbrille. Dann stolperte er auch noch über seine eigenen Füße. Kristin zerrte wie eine Wahnsinnige an den Handschellen und versuchte, sich Roth zu nähern.

»Ratcher ist hier!«, keuchte sie. »Er will Sie töten. Sie müssen sofort abreisen.«

Die Beamten um Roth reagierten so, wie sie es gelernt hatten. Blitzschnell bildeten sie einen inneren und einen äußeren Ring. Waffen wurden gezückt und auf Kristin gerichtet.

»Herr Minister, Ratcher ist ...« Ihre Worte erstarben, weil der Albino ihr den Kolben seiner Waffe auf den Kopf schlug. Sie ging in die Knie und wurde schlaff wie eine Stoffpuppe.

»Ich muss mich für diesen peinlichen Zwischenfall entschuldigen«, stammelte Vogt, auf einmal leichenblass. »Bitte hier hinein.« Er öffnete schnell die Tür zur Suite des Vizekanzlers. Seine Augen über den schweren Tränensäcken füllten sich mit Verachtung, als er Gregor Siebert anfunkelte.

»Über den Vorfall reden wir noch!«, knirschte er. »Was für Stümper beschäftigen Sie hier eigentlich?«

In diesem Moment steckte Michael Arnold seinen Kopf zur Tür hinaus. »Der Vizekanzler möchte Sie sprechen, Herr Vogt.«

»Natürlich. Selbstverständlich. Los, Sie kommen mit!«, schnauzte er Siebert an.

In der Suite war auf einem Tisch ein kleines Obstbüfett aufgebaut, außerdem gab es Platten mit Sandwichs und kalte Getränke. Der Arzt und die Männer aus Roths Stab bedienten sich. Arnold bedeutete Vogt und Siebert, ihm zu folgen. Er klopfte an die Tür des zweiten Zimmers und sagte, nachdem ein Laut erklungen war, den offenbar nur Eingeweihte verstanden: »Bitte folgen Sie mir!«

Roth stand in Hemdsärmeln am Fenster, in der Hand hielt er eine geöffnete Flasche Mineralwasser. »Was war da draußen gerade los, Vogt?«

»Das war eine Beamtin des hiesigen Landeskriminalamtes, Herr Minister«, begann Vogt zögerlich. » Sie ... äh ...«

»Sie heißt Kristin Eggert«, sprang Siebert schnell ein. »Sie ist ...«

»Raus mit der Sprache. Was ist mit ihr?«

»Gegen sie liegt ein Haftbefehl vor. Seit zwei Tagen.« Sieberts dicke Hamsterbacken zuckten. »Frau Eggert wird verdächtigt, Freitagnacht ihren Freund Bobby Cramer erschossen zu haben.«

»Bobby Cramer.« Roth dachte nach. »Der Name sagt mir irgendwas.«

»Er gehörte früher zu uns«, räumte Vogt ein. »War an dem Einsatz hier in Dresden vor drei Jahren beteiligt.«

»Ja, jetzt erinnere ich mich. Er ist dann ausgeschieden. Was macht diese Frau hier im Hotel? Wieso glaubt sie, dass mir Gefahr droht?«

Siebert holte tief Luft. »Wir gehen davon aus, dass Frau Eggert durch die offenbar heftige Auseinandersetzung mit Bobby Cramer psychisch angeschlagen ist. Ich fürchte, Sie leidet an ... äh ...«, er suchte nach dem richtigen Wort, »... Wahnvorstellungen.«

Roth wiegte den Kopf wie jemand, der nicht überzeugt ist. »Haben Sie mit ihr gesprochen?«

»Ja. Persönlich.«

»Was meinte sie mit der Bemerkung über Ratcher?«

Der sächsische Beamte wand sich vor Verlegenheit. »Frau Eggert behauptet, dass Ratcher wieder im Land sei. Sie sagt, er habe Bobby Cramer getötet.« Er machte eine Pause, um zu sehen, wie Roth reagierte. Eine ungeduldige Handbewegung forderte ihn zum Weiterreden auf.

»Zunächst war sie der Meinung, Ratcher habe es erneut auf den Kanzler abgesehen. Deshalb will sie hierher ins Hotel gekommen sein. Sie wollte uns warnen.« Siebert zuckte die Achseln, um seine Ungläubigkeit zum Ausdruck zu bringen. »Nachdem ich sie aufgeklärt habe, dass der Kanzler nicht kommt, glaubt sie inzwischen, dass Sie in Gefahr sein könnten.«

»Ratcher ist doch nach der Geschichte damals spurlos verschwunden, oder?«

»Ja, Herr Minister. Wir wissen nicht einmal, ob er noch lebt.« Vogt hüstelte diskret. »Angesichts der ganzen Umstände müssen wir die Möglichkeit in Betracht ziehen, dass Frau Eggert selbst eine Gefahr darstellt. Eine verstörte junge Frau, die eine Verzweiflungstat begangen hat und jetzt ...«

»Liegen unseren Diensten irgendwelche Erkenntnisse vor, die Frau Eggerts Annahme stützen?«

»Nein, Herr Minister«, erwiderte Vogt beflissen. »Es gibt keinen einzigen derartigen Hinweis. Frau Eggert verdächtigte eine konkrete Person, einen Gast aus Hamburg namens Tim Haye. Er ist bereits abgereist, aber wir haben seine Identität überprüft. Alles sauber.«

Sekunden vergingen, ohne dass einer der Männer sprach. Roth sah zum Fenster hinaus und nahm einen Schluck Mineralwasser.

»Wer war eigentlich der Mann neben dieser Frau Eggert?«, fragte er.

»Mark Cramer, Bobbys Bruder. Die Mordkommission geht davon aus, dass er und Kristin Eggert gemeinsame Sache gemacht haben. Es sieht nach einer klassischen Beziehungstat aus. Eine Frau zwischen zwei Brüdern.«

»Nach Mark Cramer wird ebenfalls gefahndet?«

»Ja.« Siebert nickte. »Deshalb haben wir ihn und Frau Eggert festgenommen. Die Mordkommission muss klären, was an den Vorwürfen dran ist. Wir können nicht ...«

»Sie haben völlig richtig gehandelt.« Roth rieb über seinen Nasenrücken, als wolle er andeuten, dass er schon zu viel Zeit mit dieser Sache verplempert habe. Was die beiden Polizisten da sagten, klang vernünftig. Er sah erst Arnold an, der während der ganzen Diskussion kein Wort gesagt hatte, dann Vogt. »Na schön. Dann stelle ich Ihnen jetzt noch eine einzige Frage, und ich erwarte als Antwort ein klares Ja oder Nein.«

»Selbstverständlich, Herr Minister.« Vogts Miene verriet nichts als aufmerksame Konzentration.

»Droht mir hier in Dresden Gefahr?«

Der Einsatzleiter zögerte keine Sekunde. »Nein. Das schließe ich definitiv aus.«

62

Nachdem er die beiden Männer entlassen und Arnold nach etwas Obst geschickt hatte, verschwand Roth im Bad. Er wusch sich das Gesicht mit kaltem Wasser ab und betrachtete sich im Spiegel. Die Augen waren gerötet vom Mangel an Schlaf, die Haut schlaff und grobporig. Heute früh hatte er sich in aller Eile rasiert, was man seinem Kinn ansah. Aus seiner Nase und seinen Ohren sprossen widerspenstige graue Härchen. Nein, einem Vergleich mit Lucas Helbig hielt er nicht stand, das wusste er.

Zum Teufel mit Lucas Helbig!

Er nahm den Obstteller, den Arnold hereingestellt hatte, und setzte sich an den Schreibtisch, um sich in sein Redemanuskript zu vertiefen. Doch er konnte sich nicht konzentrieren. Immer wieder verschwammen die Buchstaben vor seinem Auge. Sein Unterbewusstsein war abgelenkt. Es stieß sich an etwas, grübelte und forschte, blieb immer wieder irgendwo hängen, wie eine Zunge an einem scharfkantigen Zahn.

Schließlich trat Roth an den schmalen Sekretär aus Mahagoni und wählte aus dem Schreibset einen gestärkten Expressumschlag mit dem Logo des Sherwood. Aus der Innentasche seines Anzuges nahm er eine flache rote Plastikschutzhülle mit einer DVD und schob sie in den Umschlag. Sorgfältig klebte er ihn zu. Er rief nach Arnold.

»Michael, was hältst du von der Sache mit dieser Kristin Eggert?«

Der junge Assistent zuckte unschlüssig die Schultern. »Ich weiß nicht recht. Es klang schon ein wenig abenteuerlich. Und wirr. Andererseits ...«

»Ja!« Roth schwenkte die Arme. »Genau dieses Andererseits ist es, das mich stört.«

»Wollen Sie, dass wir den Termin absagen?«

»Nein. Ich weiß ja selber nicht, was los ist. Vielleicht sehe ich einfach nur Gespenster.«

»Vertrauen Sie Vogt?«

»Ich habe keinen Grund, es nicht zu tun. Er ist seit über zwanzig Jahren bei der Sicherungsgruppe. Ihn verbindet nichts mit Helbig. Oder mit Gabriel.«

»Er schien zu wissen, wovon er spricht. Ich schlage vor, dass wir die Sache hier durchziehen.«

Roth legte den Kopf schief. »Ich ja. Du nicht. Es ist besser, wenn die DVD nicht hier ist. Ich will, dass du nach Berlin zurückfährst und die Disc mitnimmst. Wenn ich jetzt plötzlich verschwinde, würde das Aufsehen erregen. Wenn du weg bist, merkt das keiner. Nimm dir einen Mietwagen und fahre ins Ministerium. Den Umschlag behältst du bei dir. Unser Schicksal hängt von dieser DVD ab, das weißt du.«

»Ja.« Arnold zuckte mit keiner Wimper.

Seit sechs Jahren arbeitete er als Assistent für Maximilian Roth. Nach dem Machtwechsel war er ihm vom Bundestag ins Wirtschaftsministerium gefolgt. Obwohl er kaum einmal vor Mitternacht nach Hause kam und alles andere als üppig bezahlt wurde, liebte er seinen Job über alles. Er war einunddreißig und ledig und lebte für die Politik. Sein Jurastudium hatte er an der Humboldt-Universität in Berlin absolviert, um nebenbei im Bundestag arbeiten zu können. Nach dem zweiten Staatsexamen hatte er sich bei Roth beworben. Wenn der Vizekanzler von Termin zu Termin hetzte oder mit seinem Stab zu nächtlicher Stunde über Strategien brütete, saß Arnold neben ihm. Er war derjenige, der früh das erste Wort mit ihm sprach und abends das letzte. An Roths Seite lernte er sorgsam gehütete Geheimnisse des Landes kennen, lernte, was wahre Macht bedeutete und wie sie funktionierte.

Er war geschmeichelt, als Roth ihn in seinen verwegenen Plan einweihte. Und er sah die gewaltige Chance, die sich ihm bot. Wenn alles wie vorgesehen ablief, war er in wenigen Tagen der Büroleiter des neuen Bundeskanzlers. Und nach der Wahl vielleicht der neue Kanzleramtsminister.

Der jüngste, den es je gab.

63

Am Hinterausgang des Sherwood stand ein dunkelgrüner Kastenwagen. Für einen winzigen, kaum wahrnehmbaren Moment sah Mark das Profil des Fahrers, ehe dieser die Tür zuschlug und hinter den getönten Scheiben verschwand. Mark zögerte unmerklich, während seine Gedanken rasten. Irgendetwas an diesem Mann kam ihm bekannt vor. Er hatte ihn schon einmal gesehen. Aber wo?

»Mach schon!«, knurrte der dünne Polizist ungeduldig, der noch immer durch die Handschellen mit ihm verbunden war. Hinter ihm folgte der Albino, der Kristin hinter sich herzerrte. Sie wirkte benommen. Der Dünne öffnete die Hintertür des Kastenwagens und hob in einer theatralischen Geste einladend die Hand.

»Euer Taxi«, grinste er. »Groß und geräumig, nur die Minibar fehlt leider.«

Mark achtete nicht auf die höhnisch angedeutete Verbeugung. Sein Blick haftete auf dem Maschendrahtgitter an den dunklen Fenstern und den verstärkten Wänden.

Dieser Wagen war eine von der Außenwelt abgetrennte Gruft.

Auf Weisung des Dünnen nahmen sie auf einer der seitlichen Sitzreihen Platz. Mit einem Paar Handschellen wurden sie aneinandergekettet. Die beiden Beamten ließen sich gegenüber nieder. Der Albino schlug mit der Faust an die Rückwand der Fahrerkabine.

»Kann losgehen«, brüllte er.

Das Schloss der Hintertür rastete deutlich ein, offenbar konnte es von der Fahrerkabine aus automatisch bedient werden. Rumpelnd setzte sich der Wagen in Bewegung.

»Wir fahren jetzt direkt in die Zentrale«, erläuterte der Albino. »Dort habt ihr ein kurzes Gespräch mit dem Sicherheitschef des Kanzleramtes. Soweit ich weiß, sollt ihr anschließend dem Haftrichter vorgeführt werden.«

»Ach ja?«, erwiderte Mark sarkastisch. »Und wofür sind die da gedacht?«

Er zeigte auf die großen, strapazierfähigen Säcke aus blauem Plastik, die in der Ecke lagen, zusammen mit einem Paar Gummihandschuhen. Drei Augenpaare folgten seiner Hand. Kristins Augen weiteten sich, als sie begriff. Die letzte Ungewissheit fiel von ihr ab.

Sie würden sterben.

Vermutlich führte der Weg des Transporters geradewegs in eine Müllverbrennungsanlage oder einen anderen Ort, wo ihre Leichen auf Nimmerwiedersehen verschwinden würden.

»Das war es dann also, ja?«, sagte sie resigniert.

Mark, der mit geschlossenen Augen an der Wand lehnte, antwortete nicht. Ihm war eingefallen, woher er den Fahrer kannte.

64

Ratcher aß gerade sein letztes Stück Kuchen, als die beiden kamen. Er hörte sie sofort, trotz des asthmatischen Schnaufens der Klimaanlage. Verstohlenes Getuschel drang zu ihm, und die Holzdielen knarrten unter ihren Schritten. Als die Stimmen lauter wurden, schob er sich schnell den letzten Bissen in den Mund und griff nach seiner Beretta. Mit einem Schlag war die Trägheit des stundenlangen Wartens verschwunden. Er war hellwach und spürte seinen hämmernden Puls in den Ohren. Wollten die Beamten den Wartungsverschlag etwa doch noch einmal überprüfen?

Wenn ja, war sein Auftrag Geschichte.

Jetzt konnte er sogar zwischen dem Mann und der Frau unterscheiden und einige Wortfetzen aufschnappen. Sein Zeigefinger lag auf dem Abzug der Pistole. Er hielt den Atem an. Die Schritte kamen immer näher. Sie waren keine drei Meter mehr von der Klimaanlage entfernt.

Ratcher lauschte, bis in die Fingerspitzen gespannt. Sein Herzschlag schien ihre Stimmen zu übertönen. Doch dann, als sich in die Wortfetzen noch andere Laute mischten, musste er unwillkürlich lächeln. Nein, die beiden waren ganz sicher nicht auf der Suche nach einem Eindringling. Vorsichtig spähte er durch den winzigen Spalt zwischen der Klimaanlage und der Wand.

Der Beamte war Ende Vierzig, zu alt, um allein von der Arbeit für das Bundeskriminalamt und dem nicht gerade üppigen Gehalt begeistert zu sein. Kein Wunder, dass er auch die kleinen Annehmlichkeiten in Anspruch nahm, die ihm sein Amt verschaffte. Zum Beispiel die Gesellschaft junger, attraktiver Polizistinnen. Die meisten himmelten ihn an, weil er früher bei der Eliteeinheit GSG 9 gedient hatte.

Das dunkelhaarige Mädchen war vielleicht Mitte zwanzig. Der Mann schob sie an die Wand und küsste sie stürmisch. Sie schlang die Arme um seinen Hals.

»Was machst du, wenn wir hier fertig sind?«, murmelte er. Seine Hände glitten begehrlich über ihren Körper. »Wir könnten in Dresden bleiben. Über Nacht.«

Sie lächelte. Ihr gefiel der Gedanke. »Und was erzähl ich meinem Freund?« Sie drängte sich noch ein wenig enger an ihn.

»Sag ihm, dass du für einen Kollegen einspringen musst. In dem Team, das Helbigs Haus bewacht, ist einer ausgefallen.«

»Klingt gut.« Das Mädchen hob den Kopf und seufzte leise, weil seine Lippen jetzt zärtlich über ihren Hals glitten. »Das klingt sogar phantastisch.«

Ratcher setzte sich wieder auf seinen Stuhl, blieb aber wachsam. Er hatte keinen Anlass, die BKA-Beamten zu unterschätzen. Immerhin war er ihnen bei seinem letzten Besuch in Dresden in die Hände gefallen. Seine Gedanken wanderten zurück zu den damaligen Ereignissen. In Luanda hatte er das Geschehen ein ums andere Mal in seinem Kopf abgespult. Trotz der langen Zeit, die seither vergangen war, hatte er noch alle Details im Kopf, alle Einzelheiten, selbst den Geruch der Luft in jener Nacht. Die Erinnerungen brannten wie Salz in einer offenen Wunde.

Interessanterweise dachten in diesem Moment zwei andere Menschen ebenfalls an das Attentat vor drei Jahren. Kristin auf ihrer verhängnisvollen Fahrt in dem verschlossenen Kastenwagen und Finn Gabriel. Kristin kannte die mysteriösen Vorgänge im Schlosspark Pillnitz nur aus Bobbys Dossier und aus seinen Erzählungen. Ratcher wusste das, was er selbst erlebt hatte, und was er im Nachhinein in den Zeitungen gelesen hatte. Am besten informiert war der Kardinal. Denn das, was sich vor drei Jahren in Dresden ereignet hatte, war ganz und gar sein Werk.

65

An jenem warmen Sommerabend waren die Reichen und Mächtigen der sächsischen Landeshauptstadt ins noble Residenzschloss Pillnitz geströmt, zu einem Fest ihres Ministerpräsidenten, der jetzt Kanzlerkandidat war.

Im berühmten Lustgarten, direkt vor dem Bergpalais, stand ein mit einem Tuch verkleidetes Podium, von dem Helbig später sprechen würde. Davor waren Teakholzstühle mit Kissen und bequemen Lehnen zu einem Dutzend Sitzreihen zusammengeschoben worden. Das gesamte Gelände wurde durch Fackeln erhellt. Es gab eine Videoleinwand, auf der in endlosen Wiederholungen ein werbeclipartiger Film ablief – Helbig als junger Abgeordneter, Helbig als eloquenter Ministerpräsident, Helbig als Kandidat auf dem Weg ins Kanzleramt. Im mittleren Teil des Gartens war halbkreisförmig vor dem Springbrunnen ein exquisites Mitternachtsbüfett vorbereitet, daneben befand sich eine Bar, die alles bot, was die handverlesenen Gäste zu trinken pflegten. Das Beste war gerade gut genug. Schließlich hatte jeder von ihnen zehntausend Euro für das Vergnügen bezahlt, dem Kandidaten im kleinen, erlauchten Kreis zu begegnen.

Die Veranstaltung war Teil einer landesweiten Serie exklusiver »Midnightevents«. Helbigs Wahlkampfchef war froh, dass die Arrangements bereits im Frühjahr getroffen worden waren. Denn seit zwei Monaten trat sein Mann in den Meinungsumfragen auf der Stelle. Er hatte den einst riesigen Vorsprung des Amtsinhabers verringert, gewiss, aber die letzten, die entscheidenden Prozente fehlten. Bis zur Wahl waren es keine vier Wochen mehr. Verzweifelt wartete der Kandidat auf den finalen Schub. Seine politischen Gegner hatten ihn als konturenlosen Sonnyboy hingestellt, als politisches Leichtgewicht, als Anzug ohne Inhalt. Bisher war es Helbig nicht gelungen, dieses Vorurteil abzuschütteln. Die Stimmung drohte zu kippen. Einige Zeitungen hatten ihn bereits abgeschrieben. Es war fraglich, ob sich all die gutbetuchten Gäste heute noch hätten bewegen lassen, zehn Riesen auf einen Mann zu setzen, der möglicherweise nichts weiter blieb als eine Fußnote in der Geschichte der Bundesrepublik.

Auf dem Schlossgelände herrschten strenge Sicherheitsvorkehrungen, allerdings nicht annähernd so streng, wie sie es bei einem Auftritt des Kanzlers gewesen wären. Ab dem vierten Monat vor einer Bundestagswahl erhielten die Spitzenkandidaten der großen Parteien Personenschutz durch das Bundeskriminalamt. Bobby Cramer, der Leiter des für Helbig zuständigen Teams, hatte Männer an den Eingängen des Schlossparks postiert und am Elbufer, damit sich niemand unbemerkt vom Wasser nähern konnte. In der Nähe des Podiums bewegten sich die Beamten diskret und unauffällig. Die Gäste besaßen ebenso große Egos wie Geldbörsen. Sie hatten großzügig gespendet und erwarteten nun einen netten Abend und ein wenig Dankbarkeit des Kandidaten, aber ganz sicher keine Belästigung durch niedere Chargen.

Das Tuscheln und Flüstern verstummte, als Lucas Helbig die Treppenstufen zum Podium emporstieg. Wohlwollender Beifall ertönte, den er als etwas nahm, was ihm zustand. Jene, die ihm zum ersten Mal persönlich begegneten, registrierten sofort, worin das herausragende politische Kapital dieses Mannes bestand. Sie waren auf der Stelle gefesselt von seiner Präsenz und seinem Charisma, von der Aura des Besonderen, die ihn umgab. Seine weiche, sympathische Stimme strahlte gelassenes Selbstvertrauen aus. Es spielte gar keine Rolle, *was* er sagte. Sie wollten ihm einfach nur zuhören.

Finn Gabriel stand neben dem Treppenaufgang des Podiums. Mit den misstrauischen Augen eines Streifenpolizisten, der sich von der Atmosphäre trügerischer Sicherheit nicht blenden lässt, suchte er die Umgebung ab.

Dann schien er eine Nachricht zu bekommen, denn er drückte den fleischfarbenen Stecker noch ein wenig fester in die Ohrmuschel. Leise befahl er, die Nachricht zu wiederholen. Er blickte über die Köpfe der Gäste hinweg, bis er Bobby Cramer entdeckte. Mit einer Kopfbewegung gab er ihm zu verstehen, dass er ihn sprechen wolle. Sie trafen sich vor der Bar, die jetzt menschenleer war, weil alle Gäste vor dem Podium Platz genommen hatten.

»Alles in Ordnung, Herr Gabriel?«, fragte Bobby höflich.

Er schätzte Helbigs Sicherheitschef, weil er sich weder in die Arbeit der BKA-Beamten einmischte noch alles besser wusste. Gabriel und seine Leute sahen die Männer vom Bundeskriminalamt nicht als lästige Konkurrenten an, sondern als Kollegen. Jetzt, wo ihr Schützling eine nationale Größe war, ließen sie ihnen bereitwillig den Vortritt.

Aber auch im Hintergrund blieben sie wachsam.

Gabriel runzelte die Stirn. »Mein Posten auf null-null-dreißig hat mich eben informiert, dass er sechzig Meter flussabwärts am Ufer Taucherzubehör gefunden hat. Schnorchel, Flossen, ein Pressluftgerät. Er meint, als er vor einer halben Stunde dort langgegangen sei, habe das Zeug noch nicht da gelegen.«

Nun war Bobby hellwach. »Das klingt nicht gut.« Per Funk informierte er seine Männer, dass möglicherweise Gefahr drohe. Dann wandte er sich wieder an Gabriel. »Ich schicke sofort jemand runter, der sich die Sache mal ansieht.«

»Danke.« Der Kardinal nickte, während er einer neuen Meldung lauschte, die ihn über seinen Ohrstecker erreichte.

Bobby war noch keine zwei Meter entfernt, als plötzlich aus dem Nirgendwo ein Schuss ertönte, laut und hässlich wie ein Peitschenknall. Voller Entsetzen blickten die Männer hinauf zum Rednerpodium. Lucas Helbig wurde um die eigene Achse gewirbelt und prallte gegen das hintere Geländer. Ungläubig taumelte er herum. Er trug einen hellen Anzug, der sich im Brustbereich in beängstigender Geschwindigkeit dunkel färbte.

»Scheiße!«, brüllte Gabriel. Er rannte los. Als Bobby ihm folgen wollte, rief er ihm zu: »Hier sind genug Leute, Bobby. Versuchen Sie, den Bastard zu erwischen! Die Taucherausrüstung!«

Bobby hob bestätigend den Daumen und schlug die entgegengesetzte Richtung ein.

66

»... ist es mir als Vorsitzender des Deutschen Seniorenverbandes eine große Ehre, zu unserem zwanzigsten Jahreskongress den Wirtschaftsminister und Vizekanzler der Bundesrepublik Deutschland begrüßen zu dürfen.« Alfred Gorski strahlte, als er die Hand in Richtung des Bühnenvorhangs hob, hinter dem in diesem Moment Maximilian Roth hervorkam.

Die Senioren erhoben sich und applaudierten. Sie waren sichtlich stolz, nach der kurzfristigen Absage Lucas Helbigs von einem so ranghohen Vertreter besucht zu werden. Es zeigte ihnen, welch enormes Ansehen der Seniorenverband bei der Bundesregierung genoss.

Der Vizekanzler schüttelte Gorski die Hand. Für ein paar Sekunden verharrten sie in dieser Pose, dem Blitzlichtgewitter der Fotografen zugewandt. Dann trat Roth ans Pult und lächelte mit schiefem Mund in den Beifall hinein. Er zog ein Bündel Blätter aus der Tasche, faltete sie umständlich auf, legte sie vor sich hin. Raschelnd nahmen die Delegierten wieder Platz.

Der Vizekanzler räusperte sich. »Meine Damen und Herren, ich danke Ihnen für diesen herzlichen Empfang. Sehr gern hätte der Bundeskanzler in seiner Heimatstadt Dresden mit Ihnen das zwanzigjährige Jubiläum des Deutschen Seniorenverbandes gefeiert. Leider ist er kurzfristig erkrankt. Er hat mich gebeten, an seiner Stelle zu Ihnen zu sprechen, ein Wunsch, dem ich nur zu gern nachkomme. Meine Damen und Herren, ich freue mich, heute hier sein zu dürfen.«

Erneut ertönte Applaus, der deutlich machte, dass es ein Heimspiel werden würde für den Vizekanzler. Da störte es auch nicht, dass er Wort für Wort in einer schrecklich monotonen Stimme vom Blatt ablas.

»Der Deutsche Seniorenverband hat sich in den zwanzig Jahren seines Bestehens zu einem wichtigen Sprachrohr für die ältere Generation entwickelt. Unsere Gesellschaft verändert sich. Mit diesen Veränderungen, die wir, mitunter floskelhaft, als demografischen Wandel bezeichnen, sind große Herausforderungen verbunden. Herausforderungen, denen Sie sich als Interessenvertreter der Älteren stellen. Sie übernehmen Verantwortung und machen immer wieder deutlich, dass Sie sich bei der Bewältigung der vor uns liegenden Aufgaben aktiv einbringen wollen. Hierfür danke ich Ihnen!« Maximilian Roth entspannte sich ein wenig, als er in ein Meer dankbarer Gesichter blickte, die auch diesen Absatz seiner Rede mit Beifall bedachten.

Hundert Meter weiter hinten, am Ende des Saals, neun Meter über dem Auditorium, versteckt hinter der Klimaanlage im Technikraum, überprüfte Ratcher seine Ausrüstung. Alles, was er brauchte, lag bereit.

Die flache Beretta, Kaliber 25. Die Remington 700 mit dem Leupold-10-Power-Zielfernrohr. Außerdem eine Betäubungspistole.

Seiner Tasche entnahm er eine weiße Sanitäteruniform, die er anzog, und den Koffer mit dem aufgedruckten Roten Kreuz. Dann brachte er sämtliche Utensilien nach vorn, in den Flur, sorgfältig darauf achtend, keinerlei Geräusche zu verursachen. Zuletzt zog er eine Spraydose hervor und besprühte alle Flächen seines Versteckes einschließlich des Holzstuhls und der Rückseite der Klimaanlage mit einem speziell präparierten Benzingemisch. Auf den Boden legte er ein Handtuch, das er ebenfalls gründlich tränkte. Wie ein Indianer, der seine Spuren verwischte, trat Ratcher rückwärts aus dem Verschlag heraus, unermüdlich weiter sprühend. Als er mit dem Ergebnis zufrieden war, verstaute er die Dose im Koffer und zog ein Paar Gummihandschuhe an. Dann warf er das

Gewehr über die Schulter und steckte die Beretta in den Hosenbund. Den Koffer ließ er im Gang zurück.

Von draußen klang die mikrofonverstärkte Stimme des Vizekanzlers herein, unterlegt von einem vagen Murmeln, das an Meeresrauschen erinnerte. Der Funkverkehr der beiden Beamten im Technikraum. Ratcher warf einen letzten Blick auf die Uhr. Elf Uhr acht.

Die Operation konnte beginnen.

67

Bobby hatte den Lustgarten bereits verlassen, als dreißig Meter weiter rechts das Dach des Neuen Palais' explodierte. Mauerteile und Schindeln flogen in einem Ausbruch von Feuer und Rauch in die Luft. Auf den Gesichtern der ohnehin verängstigten Gäste spiegelte sich Entsetzen. Einige wurden von der Druckwelle zu Boden geschleudert; andere stießen ihre Stühle um. Aus allen Richtungen kamen BKA-Beamte herbei, die »Alarmstufe eins«, »Alarmstufe eins« in ihre Mikrofone brüllten.

»Alarmstufe eins« bedeutete, dass es die Schutzperson erwischt hatte.

Es herrschte ein heilloses Durcheinander. Auf dem Podium beugten sich zwei Männer über den leblos am Boden liegenden Kandidaten. Derweil rafften sich die ersten Gäste auf und flohen am Bergpalais vorbei panisch in Richtung Hauptausgang.

Ein Mann allerdings lief in die andere Richtung, lautlos und geschmeidig wie ein Apache. Ratcher trug einen dunklen Taucheranzug, der im Mondschein wie Schlangenhaut glänzte. Katzenartig war er an der Rückwand des an der Elbe gelegenen Wasserpalais' hinuntergeklettert. Nun eilte er mit großen Schritten flussabwärts am Ufer entlang, weg von dem Chaos und den Flammen, wobei er sich unablässig umsah, auf der Hut vor verdächtigen

Bewegungen oder Geräuschen. Aber es gab keine. Weit und breit war niemand in der Nähe. Auch die beiden am Fluss postierten Beamten waren längst zum Bergpalais geeilt.

Ratcher hatte es fast geschafft.

Vor ihm lagen noch etwa dreißig Meter Weg, dann würde er sich ins Wasser gleiten lassen. Mit einem Blick zurück vergewisserte er sich, dass im Lustgarten noch immer alles drunter und drüber ging. Im Schein des Feuers rannten Menschen aufgeregt hin und her. Derweil lag der nordwestliche Parkbereich in völliger Dunkelheit, verwaist und von niemandem beachtet.

»Polizei. Keine Bewegung!«

Der Mann schien vor ihm aus dem Boden zu wachsen. In der Hand hielt er eine Pistole, die wie eine natürliche Verlängerung seiner Hand wirkte. Ratcher war so überrumpelt vom Auftauchen des Beamten, dass er für einen Moment wie erstarrt dastand.

Wer zum Teufel ...?

»Hände hoch!«, schrie der Mann. Seine Stimme war heiser vor Aufregung. Aber er hatte die Waffe, und er schien zu wissen, wie man damit umging. Lauernd betrachtete Ratcher ihn, während er in Zeitlupe die Arme hob. Der Mann kam langsam auf ihn zu, deshalb bewegte auch er sich unmerklich nach vorn. Mit drei tiefen Atemzügen füllte er seine Lunge mit Sauerstoff, um sich im richtigen Moment auf seinen Gegner zu stürzen.

»Stehen bleiben!«, brüllte der Beamte, als er das Manöver erkannte.

Ratcher hörte einen Hauch von Angst in seiner Stimme. Er witterte seine Chance und machte noch zwei Schritte, doch ehe er zum Sprung ansetzen konnte, ertönte ein Schuss.

Der Killer spürte einen dumpfen Schmerz in seiner Schulter.

Im gleichen Moment traf ihn von hinten ein gewaltiger Hieb auf den Kopf. Ratcher wollte sich noch umdrehen, aber es wurde schon schwarz vor seinen Augen.

Als er wieder zu sich kam, lag er auf einer Art Bank. Seine Hände und Füße waren mit Handschellen gefesselt. Er hatte höllische Kopfschmerzen. Seine Schulter schien in Flammen zu stehen.

Mühsam hob er den Kopf.

Er befand sich in der Alten Wache, einem Nebengebäude, das sonst als Besucherzentrum diente. Jetzt hatten die BKA-Beamten hier ihre Kommandozentrale eingerichtet.

»Ich bin Kriminalhauptkommissar Cramer vom Bundeskriminalamt«, ertönte eine Stimme von der Tür. »Sie sind vorläufig festgenommen wegen versuchten Mordes an Ministerpräsident Helbig. Sie haben das Recht zu schweigen. Sie können jederzeit einen Anwalt mit Ihrer Vertretung bevollmächtigen und einzelne Beweiserhebungen beantragen. Wenn Sie etwas sagen, kann dies auch gegen Sie verwendet werden.«

Ratcher erkannte die heisere Stimme auf Anhieb.

Er sah zur Tür. Neben Cramer standen zwei weitere Beamte, die ihre Waffen auf ihn richteten. Am Fenster lehnte ein vierter Mann. Auf dem Tisch in der Mitte des Raums lag ein knorriger Ast von der Stärke eines Baseballschlägers, an dem Reste von Blut zu kleben schienen. Jetzt wusste Ratcher, weshalb sich sein schmerzender Hinterkopf feucht und klebrig anfühlte.

Kein Zweifel, sie hatten ihn am Arsch.

»Vielleicht wird sogar eine Anklage wegen Mordes daraus«, fügte Cramer hinzu.

Ratcher hörte die mühsam unterdrückte Wut. Es gab keinen einzigen aktiven Leibwächter beim Bundeskriminalamt, der in seiner Karriere eine Schutzperson verloren hatte. Die statistische Wahrscheinlichkeit, so etwas zu erleben, lag im Promillebereich. Umso mehr fürchteten sich alle Beamten davor, dieses Kainsmal eines Tages auf der Stirn zu tragen.

»In wenigen Minuten kommt ein Helikopter, der Sie ins Gefängnis am Hammerweg bringt«, sagte Bobby Cramer, während er näher ans Bett trat. »Morgen werden Sie dem Haftrichter vorgeführt.«

Ratcher musterte ihn aus halb geschlossenen Augen. Dieser Cramer mochte sich als harter, abgebrühter Bursche geben. Aber hinter der Fassade sah Ratcher einen sensiblen Jungen, der aufgewühlt war, weil er und sein Team einen Einsatz vermasselt hatten. Er hob leicht den Kopf und schluckte schwer, weil es in seinem Mund knirschte, als sei er mit Kieseln gefüllt.

»Sie fühlen sich jetzt stark, Cramer. Aber ich verspreche Ihnen eins. Wenn wir uns das nächste Mal begegnen, werden Sie schwach sein. Sie werden um Ihr Leben betteln. Allerdings vergeblich. Denn ich werde Sie auslöschen wie eine Kerze.«

Bobby Cramer wich zurück, als sei er geschlagen worden. Es schien, als wolle er noch etwas sagen, doch dann richtete er sich auf und drehte sich kopfschüttelnd um.

Ratcher starrte an die Decke, während er fast unmerklich seine Arme und Beine bewegte. Gebrochen war nichts. Aber seine Schulter war schon ganz steif vor Schmerz. Außerdem musste er durch die Schusswunde ziemlich viel Blut verloren haben; er merkte, wie seine Kräfte allmählich schwanden.

Von draußen waren Stiefelabsätze zu hören, die über den Kies scharrten. »Herkules eins?«, ertönte eine hohe Fistelstimme. »Lesch vom Landeskriminalamt hier. Sie hatten einen Arzt angefordert. Parole Krallhund. Wiederhole, Krallhund.«

»Bestätigt.« Bobby gab den beiden Männern an der Tür mit einem Nicken zu verstehen, dass sie öffnen sollten.

Ein auffallend grauäugiger Mann in einem weißen Kittel trat ein. Er trug eine Fliege, die in Größe und Farbgebung an einen Amazonasschmetterling erinnerte. In der Hand hielt er eine abgenutzte Ledertasche, wie Ärzte sie häufig benutzten. Er mochte Anfang Vierzig sein. Auf den ersten Blick wirkte er harmlos. Wer genau hinsah, bemerkte jedoch, dass er etwas Lauerndes an sich hatte, wie ein im Wasser dahintreibender Alligator. Die vier Beamten achteten allerdings nur auf seinen tänzelnden Gang und seine dünne Stimme. Vielsagend grinsten sie sich an.

»Tag, Jungs«, sagte Lesch jovial und strahlte über das ganze Gesicht. Seine roten Backen glänzten. »Ich soll mir hier einen ... äh ... Patienten ansehen, ehe er abtransportiert wird?«

»Ganz genau, Doktor.« Cramer wies auf den Gefangenen. »Da liegt er!«

Ratchers Augen begannen unmerklich zu glänzen, als sein Blick auf die Füße des Mannes fiel. Schwarze Springerstiefel mit Stahlkappen.

Ein interessanter Arzt, dieser Lesch.

68

Als Maximilian Roth die erste Seite seines Manuskriptes abgearbeitet hatte, glänzten auf seiner Stirn dicke Schweißtropfen.

»Die Auswirkungen des demografischen Wandels spüren wir schon heute sehr deutlich. In vielen Dörfern gibt es keine Möglichkeit mehr, Lebensmittel einzukaufen. Der nächste Supermarkt ist nur mit dem Auto zu erreichen. Ihre Enkel müssen lange Schulwege in Kauf nehmen, Bahn- und Buslinien werden stillgelegt, und selbst die Kirchen ziehen sich aus den kleinen Orten zurück. Wir müssen Antworten finden auf diese Veränderungen, meine Damen und Herren, und dabei dürfen die Interessen der älteren Menschen nicht in den Hintergrund geraten.«

Erneut applaudierten die Delegierten. Viele von ihnen nickten zustimmend. Maximilian Roth war ein Mann, der ihre Sprache sprach.

»Allerdings, und das betone ich ausdrücklich, muss eine Politik, die die Älteren in den Blick nimmt, gleichzeitig immer eine Politik sein, die auch den Jüngeren Lebenschancen eröffnet. Denn wir brauchen einander. Ohne den Zusammenhalt der Generationen werden wir bei der Bewältigung der vielen Herausforderungen keinen Erfolg haben«, dozierte der Vizekanzler.

Oben im Technikraum hielt Ratcher die Luft an, als er vorsichtig durch einen Spalt zwischen Vorhang und Wand spähte. An dem langen Tisch mit dem altertümlichen Mischpult saßen drei Männer, der BKA-Beamte und die beiden Techniker. Das dunkelhaarige Mädchen stand weiter links neben einem Scheinwerfer.

Einer der beiden Techniker, ein Latino mit Schmalztolle, trug schwarze Kopfhörer, über die er verfolgte, wie Roths Rede unten im Saal ankam. Mit Hilfe des großen Displays überwachte er die einzelnen Lautsprecher, Verstärker und Controller. Sein älterer Kollege, der ebenfalls Kopfhörer aufhatte, war für die Mehrkanalaufzeichnung verantwortlich. Mit seinen großen, dicht behaarten Händen hantierte er an den Schiebereglern des Mischpults, um auch geringste Verzerrungen oder Rückkopplungen zu verhindern. Der Personenschützer, der rechts neben den beiden saß, hatte die Arme auf den Tisch gelegt. Regungslos verfolgte er das Geschehen im Saal.

Ratchers Augen wanderten nach links zu der jungen Frau.

Sie lehnte an der Wand, dort, wo die Brüstung begann, direkt neben einem Scheinwerfer, und sah Kaugummi kauend hinunter auf den Ballsaal. In der Hand hielt sie ein HK50-Sturmgewehr. Der Standort war gut gewählt, denn von unten war sie wegen des grellen Lichts des Scheinwerfers vermutlich nicht zu erkennen. Sie konnte ihm gefährlich werden, weil sie leicht seitlich stand und jede Bewegung im hinteren Bereich des Raumes aus den Augenwinkeln bemerken konnte. Blitzschnell legte Ratcher seine Reihenfolge fest. Er griff nach der Betäubungspistole und vergewisserte sich noch einmal, dass sie geladen war.

»Eine für die Älteren zu Recht wesentliche Frage ist die nach materieller Sicherheit auch nach der Beendigung der Berufstätigkeit. Vor kurzem gab es im Bundestag eine Anhörung zur Änderung des Alterseinkünftegesetzes. Alfred Gorski war dabei ...«, Roth wies mit der Hand auf den Vorsitzenden, der sich vergeblich bemühte, nicht stolz zu grinsen, »... und hat noch einmal betont, dass sich die Erfolge und die Leistungen des Arbeitslebens in der Rente widerspiegeln müssen. Das kann ich nur unterstreichen.«

Roth nutzte die Beifallpause, um einen Schluck Wasser zu trinken, ehe er fortfuhr.

»Ich bin froh, dass es im Juli erstmals seit zwei Jahren wieder eine Rentensteigerung gegeben hat, weil ich genau weiß, dass viele der Älteren jeden Euro umdrehen müssen. Deshalb wird es unter dieser Bundesregierung auch keine Kürzung der Renten geben.«

Erwartungsgemäß brandete jetzt besonders lauter Beifall auf.

Ratcher erkannte seine Gelegenheit. Geschmeidig schlüpfte er hinter dem Vorhang hervor. Blut strömte in seine Hände und Füße, und er spürte, wie sich seine Magennerven verkrampften, ein vertrautes, aber beinahe vergessenes Signal seines Körpers.

Ich bin wieder da!

Wie er erwartet hatte, nahm die Beamtin am Rande ihres Gesichtsfeldes eine Bewegung wahr. Reflexartig wandte sie den Kopf, aber noch ehe ihre Augen seine erreichten, war er einen Schritt nach vorn getreten und hatte den Abzug der Betäubungspistole betätigt. Der Pfeil mit einer Ladung von hundertzwanzigtausend Volt schoss heraus und traf sie in die Brust. Die junge Frau wurde rückwärts gegen die Wand geschleudert und sackte langsam zu Boden. Die Mündung von Ratchers Waffe war bereits weitergewandert, ganz nach rechts, zu dem zweiten Polizisten. Auch der nächste Schuss traf sein Ziel. Kaum steckte der Pfeil im Rücken des Mannes, schlug sein Kopf wie nach einem Axthieb auf die Tischplatte.

Nun hatte er nur noch die zwei Angestellten zu erledigen.

Mit einer raschen, geübten Bewegung legte Ratcher zuerst auf den jüngeren Techniker an. Der Mann hatte sich umgewandt und starrte ihn mit einem Ausdruck völligen Entsetzens an. Verzweifelt versuchte er, die auf ihn einstürmenden Informationen zu verarbeiten. Doch da fuhr ihm der Pfeil bereits in die Brust. In Bruchteilen von Sekunden wurden seine Züge schlaff wie die eines Schlaganfallopfers. Sein Kollege, der offenbar als letzter mitbekommen hatte, dass im Technikraum etwas schiefging, drehte sich verstört um und wollte gerade den Mund öffnen, als er den Pfeil aus nächster Nähe in den Hals bekam.

Im Saal ebbte der Beifall allmählich ab.

Ratcher beeilte sich, die drei Männer nacheinander von ihren Stühlen zu ziehen und auf den Boden zu legen. Genau wie das Mädchen starrten sie hilflos zu ihm herauf, unfähig, sich zu rühren. Ihre Gliedmaßen waren völlig taub und gefühllos. Auch ihre Zungen gehorchten ihnen nicht, keiner von ihnen brachte einen Ton heraus. Nur ihre Blicke waren ungetrübt. Der Hersteller der Betäubungswaffe garantierte fünfzehn Minuten völliger Lähmung.

Ratcher hatte nicht vor, diese Zeitspanne auszureizen.

Mit einem unterdrückten Ächzen schob er die Frau ein Stück nach links. Dann nahm er ihren Platz neben dem Scheinwerfer ein und sah hinunter in den Saal. Noch immer war hier und da vereinzeltes Klatschen zu hören, aber die meisten Delegierten warteten bereits, dass der Vizekanzler mit seiner Rede fortfuhr.

Ratcher brachte sein Gewehr in Anschlag. Routiniert schweifte er mit dem Zielfernrohr über die Bühne, bis das Fadenkreuz exakt auf Maximilian Roths Kopf positioniert war.

69

Doktor Lesch griff nach einem Stuhl und setzte sich vor Ratcher. Zuerst warf er einen Blick auf die Wunde in der Schulter, die bislang nicht versorgt worden war.

»Oh lala! Darum werde ich mich lieber gleich kümmern«, sagte er.

Vorsichtig schob er den Taucheranzug zur Seite, säuberte und desinfizierte die Wunde. »Scheint ein glatter Durchschuss zu sein«, murmelte er, während er nicht allzu zimperlich vorging. Er trug etwas antibiotische Salbe auf, drückte eine Mullkompresse auf die Wunde und fixierte sie mit einigen Streifen medizinischen Klebebands. Zum Abschluss ließ er Ratcher zwei Tabletten schlucken.

»Paracetamol«, sagte er erklärend zu den Beamten.

Die Kopfwunde pinselte er mit einer Flüssigkeit ein, die leicht schäumte, und bedeckte sie mit einem Wundpflaster. Danach wühlte er kurz in seiner Tasche und zog eine Einwegspritze hervor. Als er feststellte, dass sich der Ärmel von Ratchers Taucheranzug nicht nach oben rollen ließ, nahm er eine kleine Schere und schnitt den Stoff an der Armbeuge behutsam auf. Dann desinfizierte er den Arm und setzte die Spritze an.

»Das verhilft Ihnen zu einem erholsamen Schläfchen«, kicherte er. »So wird die Reise in die JVA viel leichter, glauben Sie mir.«

Die vier Beamten beobachteten, wie Ratcher sich nach etwa zehn Sekunden entspannte. Sein Kopf sank zur Seite.

»Das war's. Er wird etwa zwei Stunden schlafen«, erläuterte Lesch im Ton eines Spezialisten, der sich nie irrt.

Die Männer nickten.

Das war's. Angenehm hallten die Worte in ihren Ohren nach. Sie schalteten automatisch einen Gang zurück. Ihre Waffen verschwanden in den Halftern, ihre Gedanken wanderten zu den Berichten, die sie jetzt schreiben mussten, zu ihren Familien, die daheim auf sie warteten. Doktor Lesch saß noch immer auf dem Stuhl und kramte in seiner Tasche herum.

»Ach, Herkules eins«, sagte er über die Schulter. »Das habe ich ganz vergessen. Mein Chef hat nach Ihnen gefragt. Er ist vorhin eingetroffen, zeitgleich mit mir.«

»Ihr Chef?«, fragte Bobby stirnrunzelnd.

»Der Präsident des LKA. Als er hörte, dass es hier einen Zwischenfall gegeben hat, ist er wohl sofort hergekommen. Momentan besichtigt er gerade den Tatort.«

»Dann werde ich ihm mal lieber Gesellschaft leisten.« Bobby verschwand durch die Tür.

Die anderen Beamten sprachen über die Untersuchung, die jetzt unweigerlich anstand. Schließlich war einiges schiefgelaufen bei dem heutigen Einsatz. Keiner von ihnen achtete auf den schwulen Arzt. Als Lesch sich erhob, hielt er die Arzttasche in der linken Hand. In der rechten hatte er eine kleine Marakov mit Schalldämpfer, einen russischen Nachbau der deutschen Walther PPK.

Dem Beamten am Fenster fiel die Waffe als Erstem auf, aber es war zu spät.

Dreimal zischte die Marakov.

Drei Magnumpatronen schossen mit tödlicher Präzision in die Köpfe der Polizisten, die schwerfällig zu Boden gingen.

Der Mann, der weder Lesch hieß noch Arzt war, überzeugte sich sorgfältig, dass die drei tatsächlich tot waren. Dann zog er einen Schlüssel aus der Kitteltasche, mit dem er Ratchers Handschellen öffnete.

»Sie können aufhören, den Bewusstlosen zu spielen«, knurrte er. Die Fistelstimme war verschwunden. »Ich weiß schließlich, dass es nur Kochsalzlösung war.«

Während sich Ratcher voller Schmerzen aufrichtete, verstaute sein Retter die Marakov in der Ledertasche. »Schneller«, sagte er ungeduldig zu Ratcher. »Sie müssen weg. In ein paar Minuten ist hier die Hölle los!«

Ratcher spürte den übermächtigen Drang, sich wieder hinzulegen. Seine Knie waren weich und ohne jede Kraft. Sein Kopf pochte immer schlimmer, vor seinen Augen flimmerten weiße Flecken. Er musste seine ganze Kraft aufbringen, um sich nicht zu Boden sinken zu lassen. Aber die unerwartete Rettung verlieh ihm neuen

Mut. Doktor Lesch öffnete das Fenster. Ratcher zwang sich, mit kontrollierten Schritten zu gehen.

»Stützen Sie sich darauf ab!« Lesch drückte ihm den blutigen Holzknüppel in die Hand. »Damit geht es leichter. Laufen Sie von hier durch den Fliederhof und dann halblinks Richtung Elbe. Der Weg führt zu einem Seitenausgang des Schlossparks. Sie kommen auf eine ziemlich enge, asphaltierte Straße, mit einer Steinmauer auf der linken Seite. Gehen Sie weiter geradeaus, bis Sie nach etwa hundertfünfzig Metern an eine Art Kreuzung gelangen. Dort befindet sich ein großes, freistehendes Gebäude. Davor parkt ein Mercedes. Hier!« Er ließ einen Autoschlüssel in Ratchers andere Hand fallen. »Ab jetzt müssen Sie allein klarkommen.«

Im Schutz eines Rhododendrons kletterte Ratcher mühsam zum Fenster hinaus. Er hob die Hand. »Danke!«

»Noch eins«, rief Doktor Lesch halblaut. Er beugte sich hinaus, dicht vor Ratchers Gesicht. Sein Atem roch nach Pfefferminz. »Das hier hätte nie passieren dürfen. Er ist stinksauer. Morgen stehen Sie nämlich in allen Zeitungen. Sie müssen sofort verschwinden! Notfalls bis ans Ende der Welt!« Mit einem langen, knochigen Finger tippte er auf Ratchers Brust. »Sie werden nicht wieder auftauchen, ehe er es Ihnen erlaubt! Haben Sie verstanden?«

Ratcher nickte schuldbewusst.

Taumelnd verschwand er in der Dunkelheit.

Keine fünfzig Meter von ihm entfernt waren Beamte damit beschäftigt, Absperrbänder zu spannen, Spuren zu sichern und die verschreckten Gäste zu befragen. Zu weit weg, als dass sie ihn hätten bemerken können. Und warum sollten sie ihm besondere Aufmerksamkeit schenken? Sie gingen schließlich davon aus, dass der Täter gut bewacht im Besucherzentrum lag. Ratcher durchquerte die Passage zum Fliederhof. Er stolperte, schlug sich die Knie blutig, raffte sich auf und lief weiter, bog dann nach halblinks ab, genau wie Lesch es gesagt hatte. Er hatte gerade den Parkausgang gefunden, als ihn eine fürchterliche Explosion herumfahren ließ. Die Alte Wache, das Gebäude, in dem er festgehalten worden war, hatte sich in seine Bestandteile aufgelöst. Hinter den Bäumen und Sträuchern loderte eine riesige Feuerwand auf. Dichte Rauchschwaden breiteten sich aus. Stimmen brüllten wild durcheinander.

Ratcher hielt die Explosion für eine wunderbare Idee. In den Trümmern des Hauses würde man mehrere verkohlte Leichen finden. Es würde eine Weile dauern, sie zu identifizieren. Ehe die BKA-Beamten merkten, dass er entkommen war, hatte er das Land bereits verlassen.

Ein guter Mann, dieser Doktor Lesch!

Mühsam lief er weiter. Die Straße schien sich endlos in die Länge zu ziehen. Endlich sah er den Mercedes. Am liebsten hätte er laut gejubelt. Erleichtert ließ er sich in das Polster fallen. Nach kurzem Überlegen entschied er sich, nicht über Pirna und die Autobahn nach Dresden zu fahren, sondern über die Pillnitzer Landstraße. Es war nicht damit zu rechnen, dass so schnell nach ihm gesucht wurde, und er vermied einen lästigen Umweg. In dreißig Minuten konnte er am Hauptbahnhof sein. Dort wartete ein Schließfach auf ihn mit einem Pass, frischen Sachen und etwas Bargeld.

Er schaffte es in fünfundzwanzig Minuten.

Den Wagen ließ er hinter dem Bahnhof stehen. Er leerte sein Schließfach und ging auf schnellstem Wege zur Toilette, um den Taucheranzug loszuwerden, sich zu waschen und sich umzuziehen. Am Kartenautomaten löste er ein Ticket für den ICE nach Prag. Der Zug sollte schon in wenigen Minuten starten. Es war die schnellste Möglichkeit, das Land zu verlassen.

In Prag gab es einen großen, anonymen Flughafen. Von dort kam er überall hin.

70

»Gestatten Sie mir zum Schluss noch einige persönliche Worte, meine Damen und Herren. Wie Sie vielleicht wissen, stamme ich aus Mettmann, einem kleinen Ort in Nordrhein-Westfalen, der unmittelbar an Düsseldorf grenzt. Vor knapp vierzig Jahren saß in unserem Stadtrat ein Mann namens Dieter Fronert. Eines Tages lernte er einen Jurastudenten kennen und überredete ihn, im Alter von einundzwanzig für den Stadtrat zu kandidieren. Viele Jahre stand er dem jungen Mann mit Rat und Tat zur Seite. Aus dem Jurastudenten wurde später ein Mitglied des Deutschen Bundestages. Heute, meine Damen und Herren, ist er Wirtschaftsminister und Vizekanzler dieses Landes.«

Maximilian Roth hielt für einen Moment inne.

»Dieter Fronert, und deshalb erzähle ich Ihnen diese Geschichte, gehörte zu den Gründungsmitgliedern des Deutschen Seniorenverbandes. Er wusste, wie wichtig es ist, dass die Älteren sich organisieren, diskutieren und ihre Interessen gemeinsam nach außen vertreten. Mitte des Jahres ist Dieter Fronert nach langer, schwerer Krankheit verstorben. Ich bitte Sie, sich zu erheben. Lassen Sie uns gemeinsam des Toten gedenken.«

Die Vorstandsmitglieder und die Delegierten standen gehorsam auf. Maximilian Roth hatte den Blick gesenkt. Für einen Moment herrschte im Saal ehrfürchtige Stille. Ratcher hielt dies für den perfekten Augenblick. Er richtete die winzigen Striche des Zielfernrohrs erneut auf Roths Kopf aus, bis sich die dargebotene Stirn haargenau im Fadenkreuz befand. Die Finger seiner Rechten spannten sich um den Schaft. Er hielt den Atem an, während er sanft den Druckpunkt nahm. »Drei ... zwei ... jetzt«, murmelte er, ehe er sanft und gleichmäßig den Abzug durchdrückte.

Der Vizekanzler blickte noch immer nach unten, als die Kugel einschlug.

Explosivgeschosse, wie Ratcher sie verwendete, traten nicht wieder aus dem Kopf aus, nachdem sie ihn getroffen hatten. Sie zerrissen alles, was sich darin befand, und sprengten durch den Druck der freigewordenen Energie die Schädeldecke. So war es auch bei Roth, dessen Rumpf plötzlich nach unten sackte wie der einer Marionette, deren Fäden mit einem einzigen Schnitt durchtrennt worden waren. Das Blut spritzte fontänenartig in alle Richtungen, bis hin zu den Vorstandsmitgliedern, die nicht begriffen, was vor sich ging.

Im Saal war mit einem Mal die Hölle los.

Hunderten von Kehlen entrang sich ein Aufschrei des Entsetzens. Die Delegierten sahen fassungslos auf die Bühne, auf der Roth mit ausgestreckten Armen lag, ein zerknittertes Bündel Kleider ohne Kopf. Um ihn herum lief sein Blut in kleinen Pfützen zusammen.

Ratcher senkte das Gewehr und verschwand eilig hinter dem Vorhang. Er rannte zu seinem Versteck und warf das Gewehr, das ihn auf der Flucht nur behindern würde, in den Verschlag. Mit Hilfe eines Streichholzes setzte er das Handtuch in Brand. Blitzschnell breiteten sich die Flammen aus und fraßen das gleichmäßig verteilte Benzingemisch. Wie Schlangenzungen leckten sie hinter der Klimaanlage hervor. Schon bald würde das Feuer auch die Bodendielen erfassen. Ratcher schnappte seinen Sanitätskoffer und eilte zurück in den Technikraum. Er kam gerade rechtzeitig, um zu sehen, wie im Treppenaufgang ein Beamter auftauchte, hinter ihm die Umrisse eines zweiten.

Ratcher verfiel nicht in Panik. Er war nie panisch.

Ohne einen weiteren Gedanken zog er die Beretta aus dem Hosenbund und drückte ab. Einmal. Zweimal. Dreimal. Viermal.

Die ersten Geschosse zerfetzten die Brust des vorderen Polizisten, ein oder zwei trafen auch den Hintermann. Die beiden fielen die Treppe rückwärts hinunter. Mit drei großen Schritten stand Ratcher am anderen Ende des Raumes, vor einer grau gestrichenen Tür, die er mit einem gezielten Schuss aus der Beretta und einem kräftigen Tritt öffnete. Sie führte in den großen fensterlosen Abstellraum, der als Sperrmülllager genutzt wurde. Vor langer Zeit waren hier die Dienstmädchen untergebracht; damals hatte man auch für einen Notausgang gesorgt, eine Art Rettungsschacht. Es gab vermutlich nicht viele Hotelangestellte, die ihn noch kannten, aber Ratcher hatte Stunden damit verbracht, die vom Kardinal beschafften Unterlagen zu studieren. Während seines Erkundungsganges in der Nacht zum Sonntag hatte er den Zugang zum Schacht hinter einem verstaubten Lautsprecher entdeckt.

Er warf einen schnellen Blick zurück.

Draußen war noch alles ruhig. Offenbar wagten seine Verfolger angesichts ihrer Verluste kein schnelles Vorpreschen mehr.

Ratcher holte tief Luft, fasste nach dem Griff und zog. Die Klapptür, gestern von ihm vorsorglich frisch geölt, glitt auf und gab den Blick auf ein knapp anderthalb Quadratmeter großes Loch frei. Eine Eisenleiter führte nach unten. Er zwang sich hinein und zog die Tür hinter sich zu. Geschickt hangelte er sich mit einer Hand an den rostigen Stufen abwärts. Trotz des sperrigen Koffers kam er gut voran. Stufe für Stufe näherte er sich seinem Ziel, das er in der Dunkelheit bereits durch zwei schmale, L-förmige Lichtstreifen ausmachen konnte. Es handelte sich um eine zweite Klapptür, die sich an der Rückseite des nördlichen Garderobenraumes befand. Auch diese Tür hatte er während seines nächtlichen Rundganges präpariert, damit er sie jetzt geräuschlos öffnen konnte. Schon ein winziger Spalt genügte, um ihn davon zu überzeugen, dass draußen ein heilloses Durcheinander herrschte.

Hastige, verschreckte Schritte. Schreie des Entsetzens und der Verwirrung.

All das war Musik in Ratchers Ohren. Schon bald würde sich in all das Chaos auch das schrille Heulen der ersten Sirenen mischen. Für die Ärzte des nahe gelegenen Krankenhauses Dresden-Rochwitz würde es eine Menge zu tun geben. Schwäche- und Ohnmachtsanfälle, Quetschungen, vielleicht sogar ein paar Herzinfarkte, kleinere Knochenbrüche und all die anderen Folgen, die eine Massenpanik so mit sich brachte. Das Sherwood würde unzählige Samariter benötigen.

Und er war einer von ihnen.

Der Jahreszeit entsprechend waren die Garderoben nahezu leer, aber glücklicherweise war die Klapptür durch eine Art Tresen verborgen, der zur Entgegennahme der Kleidungsstücke diente.

Ratcher schlich vorsichtig heraus, die Beretta unter der Jacke verborgen, und rannte die Treppen zum Ballsaal hinunter. Er sah einige Sanitäter, die schon bei der Arbeit waren. Sie kamen allerdings nicht aus dem Krankenhaus, sondern gehörten zum Begleitprogramm des Kongresses. Alfred Gorski hatte keine Mühen gescheut, um den Delegierten etwas zu bieten. An kleinen Ständen im hinteren Teil der Lobby konnten sie in den Pausen ihren Blutdruck und ihre Zuckerwerte messen lassen, sich über Darmerkrankungen und Osteopathie informieren oder einen Sehtest durchführen. Jetzt erwies es sich als Glücksfall, dass medizinisches Personal bereits vor Ort war. Die sechs weißgekleideten Männer und Frauen hatten alle Hände voll zu tun. Ratcher beabsichtigte allerdings nicht, ihnen zu helfen.

Geschickt mischte er sich unter die herausströmenden Senioren. Eine grauhaarige Frau neben ihm schluchzte herzzerreißend; Wimperntusche lief ihr über die Wangen, und sie zitterte wie Espenlaub.

»Kommen Sie«, murmelte Ratcher höflich. »Ich bringe Sie heraus.« Die Sanitäteruniform verlieh ihm Autorität.

»Danke«, flüsterte die Frau. »Wissen Sie, mein Herz ...«

»Natürlich.« Er fasste sie fürsorglich unter dem Arm. »Hier entlang!«

Niemand sah das Lächeln, das in seinen Mundwinkeln lag. Seine Verkleidung war nun perfekt.

Behutsam führte er die Frau durch die gewundenen Gänge des Hotels. Im dichten Gewühl wurden sie durch die Lobby getragen, vorbei an den hilflos wirkenden Beamten des Bundeskriminalamtes, die im Strudel der Massen wie Treibholz herumschlingerten. Als sie die Tür erreichten, sah Ratcher, dass draußen soeben die ersten beiden Krankenfahrzeuge heranrasten. Sie hielten direkt vor dem Eingang.

»Bitte setzen Sie sich einen Moment.« Er schob seine Patientin auf einen Stuhl neben der Tür. »Ich muss Ihren Puls messen.«

»Ich ... ich bekomme keine Luft«, klagte die Frau mit schwacher Stimme.

Ratcher hörte nur mit halbem Ohr zu. Geduldig wartete er, bis die Rettungshelfer den Eingang passiert hatten und im Gewimmel verschwunden waren.

»Ich fahre Sie ins Krankenhaus.« Er lächelte die Frau aufmunternd an. »Kommen Sie!« Er packte sie unter dem Arm und dirigierte sie hinaus, in einen der Wagen. Sorgfältig schloss er hinter sich die Tür.

»Legen Sie sich bitte hierhin!«, sagte er.

Er half ihr auf die Trage und befestigte die Gurte. Ein abrupter Schlag mit dem Kolben der Beretta, der auf dem Kopf der Frau eine hässliche Platzwunde hinterließ, garantierte, dass sie während der Fahrt keine Schwierigkeiten machte.

Zuversichtlich setzte Ratcher sich hinter das Lenkrad. Natürlich steckte der Zündschlüssel. Die Sanitäter hatten es extrem eilig gehabt. Alles fügte sich in seinem Sinne. Nun musste er nur noch verschwinden. Ein Kinderspiel. Schließlich gehörte er zu den Guten. Er trug die richtige Uniform und hatte das richtige Fahrzeug. Hinten lag eine bewusstlose Patientin mit einer stark blutenden Kopfwunde.

Wer würde es wagen, ihn aufzuhalten?

71

Der grüne Kastenwagen fuhr tatsächlich nicht zum Landeskriminalamt in der Neuländer Straße. Stattdessen steuerte der Fahrer die eine Viertelstunde nordöstlich vom Sherwood liegende Dresdner Heide an. Langsam holperte das Auto über einen von Bäumen gesäumten, unbefestigten Weg, weg vom Verkehrslärm der Hauptstraßen. Das Grün wurde immer dichter, bis sie schließlich ein schmales Waldstück erreichten. Unter dem Blätterdach einer hoch aufragenden Buche, das vor neugierigen Blicken schützte, stoppte der Wagen. Mark suchte Blickkontakt zu dem Albino, der ihm gegenübersaß.

»Die Zentrale, was?«, sagte er bitter und deutete mit dem Kinn aus dem Fenster.

Eine Antwort bekam er nicht, weil beide Polizisten in diesem Moment eine Funkmeldung erhielten. Der Albino legte seine linke Hand an den fleischfarbenen Ohrstecker, um besser verstehen zu können.

Während die Männer der Meldung lauschten, ging eine erstaunliche Veränderung mit ihnen vor. Ihre blasierte Gelassenheit verschwand so abrupt wie die Sonne hinter einer Gewitterwolke. Stattdessen spiegelten ihre Mienen zunächst Überraschung, dann völlige Fassungslosigkeit.

Bestürzt sahen sie sich an.

»Der Vizekanzler ist tot«, sagte der Albino tonlos. Sein Gesicht war aschfahl.

»Was?« Als Kristin in seine Augen sah, zog sich ihr Magen zusammen.

»Er ist vor fünfzehn Minuten einem Attentat zum Opfer gefallen. Ein Kopfschuss. Er war auf der Stelle tot.«

»Und der Täter?«, fragte Mark.

»Die Zentrale wusste von keiner Festnahme.«

»Scheiße. Verdammte Scheiße!« Verzweiflung schnürte Kristin die Kehle zu. Verzweiflung, weil sie versagt hatten. »Ratcher hat es geschafft.«

Der Albino sah sie schuldbewusst an. »Sie hatten offenbar Recht, Frau Eggert. Es tut mir leid.«

In diesem Moment wurde die Hintertür aufgerissen.

Kristin hatte den schmächtigen blonden Mann, der vor ihnen stand, noch nie von Angesicht zu Angesicht gesehen. Aber an die mattgraue MAC-10, die er lässig in einer Hand hielt, erinnerte sie sich. Henken, der falsche Polizist, der mit seinem Kompagnon vorgestern Marks Cottage aufgesucht hatte, zwinkerte ihnen zu.

Im Grunde war er gar kein falscher Polizist, nur nicht der, als der er sich ausgegeben hatte. Carsten Wolf, wie er in Wahrheit hieß, gehörte zur Sicherungsgruppe des Bundeskriminalamtes. Zuvor war er im sächsischen Landeskriminalamt tätig gewesen, als Personenschützer für den damaligen Ministerpräsidenten Helbig. Gabriel hatte ihn protegiert, obwohl sein Führungszeugnis nicht ganz blütenrein war. Wolf dankte es ihm mit bedingungsloser Loyalität.

Der Albino sah seinen ehemaligen Kollegen irritiert an.

»Carsten? Du warst das, der unseren Wagen gefahren hat?« Jetzt erst schien er sich an Marks Frage zu erinnern. »Und was wollen wir überhaupt hier im Wald? Die Zentrale hat sich gerade gemeldet. Wallenstein ist ...«

»... tot, ich weiß.« Wolf nickte feierlich.

Mark nutzte das Gespräch der beiden und wandte den Kopf unmerklich zu Kristin. »Wenn ich *jetzt* sage, springst du hoch. Dann werfen wir uns auf ihn, klar?«, hauchte er, ohne die Lippen zu bewegen.

»Wir müssen mit den beiden sofort zu Gabriel«, bestimmte der Albino. »Sie sind wichtige Zeugen!«

Wolf verzog den Mund zu einem halben Lächeln, als wüsste er etwas, was die anderen nicht wussten. »Daraus wird leider nichts, Jungs. Der Kardinal hat andere Pläne.«

»Was?« Der Albino sah ihn verständnislos an. Doch dann wanderte sein Blick zu der Maschinenpistole und mit einem Mal schien er zu begreifen. Es war der letzte Gedanke seines Lebens. Ein plötzlicher Feuerstoß aus der MAC-10 ließ ihn tanzen wie eine Puppe. Der Dünne neben ihm hatte ebenfalls ein paar Kugeln abbekommen, dennoch schaffte er es, seine Waffe zu ziehen. Die MAC-10 spuckte erneut.

»Jetzt!«, zischte Mark.

Er wusste, dass sie nur eine winzige Chance hatten. Wenn Wolf es schaffte, die Maschinenpistole herumzureißen, war alles vorbei. Die zweite Salve aus der MAC-10 enthauptete den Dünnen. Aber Gabriels Mann verlor kostbare Zeit. Ruckartig sprang Mark auf und warf sich mit der ganzen Kraft seiner fünfundneunzig Kilo auf Wolf. Kristin, durch die Handschellen an ihn gekettet, flog wie ein Lumpenbündel hinterher. Noch während Wolf feuerte, schien ein Felsbrocken gegen ihn zu prallen. Brutal wurde er zu Boden gerissen.

Was folgte, war ein ungleicher Kampf. Selbst mit nur einer freien Hand war Mark, der Boxer, dem schmächtigen Polizisten klar überlegen. Wie ein Granitblock saß er auf Wolfs Oberkörper. Voller Wut rammte er ihm die Faust ins Gesicht, wieder und wieder.

»Mark! Mark, hör auf!«, schrie Kristin und zerrte an den Handschellen. »Du bringst ihn um!« Sie versuchte, ihn wegzuziehen, aber erst nach einem halben Dutzend weiterer Schläge ließ Mark von Wolf ab, schweißüberströmt und zitternd vor Wut. Schwer atmend richtete er sich auf. In ihm tobte ein gewaltiger Hass. Er dachte an seinen Bruder, der im Leichenschauhaus lag. An Roth, der einem Mordkomplott zum Opfer gefallen war. An die beiden toten Beamten im Wagen. Er verspürte den brennenden Wunsch nach Rache, aber er hatte nicht vor, sich mit Lakaien wie Wolf zu begnügen.

»Wir müssen weg von hier«, drängte Kristin.

Mark nickte stumm. Sie stiegen in den Wagen zurück und fanden in den Taschen des Albinos die Schlüssel für die Handschellen. Nachdem sie sich befreit hatten, zerrte Mark Wolf in den Wagen und kettete ihn an einen Haltegriff.

Die Waffen der Beamten steckten sie ein.

»Was jetzt?«, fragte Kristin, als sie auf dem Beifahrersitz Platz nahm.

»Erst einmal fort«, knurrte Mark. An der nächsten Kreuzung bog er nach links ab und fuhr zurück in Richtung Innenstadt. »Den Wagen lassen wir unterwegs stehen. Am Bahnhof Neustadt holen wir meinen BMW.«

»Zum Glück sind wir damit nicht direkt bis zum Sherwood gefahren«, flüsterte Kristin. »Dort herrscht jetzt wahrscheinlich der Ausnahmezustand.«

»Das fürchte ich auch.« Er nickte müde. »Wir verstecken uns erst mal in Manjas Wohnung. Da sind wir in Sicherheit. Ich glaube nicht, dass in den nächsten Stunden jemand nach uns sucht. Die haben jetzt ganz andere Sorgen.«

72

Michael Arnold fuhr auf der Autobahn A 13 in Richtung Berlin. Er hatte gerade die Abfahrt Calau passiert, als er die Nachricht im Radio hörte.

Vizekanzler Maximilian Roth ermordet.

Eine eisige Kälte breitete sich in ihm aus, fast eine Schockstarre. Mit Mühe lenkte er seinen Wagen auf einen kleinen Parkplatz, der außer zwei Bänken und einem schmuddeligen Toilettenhäuschen nichts zu bieten hatte. Zitternd vor Wut hämmerte Arnold den Kopf ein ums andere Mal gegen die Fensterscheibe. Plötzlich war er wieder im Sherwood und sah die Frau mit den blauen Flecken im Gesicht. Er sah, wie sie sich von ihren Bewachern losriss, um Roth zu warnen, dass er in Gefahr sei.

Aber keiner hatte auf sie gehört.

Und nun? Kurz entschlossen startete er den Mietwagen und fuhr wieder auf die Autobahn. Nur wenige Kilometer später kam die Ausfahrt Lübbenau. Arnold lenkte das Fahrzeug auf die Landstraße in Richtung Ragow. Hinter den Bäumen sah er die Reklame eines Best Western. Er beschleunigte und hatte das Hotel sechs Minuten später erreicht. Es machte einen gepflegten Eindruck, auch wenn in der Lobby ein viel zu laut eingestellter Fernseher herumplärrte. Arnold handelte wie in Trance. Er wusste hinterher nicht mehr, wie die Rezeptionistin ausgesehen oder was er in das Anmeldeformular geschrieben hatte. Irgendwie schaffte er es, an einen Zimmerschlüssel zu kommen, in die dritte Etage zu fahren und die Tür hinter sich zuzuwerfen. Er ließ erst seine Tasche auf den Boden, dann sich selbst aufs Bett fallen, mit dem Gesicht nach vorn. »Oh, mein Gott!«, stöhnte er in das Kissen.

Eine volle Viertelstunde lag er regungslos da. Als sein Handy schrillte, schrak er hoch. Das Display zeigte ihm an, dass Karin Schrader am Apparat war, Roths Sekretärin. Kaum hatte er abgenommen, hörte er lautes Schluchzen.

»Oh, Herr Arnold! Es ist so schrecklich ...«

»Ich weiß«, flüsterte er. »Ich weiß. Sind Sie im Büro?«

»Im ...«, sie senkte die Stimme, »im Kopierraum. Hier sind jede Menge Männer vom Bundeskriminalamt. Sie durchsuchen unser Büro.«

»Sie tun *was*?«

»Sie haben gesagt, sie suchen nach irgendetwas, was Aufschlüsse über die Tat geben kann. Sie wollten wissen, welche Termine der Minister in den letzten Wochen hatte. Mit wem er telefonierte. Wo er Korrespondenz sammelte und seine Gesprächsnotizen hinterlegte. Und dann ...« Sie brach wieder in Tränen aus.

»Und dann, Frau Schrader?« Michael Arnold war bemüht, sich die in ihm aufsteigende Panik nicht anmerken zu lassen.

»Sie wollten wissen, ob es in seinem Büro einen Ort gab, an dem er persönliche oder vertrauliche Dinge aufbewahrte. Ein ... ein Geheimfach.«

»Ein Geheimfach?«

»Ja, ein eingebauter Safe oder ein verborgener Hohlraum, irgendetwas, wo man Dinge verstecken kann. Aber wenn er so etwas gehabt hätte, hätte ich es doch gewusst.«

»Da bin ich mir sicher. Hören Sie, Frau Schrader, Sie sollten nach Hause gehen.«

Sie fragte nicht, wo er sich aufhielt, und das war ihm durchaus recht. Nachdem er das Gespräch beendet hatte, schaltete er das Handy aus. Minutenlang starrte er ins Leere. Gabriels Männer suchten nach der DVD, daran konnte kein Zweifel bestehen. Der DVD in Arnolds Aktentasche. Er glaubte nicht an Zufälle. Eine Woche, nachdem Roth den Kanzler mit der DVD konfrontiert hatte, einen Tag vor Ablauf des Ultimatums wurde er erschossen. Bei einem Termin, den Helbig völlig überraschend abgesagt hatte. Der Kardinal hatte Roth auf dem Gewissen. Und nun war er auf der Jagd nach der Disc.

Der junge Assistent bekam Schüttelfrost.

Niemand hatte gesehen, wie Roth ihm die DVD gegeben hatte. Aber die Männer des Kardinals würden schnell herausfinden, dass er das Sherwood verlassen hatte, kurz nachdem diese Frau aufgetaucht war. Wie lange würde es wohl dauern, bis sie eins und eins zusammengezählt hatten? Arnold gab sich keinen Illusionen hin. Sein Leben war in den Augen dieser Leute so unbedeutend wie das eines Sperlings. Wenn sie ihn in die Hände bekamen, dann ...

Er zog den Umschlag mit der Disc aus der Tasche, öffnete ihn. Die rote Plastikhülle brannte in seinen Händen. Was für eine Lawine hatten sie mit dem verdammten Video nur losgetreten? Langsam legte er die DVD in das Laufwerk seines Laptops. Während die ersten Bilder über den Bildschirm flimmerten, nahm Michael Arnold die Gin-Flasche aus der Minibar.

Er leerte sie in zwei großen Zügen.

73

Sie hatten heute überhaupt noch nichts gegessen. Deswegen fuhr Mark zunächst zur McDonald's-Filiale am Elbepark, die nur fünfhundert Meter von Manjas Wohnung entfernt war. Allerdings nutzte er den Drive-in, weil er sein Gesicht so wenigen Menschen wie möglich zeigen wollte. Er bestellte zwei Cheeseburger, einen McRib, einen McChicken, zwei mittlere Pommes und zwei große Cola light und sagte »Stimmt so!«, als er dem Angestellten das Geld hinhielt.

Fünf Minuten später saßen sie in Manjas Küche.

Kristin blickte starr und stumm ins Leere, ihr Essen blieb unangerührt. Mark fragte sich, wie viel sie noch ertragen konnte. Sie hatte einen Schock nach dem anderen erlebt. Der Mann, den sie liebte, war vor ihren Augen brutal ermordet worden. Sie selbst war innerhalb weniger Tage dreimal nur um Haaresbreite dem Tod entkommen. Die Polizei jagte sie. Und ungeachtet all ihrer Anstrengungen hatte der Killer sein Ziel erreicht. Mark wusste, dass Kristin dies als persönliche Niederlage empfand.

Für ihn musste es jetzt zuallererst darum gehen, sie zu beschützen. Vor denen, die hinter ihr her waren, aber auch vor sich selbst. Das bedeutete, dass er sie schnellstmöglich aus Dresden wegbringen musste. Und er musste sie davon überzeugen, dass nichts von dem, was geschehen war, ihre Schuld war.

Sein zweiter Gedanke galt dem Mann, der für Bobbys Tod verantwortlich war. Den beiden Männern, korrigierte er sich. All das hier würde erst vorbei sein, wenn Ratcher und Gabriel bezahlt hatten.

74

Kurz vor sechs. Er musste eingeschlafen sein. Es kostete Michael Arnold übermenschliche Anstrengung, sich vom Bett zu erheben und den Fernseher einzuschalten. Auf allen Kanälen liefen Sondersendungen über das Attentat auf Maximilian Roth. Bilder vom Sherwood in Dresden wechselten mit Liveschaltungen nach Berlin. In wenigen Minuten wollte sich Kanzler Lucas Helbig in einer Rede an die Nation wenden.

Doch was war das? Bei n-tv wurden unten im Bild in einer Laufleiste die sonstigen Nachrichten des Tages eingeblendet.

»Zwei Beamte ermordet. Dresden: Der Staatsanwalt Mark Cramer und die Polizistin Kristin Eggert, die seit Sonnabend wegen des Verdachts des Mordes gesucht werden, haben offenbar erneut zugeschlagen. Unter bisher ungeklärten Umständen sollen sie zwei Angehörige des Landeskriminalamtes Sachsen erschossen haben. Das Paar ist weiter auf der Flucht ...«

Michael Arnold las den sich wiederholenden Text noch dreimal. Dann sprang er hoch und trat ans Fenster. Seine Gedanken rasten durch ein düsteres Universum. Kristin Eggert hatte das Attentat auf den Vizekanzler vorhergesagt, während die BKA-Leute ihn in Sicherheit gewiegt hatten. Die Polizistin hatte Recht behalten. Aber was genau wusste sie?

Und was hatte es mit den Tatvorwürfen gegen Kristin Eggert und Mark Cramer auf sich? Mord war nicht gerade ein Kavaliersdelikt. Hatten die beiden wie Mörder ausgesehen? Wie sahen Mörder aus? Arnold gestand sich ein, dass er völlig im Dunkeln tappte. Er musste sich auf sein Gefühl verlassen. Sein Gefühl sagte ihm, dass seine Überlebenschancen stiegen, wenn er sich mit den beiden Menschen verbündete, die versucht hatten, den Anschlag auf Roth zu verhindern.

Aber wie sollte er sie finden?

Arnold loggte sich mit seinem Laptop ins Internet ein. Er rief die Archive der beiden Dresdner Tageszeitungen und der Bild am Sonntag auf und las die Artikel über Mark Cramer und Kristin

Eggert. Auf einem Schreibblock des Hotels machte er sich Notizen, während er die Beiträge mit dem Blick eines Mannes durchforstete, der es gewohnt ist, Unwichtiges von Wichtigem zu trennen. Dann klappte er sein Mobiltelefon auf. Der erste Anruf galt den Polizeireportern der Dresdner Zeitungen. Von ihnen erhielt er Nummern, die ihn zur Staatsanwaltschaft Dresden, zu zwei Richtern des Landgerichts und zu einer Anwältin führten, mit der Cramer einst liiert war. Mit viel Überredungskunst, ein paar Übertreibungen und einigen kleinen Lügen hier und da bekam er weitere Auskünfte, die er mit Hilfe paralleler Recherchen im Internet vervollständigte. Nach einer Dreiviertelstunde begutachtete Arnold seine Ausbeute. Auf seinem Zettel standen drei Anschriften und sechs Telefonnummern. Zwei konnte er gleich streichen, denn er rechnete nicht damit, Mark und Kristin in einer ihrer Wohnungen anzutreffen. Er versuchte, sie auf ihren Handys zu erreichen, aber niemand meldete sich. Daraufhin versandte er zwei Textnachrichten und hinterließ bei Marks Eltern eine Botschaft auf dem Anrufbeantworter. Arnold beschloss, eine Stunde zu warten und dann zu entscheiden, ob er nach Berlin fuhr oder zurück nach Dresden.

Beim Zimmerservice bestellte er einen Hamburger mit Pommes und ein kühles Bier. Während er immer wieder auf sein Handy starrte, verfolgte er die Nachrichten im Fernsehen. Nach wie vor gab es keine Spur von Roths Mörder. Mehr als zweitausend Polizisten waren auf der Suche nach ihm. Die Flughäfen in Dresden, Leipzig und Berlin waren geschlossen worden, Straßen und Bahnhöfe wurden kontrolliert. Doch das würde nicht genügen. Denn der Täter verfügte über einen Helfer an höchster Stelle, davon war Arnold inzwischen überzeugt.

Dreißig Minuten später klingelte sein Telefon.

»Michael Arnold.«

»Woher haben Sie diese Funknummern, Herr Arnold?«

Er erkannte auf Anhieb Kristins Stimme.

»Ich heiße Michael, okay?«

»Also, Michael. Woher?«

Arnold holte tief Luft und setzte sich auf die Bettkante. »Das war nicht schwer. Kristin, bitte hören Sie mir zu. Sie wussten, dass auf den Vizekanzler ein Anschlag verübt werden sollte. Ich kann Ihnen das Warum liefern. Ich weiß, weshalb Maximilian Roth sterben musste.« Seine Stimme bebte, aber er hatte sich unter Kontrolle. »Und wer dahintersteckt. Finn Ga ...«

Kristin atmete geräuschvoll aus. »Nicht am Telefon, Michael!«, unterbrach sie ihn.

»Aber Sie hatten Recht, Kristin, von Anfang an. Wir müssen uns treffen.«

»Wer sagt mir, dass das keine Falle ist?«

»Er war mein Chef, Kristin. Seit über sechs Jahren.«

Sie dachte eine halbe Minute über diese Worte nach.

»Bitte, Kristin! Wann und wo?«, drängte er.

»Das kommt gleich. Wo sind Sie jetzt?«

»In einem Best Western an der A 13. Bei Lübbenau.«

»Geben Sie mir die Nummer Ihres Zimmertelefons!«

»Kristin, was soll das? Ich ...«

»Ich frage nicht noch einmal, Michael!«

»Okay, okay.« Er sah auf den Zimmerapparat und rasselte die Nummer herunter.

»Bis gleich!« Schon hatte sie aufgelegt.

Wenige Sekunden später klingelte das Telefon.

»Ich bin's«, sagte er.

»Also, Michael. Sie haben vorhin Ihr eigenes Handy benutzt, nicht wahr?«

»Welches denn sonst?«

»Lassen Sie es im Hotelzimmer liegen! Verschwinden Sie auf der Stelle! Achten Sie auf der Autobahn darauf, ob Ihnen jemand folgt.«

Sie konnte förmlich hören, wie er unwillig den Kopf schüttelte. »Kristin, ich bin kein Anfänger.«

»Doch, das sind Sie. Hören Sie mir jetzt genau zu, Michael. Wenn Sie mich sehen wollen, dann läuft es nach meinen Regeln, klar? In diesem Spiel geht es nämlich auch um meinen Kopf.«

»Entschuldigung. Was schlagen Sie vor?«

»So ist's schon besser. Kommen Sie zurück nach Dresden. Nehmen Sie die Abfahrt Dresden-Flughafen. Haben Sie ein Navigationssystem im Auto?«

»Ja.« Er hatte sich bei Sixt am Bahnhof Neustadt einen Mietwagen genommen, einen nagelneuen Golf, um gemäß Roths Anweisung nach Berlin zurückzufahren.

»Gut. Geben Sie als Zieladresse ein: Am Hellerrand 2. Dort befindet sich der Alte Friedhof Klotzsche. Sie warten auf mich. Wir treffen uns gegen acht. Sie kommen allein, klar? Ich werde Sie beobachten. Also keine Tricks!«

»Ich werde dort sein, Kristin.«

»Das hoffe ich, Michael.«

Sie hatte aufgelegt. Arnold starrte sein Telefon einen Moment lang an. »Lassen Sie es im Hotelzimmer liegen!«

Ein Handy, in dem knapp eintausend Namen und Telefonnummern gespeichert waren. Das Ergebnis von sechs Jahren harter Arbeit. Kopfschüttelnd steckte er es in seine Hosentasche. Er zog die DVD aus dem Laptop, schob sie in den Umschlag zurück und verstaute ihn in einer Seitentasche seines Jacketts. Dann packte er den Laptop in den Koffer. Vorsichtig lauschte er an der Tür. Draußen war alles ruhig.

Er holte tief Luft und ging hinaus.

75

Pascal Viehwegers Büro hatte die Ausmaße eines Penthouses und diente keinem anderen Zweck, als Eleganz, Reichtum und Macht auszustrahlen. Der große, weiche Teppich wirkte ebenso eindrucksvoll wie die edle Sitzgruppe mit den Gobelinsesseln und der Marmorschreibtisch. Die beiden Außenwände des Büros waren aus Glas und boten einen atemberaubenden Ausblick auf die Münchner Innenstadt. Die anderen Wände waren mit Kirschholz getäfelt und auf Hochglanz poliert; an der einen hing eine überdimensionale bayerische Flagge. In Sachen Heimatstolz ließ sich Viehweger von niemandem übertreffen.

Der wuchtige Schreibtisch war blitzblank.

Kein Computer, keine Aktenstapel, nicht ein einziges Stück Papier. Pascal Viehweger leitete sein Imperium per Telefon. Am liebsten führte er seine Gespräche über Lautsprecher, während er mit großen Schritten im Büro umherwanderte und die Aussicht auf den Süden der Stadt genoss. Jetzt aber verriet sein schnappender Ton, dass er zu angespannt war, um dafür einen Blick zu haben.

»Haben Sie das Video?«, fragte er.

Die Stimme aus dem unsichtbaren Lautsprecher war etwas verzerrt. »Nein. Wir haben alles durchsucht. Die DVD ist nicht da.«

»Verdammt.« Viehwegers Stimme war so rau wie Schmirgelpapier. »Was ist mit seiner Villa in Italien?«

»Die nehmen wir uns noch vor. Ich glaube aber nicht, dass er das Video dort aufbewahrt hat. Wir waren in seinem Büro und in seinem Apartment. Wir haben insgesamt vierundachtzig Discs beschlagnahmt. Die wir suchen, war leider nicht darunter.«

»Schließfächer?«

»Keine.«

»Er könnte die DVD bei einem Anwalt oder einem Freund hinterlegt haben.«

»Unwahrscheinlich. Roths Termine der letzten zwei Wochen haben wir auf die Minute genau gecheckt. Kein Treffen mit einem seiner Anwälte, kein privater Termin.«

»Wurde die Leiche überprüft.«

»Selbstverständlich. Negativ. Auch in Roths Aktentasche haben wir nichts gefunden.«

»Was jetzt? Wenn die Disc in die falschen Hände fällt ...«

»Das ist mir völlig klar!«, fiel Gabriel Viehweger barsch ins Wort. Es gab nur wenige Menschen, die das wagten, aber der Kardinal war einer von ihnen. »Wir vermuten, dass Roth die DVD einem Assistenten anvertraut hat. Er hat ihn noch vor Beginn seiner Rede in Dresden überraschend nach Berlin zurückgeschickt.«

»Na und? Worauf warten Sie noch? Schnappen Sie sich den Burschen! Ziehen Sie ihm die Finger lang, bis er das Video herausrückt!«

»Bedauerlicherweise«, ließ sich sein Gesprächspartner vernehmen, »ist der junge Mann spurlos verschwunden. Wir versuchen, ihn zu finden.«

»Das kann doch nicht so schwer sein!« Viehweger schnaubte unwillig.

Gabriel hielt es nicht für nötig, darauf zu antworten. Dafür musste er momentan an zu viele Dinge gleichzeitig denken. An erster Stelle stand die Suche nach der Disc. An zweiter kamen allerdings schon die widerspenstige Frau Eggert und ihr Beschützer Mark Cramer, die einfach nicht sterben wollten.

»Ein kleiner Assistent – das kann doch nun wirklich kein Problem sein«, tönte es aus der Leitung.

»Wir tun unser Bestes, Viehweger«, bellte Gabriel gereizt und legte auf.

Es klopfte an der Tür, dann trat ein Mann mit ungewöhnlich grauen Pupillen ein. Robert Weimann alias Schaub, wie Wolf ein ehemaliger LKA-Beamter, der zum BKA gewechselt war, als Helbig nach Berlin ging. Gabriel sah das Glimmen in Weimanns Augen.

»Gute Nachrichten?«, fragte er hoffnungsvoll.

Der Mann reichte ihm einen Computerausdruck. »Dies sind die Nummern, die von Arnolds Mobiltelefon in der letzten Stunde angewählt wurden. Die Inhaber der Anschlüsse stehen dahinter.« Er hustete. »Bonnie und Clyde sind dabei.«

Gabriel griff nach seiner Brille und überflog die Liste. »Wissen wir inzwischen, wo er sich befindet?«

»Er ist auf dem Weg nach Dresden«, erwiderte Weimann.

Gabriel tippte auf die Liste. »Ich bin sicher, dass er sich mit Kristin Eggert und diesem Cramer treffen will.« Als er aufsah, spürte er endlich wieder so etwas wie Hoffnung. »Sie wissen, was zu tun ist, Robert! Wir müssen die Angelegenheit hinter uns bringen. Ist Carsten einsatzfähig?«

Der Mann nickte zögerlich. »Mehr oder weniger. Cramer hat ihm vier Zähne ausgeschlagen. Ein Auge ist völlig zugeschwollen. Außerdem brummt ihm fürchterlich der Schädel. Vermutlich eine Gehirnerschütterung. Ich hab ihm eine Spritze gegeben.«

Gabriel nickte. Eine Spritze. Wenn die Lage nicht so ernst gewesen wäre, hätte er gelacht angesichts dieser Ironie. Das letzte Mal hatte Robert Weimann vor drei Jahren eine Spritze in der Hand gehalten. In seiner bravourösen Rolle als Doktor Lesch.

76

Es dämmerte, als Michael Arnolds Schritte über den Kies knirschten. Gespenstische Stille lag wie ein Grabtuch über dem Alten Friedhof Klotzsche. Das kleinere der beiden Eingangstore war geschlossen, aber nicht verriegelt. Verstohlen schaute Arnold sich um, bevor er hindurchschlüpfte.

Die gewundenen Wege des Friedhofs waren von schlichten Lampen gesäumt, die aber noch nicht brannten. Der junge Assistent hatte ein flaues Gefühl in der Magengegend, als er an den weißrosafarbenen Granitsteinen vorbeilief. Das Gelände gefiel ihm nicht – nicht um diese Zeit, nicht in seiner Situation. Aber es war Kristin Eggert, die die Bedingungen diktierte. Nach vierzig, fünfzig Metern blieb er stehen und schaute sich suchend um. Er ging davon aus, dass Kristin bereits hier war, an einem Standort, von dem aus sie alles im Auge behalten konnte. Er hörte keine Schritte, aber plötzlich war sie dicht hinter ihm.

»Michael.«

Er fuhr herum. Sie trug Jeans, dazu eine weit geschnittene Windjacke.

In der Hand hielt sie eine großkalibrige Pistole, die genau auf seine Brust gerichtet war. Erschrocken hob er die Hände. Mit dem Kinn zeigte er auf ihre Waffe. »Hören Sie, Kristin, können Sie nicht das Ding da wegnehmen? Das irritiert mich irgendwie.«

»Ist mir aber lieber so. Behalten Sie Ihre Hände oben, damit ich sie sehen kann!« Ihr Ton war geschäftsmäßig. »Also, was haben Sie für mich?«

»Ratcher.«

»Ja?«

»Finn Gabriel hat ihn beauftragt.«

Sie lächelte kalt. »Erzählen Sie mir etwas, was ich noch nicht weiß!«

»Das Motiv, Kristin«, flüsterte er. »Ich kenne das Warum.«

Jetzt hatte er ihre volle Aufmerksamkeit. »Roth hatte etwas gegen Helbig in der Hand, nicht wahr?«, fragte sie. »Es gibt keine andere Erklärung.«

»Ich zeig es Ihnen.« Er griff in die Seitentasche seines Jacketts.

»Lassen Sie das, Michael!« Sie trat vorsichtshalber einen halben Schritt zurück und umfasste ihre Pistole mit beiden Händen.

»Dann werden Sie nicht sehen, was ich hier habe. Vertrauen Sie mir, Kristin! Ich bin unbewaffnet.«

»Also gut. Aber schön langsam!«

Er zog die Disc in Zeitlupe aus seiner Tasche.

»Was ist das?«

Er deutete mit der anderen Hand auf seine Tasche, die neben ihm stand. »Ich habe mein Notebook dabei. Darf ich es Ihnen zeigen?«

Kristin blickte sich prüfend um. Außer ihnen war weit und breit niemand zu sehen. »Okay, aber beeilen Sie sich!«, befahl sie. Ihre Stimme war um eine Oktave gefallen. Eine fieberhafte Spannung hatte sie erfasst. Instinktiv spürte sie, dass Arnold nicht bluffte.

Der Assistent packte sein Notebook aus, stellte es auf einer Grabplatte ab und schaltete es ein. Für einige Sekunden war nur das Summen des Computers zu hören. Dann legte er die DVD ein und wählte ein Programm. Als er sich zu Kristin umwandte, nickte er zuversichtlich.

»Wenn Sie es sehen, werden Sie alles verstehen, Kristin. Es ist das letzte Teil des Puzzles, das Ihnen noch fehlt. Kommen Sie her!«

In diesem Moment gab es einen leisen Knall.

Kristin sah, wie Arnold zusammensackte. Sie wollte zu ihm, ihn halten, ihm helfen, sich wieder aufzurichten. Da bekam sie einen fürchterlichen Schlag gegen die Brust.

77

Die Idee, Michael Arnold zu treffen, hatte Mark Cramer nicht gefallen. Er misstraute den Nachrichten, die der junge Assistent in alle Richtungen versandt hatte. Aber Kristin hatte darauf bestanden, ihn wenigstens anzurufen. Sie waren bis zu einer Telefonzelle im Elbepark gefahren, damit ihre Spur nicht zu verfolgen war. Nach dem Gespräch war Kristin wie elektrisiert.

»Er weiß etwas, Mark. Vielleicht kann er uns helfen. Ich muss mit ihm reden.«

»Kristin, das ist Wahnsinn. Das Ganze riecht nach einer Falle!«

»Er glaubt uns. Er ist der Erste, der das tut!«

»Und wenn er es nur vorspielt? Vielleicht hat Gabriel ihn auf uns angesetzt.«

Bestimmt schüttelte sie den Kopf. »Er war verstört. Und er ist allein, das fühle ich.«

Cramer seufzte resigniert. »Zumindest haben wir noch etwas Zeit, das Gelände in Augenschein zu nehmen.«

»Genau.« Sie nickte zuversichtlich. »Dann brauchen wir nur noch warten. Wenn er nicht allein kommt, verschwinden wir.«

Sie saßen erst wenige Minuten in ihrem Versteck, als ein silberner Golf vor dem Friedhof parkte.

»Da ist er«, murmelte Kristin, als der junge Assistent am Eingang auftauchte. Unschlüssig sah er sich um, lief schließlich in Richtung der ersten Grabsteinreihen. »Ich verschwinde. Behalte die Umgebung im Auge!«

»Kristin, das ist viel zu gefährlich. Lass mich wenigstens mit ...«

»Wenn es ein Hinterhalt ist, sollten wir nicht zusammen gehen. Du musst mir den Rücken freihalten.«

»Dann werde ich eben mit ihm reden!«

»Nein, Mark. Das ist meine Sache. Ich habe mit ihm gesprochen und ich werde jetzt zu ihm hingehen.«

Verärgert presste Cramer die Lippen aufeinander. Kristin war störrisch wie immer. Aber diesmal stand zu viel auf dem Spiel. Die Dämmerung bereitete ihm Sorgen. Und das Gelände war zu unübersichtlich, als dass er sie wirklich hätte schützen können. Aber sie würde sich nicht von ihrem Entschluss abbringen lassen. »Na schön«, knurrte er resigniert. »Wie du willst.«

Er beobachtete, wie sie sich geschickt im Schutz der Bäume und Grabsteine hielt, während sie sich von hinten an Arnold heranpirschte. Der Junge wirkte unsicher, sogar verängstigt. Das gefiel Cramer. Er entspannte sich ein wenig, als er die beiden miteinander plaudern sah, ohne dass etwas Verdächtiges passierte. Vielleicht war er ja übervorsichtig gewesen. Dennoch behielt er Henkens MAC-10 in der Hand.

Arnold zeigte Kristin etwas und packte seinen Laptop aus. Selbst aus der Entfernung bemerkte Cramer ihre Anspannung. Der Assistent schien brisante Neuigkeiten zu haben.

Dann fiel wie aus heiterem Himmel ein Schuss.

Cramer sah, wie der Junge in die Knie ging. Er drehte den Kopf wie ein Uhu, doch erst nach einigen Momenten sah er die Schatten. Sie standen auf der anderen Seite, im Unterholz des Waldes, zu weit für die MAC-10. In diesem Moment blitzte erneut ein Mündungsfeuer auf. Kristin wurde nach hinten geschleudert und blieb regungslos auf dem Kies liegen. Cramer fluchte leise. Er hatte es kommen sehen! Mit Mühe unterdrückte er den Reflex, aufzuspringen und zu Kristin zu laufen. Die Killer warteten nur darauf, dass er sich zeigte.

Zwei Minuten blieb alles ruhig.

Ihm kam es wie eine Ewigkeit vor. Alles in ihm vibrierte. In seinem Kopf wüteten Selbstvorwürfe. Und da war er wieder, dieser tiefe, gnadenlose Zorn. Er wollte zuschlagen, bestrafen. Töten. Schließlich tat sich auf der anderen Seite etwas. Einer der beiden Schatten erhob sich, spähte vorsichtig um sich. Geduckt lief er auf die am Boden liegenden Körper zu.

Mark wusste, dass er jetzt handeln musste.

Er robbte blitzschnell vorwärts, kroch durch zwei Büsche, bis er hinter einem mächtigen Haselnussstrauch landete. Der Schatten hatte sein Ziel fast erreicht. Der Staatsanwalt schob sich weiter vor und kam von der Seite bis auf ein Dutzend Meter an den Angreifer heran.

Als er Schaub alias Weimann erkannte, hob er seine Maschinenpistole und feuerte. Weimann schrie erstickt auf, bevor er rückwärts auf eine der Grabplatten geschleudert wurde. Im selben Augenblick peitschte in der Dunkelheit ein weiterer Schuss auf. Cramer warf sich blitzschnell zur Seite. Unsanft landete er auf einer Steinrabatte, die den Kiesweg abschloss. Seine Hüfte brannte fürchterlich. Vor Konzentration schwitzte er aus allen Poren. Auf dem Bauch kroch er im weiten Bogen vorwärts, auf die Stelle zu, wo Arnold und Kristin sich getroffen hatten. Er hörte, wie das Herz in seiner Brust hämmerte. Mit zusammengekniffenen Augen taxierte er die Umgebung, versuchte, etwas zu erkennen. Da hörte er von links ein Stöhnen.

Kristin hob leicht den Kopf.

»Bleib, wo du bist!«, zischte Mark.

Hinten sah er einen Schatten zwischen den Büschen verschwinden. Der Mistkerl haute ab! Cramer schickte ihm ein paar Salven aus der MAC-10 hinterher, folgte ihm aber nicht. Kristin war jetzt wichtiger. Sie keuchte schwach, als Mark ihre Jacke aufriss und dann die Klettverschlüsse der Kevlar-Weste öffnete. Sorgfältig untersuchte er sie.

»Alles in Ordnung!«, murmelte er erleichtert. »Du wirst dich zwar ein paar Tage fühlen, als sei ein Laster über dich gerollt, aber die Weste hat die Kugel abgefangen.«

»Michael?«

Er warf einen Blick auf die gebrochenen Augen des Assistenten und schüttelte den Kopf. »Tut mir leid.«

»Noch ein Toter. Gabriel wird dafür bezahlen!«

Mark streichelte mit einer Fingerspitze über ihre Wange. »Ich verspreche dir, dass er dafür büßen wird!«

»Wo sind Michaels Sachen?«, fragte sie leise.

»Da drüben. Was hat er dir gezeigt?«

»Eine DVD. Ich habe keine Ahnung, was darauf ist.«

Er stand auf. »Lass uns alles mitnehmen und verschwinden. Garantiert hat irgendjemand die Schüsse gehört. In ein paar Minuten ist hier die Hölle los.«

78

Der dunkle BMW fuhr auf der A 4 zurück in Richtung Dresden-Neustadt. Kristin hielt die Augen geschlossen. Ihre um den Laptop gekrampften Hände zitterten. Mark wusste, dass ihr Oberkörper in Flammen stand. Schon auf dem Weg zum Auto hatte sie sich kaum auf den Beinen halten können. Hinzu kam der Schock angesichts von Arnolds Ermordung.

Aber sie lebte! Dank Bobbys Kevlar-Weste, die sie extra noch aus seinem Haus geholt hatten.

Michael Arnold hingegen hatte seinen Einsatz mit dem Leben bezahlt. Was auch immer sich in seinem Laptop verbarg, war hoffentlich wichtig genug, um seinen Tod nicht als völlig sinnlos erscheinen zu lassen.

Zwischen Hellerau und der Ausfahrt Wilder Mann füllte sich die Heckscheibe des BMW urplötzlich mit etwas Schwarzem. Wie aus dem Nichts war hinter ihnen ein schwerer Hummer aufgetaucht.

»Achtung!«, brüllte Mark, aber es war schon zu spät.

Mit voller Wucht wurden sie von dem Wagen gerammt. Metall stieß auf Metall. Ein ohrenbetäubendes Kreischen ertönte. Kristin stöhnte auf, als ihr Rücken einen heftigen Schlag erhielt.

Dann war der Hummer neben ihnen und begann, sie nach rechts zu schieben, in Richtung des Abgrundes, der sich an der Seite auftat. Für den Fahrer schien es nicht das erste Manöver dieser Art zu sein. Mit der geduldigen Präzision eines Uhrmachers drückte er den BMW auf den Seitenstreifen, schier unaufhaltsam an die Absperrung heran. Cramer wusste, dass sein Wagen keine Chance hatte, sich gegen den Hummer zu behaupten. Er sah nur einen Ausweg: Mit aller Kraft trat er aufs Gaspedal, um von dem anderen loszukommen. Das Getriebe heulte auf, als die Maschine überdrehte, doch dann machte der BMW einen gewaltigen Satz nach vorn. Augenblicklich riss Cramer das Steuer nach links.

Das waghalsige Manöver überraschte den anderen.

Von der eigenen Schwerkraft getrieben, schrammte der Hummer an der Leitplanke entlang. Nur mit Mühe brachte der Fahrer den Wagen zum Stehen.

Das eine Auge, mit dem Carsten Wolf etwas sehen konnte, füllte sich mit jähem Entsetzen, als er nach vorn blickte. Keine fünfzehn Meter entfernt wartete Cramer vor seinem BMW, bewaffnet mit der MAC-10 und in perfekter Schussposition. Er wirkte so ruhig wie auf dem Schießstand, aber in seinem Gesicht funkelte kalte, tiefe Entschlossenheit. Es war das Letzte, was Wolf in seinem Leben sah.

Kaltblütig drückte Cramer den Abzug. Ein paar Kugeln drangen genau in Wolfs Mund. Blut spritzte gegen die Scheibe, sein Kopf wurde nach hinten geworfen.

Mark stieg eilig in den BMW . »Nichts wie weg hier«, knurrte er.

Kristin antwortete nicht, sondern sah nur starr geradeaus. Sie schien sich in einer anderen Welt zu befinden.

Ihr Kopf wurde gegen die Rückenlehne gepresst, als Cramer abrupt beschleunigte und sich mit durchdrehenden Reifen von der Szene entfernte, in Richtung Elbe-Park, während er überlegte, ob er den ramponierten BMW dort abstellte oder näher an Manjas Apartment heranfuhr. Er entschied sich für die erste Lösung, allerdings setzte er Kristin zunächst vor der Wohnung ab. Dann steuerte er den Wagen zur Einkaufsmall und ließ ihn in einer dunklen Ecke des Ikea-Parkhauses zurück.

Als er zurückkam, saß Kristin vor dem angeschalteten Laptop.

»Du wirst es nicht glauben«, sagte sie tonlos.

79

Der Kardinal wanderte unruhig in seinem Büro auf und ab.

An einer der Wände standen drei Fernseher. Noch immer liefen ununterbrochen Sondersendungen. Berichte aus Berlin und Dresden wechselten sich ab, dazu immer wieder Stellungnahmen sogenannter Experten, Umfragen und hastig zusammengeschnittene Reportagen, die Leben und Karriere des toten Vizekanzlers nachzeichneten.

Im Kanzleramt war Lucas Helbig vor wenigen Minuten vor die Kameras getreten, um sich mit einer Rede an die Nation zu wenden. Natürlich war er großartig gewesen. Geschwächt vom Fieber – so schien es jedenfalls – und tief betroffen vom schrecklichen Tod seines Vertrauten Maximilian Roth, aber dennoch entschlossen und furchtlos, ein starker Anführer, der das Steuer auch in stürmischen Zeiten fest in der Hand behielt.

Dass sich ein oder zwei Abgeordnete schon frühzeitig aus der Deckung gewagt und in der ARD den Rücktritt des Sicherheitschefs des Kanzleramtes gefordert hatten, kümmerte den Kardinal herzlich wenig. Ehe diese Wichte über sein Schicksal entschieden, würde er freiwillig abtreten. Hier ging es nicht um ihn oder irgendwelche unbedeutenden Posten, sondern um den Mann, den er zu beschützen hatte.

Deshalb brauchte er die DVD.

Deshalb mussten Kristin Eggert und Mark Cramer sterben.

Solange sich das Video in den falschen Händen befand und die beiden am Leben blieben, war der Kanzler in Gefahr. Alles andere konnte später geregelt, später erklärt werden.

Das Telefon läutete. »Ja?«

»Guten Abend, Herr Gabriel.«

Der Kardinal erstarrte. Seine Knöchel, die den Hörer hielten, wurden weiß. Er hörte die Stimme eines Mannes, der längst im Grab liegen sollte.

Was bedeutete das? Wo waren seine Männer? Verletzt? Oder sogar tot? Was war mit Arnold? Und der DVD?

»Guten Abend, Herr Cramer«, sagte er, wobei er es schaffte, eine gehörige Portion Überraschung in seine Stimme zu legen.

Aber Mark war nicht gewillt, Spielchen zu spielen. »Wir haben die Disc«, sagte er. Es war eine nüchterne Feststellung, aber für Gabriel kam sie einem Todesurteil gleich. Für einen Moment war nur sein mühsames Atmen zu hören.

»Was wollen Sie?«, fragte er schließlich.

»Ein Treffen. Nur wir drei.«

Das Angebot kam unerwartet, aber Gabriel begriff, dass er keine Wahl hatte. »Einverstanden«, sagte er rasch. »Wo und wann?«

»In Pillnitz. Am Bergpalais. In zwei Stunden.«

»Ich werde da sein.«

»Ganz recht, Sie werden da sein. Aber allein. Wir beobachten den Ort. Wenn ich sonst noch jemanden sehe, wandert das Video direkt zum Fernsehen.«

80

Der idyllische Schlosspark Pillnitz schien aus einer anderen Welt zu stammen. Einer Welt, in der es keine hässlichen Videos gab, keine skrupellosen Politiker, die sie benutzten, keine Auftragskiller, derer man sich bedienen musste. Der Kardinal seufzte, während er vom Parkplatz am Haupteingang in Richtung Schlossgarten lief.

Es war zwanzig Minuten nach Mitternacht, die gesamte Anlage wirkte wie ausgestorben. Ein Windhauch ließ die Kronen der Bäume leise ächzen, ansonsten herrschte völlige Stille. Nur von der Landstraße wurden ab und an Fetzen von Motorengeräuschen herübergeweht.

Als Gabriel das von zwei verborgenen Scheinwerfern angestrahlte Palais erreichte, verlangsamte er sein Tempo. Seine grüblerischen Züge verhärteten sich. Mit der Hand tastete er noch einmal nach der Walther PPK unter seinem Jackett. Die beiden Menschen, die ihn erwarteten, hatten sich als sehr tapfer und einfallsreich erwiesen. Dafür bewunderte er sie. Aber einen weiteren Sieg konnte er ihnen nicht erlauben.

Während seine Augen die Umgebung absuchten, studierte er in Gedanken sein Blatt. Kristin Eggert besaß die DVD. Sie wusste, dass er für den Tod von Roth verantwortlich war. Und für den von Bobby.

Das wiederum bedeutete, dass sie ihm unversöhnlich und voller Rachsucht gegenübertreten würde. Es war illusorisch zu glauben, dass sie und er in diesem Leben noch irgendeine Vereinbarung treffen konnten. Außerdem hatte sie Mark Cramer an ihrer Seite, den schlagkräftigen Staatsanwalt, einen nicht zu unterschätzenden Trumpf. Auch ihn trieb der Wunsch nach Rache, aber er gehörte nicht zu den Menschen, die von ihren Gefühlen beherrscht wurden. Seine Anwesenheit verringerte die Chance, dass sich die impulsive Polizistin provozieren ließ und einen Fehler beging.

Gabriel gestand sich ein, dass sein Blatt erbärmlich war.

Es sei denn, er machte Mark Cramer zu seinem Joker. Vielleicht konnte er Kristin ja mit seiner Hilfe klarmachen, dass sie noch immer viel zu verlieren hatte - oder zu gewinnen. Vor drei Tagen war sie eine aufstrebende Beamtin in den Diensten des Landeskriminalamtes gewesen. Heute galt sie als mutmaßliche Mörderin und wurde landesweit gesucht. Ihre Karriere war ein Trümmerhaufen. Wenn man sie schnappte, erwartete sie lebenslange Haft. Wenn Kristin Eggert jedoch bereit war, die Vergangenheit ruhen zu lassen, konnte er ihr mit einem einzigen Anruf ihr Leben zurückgeben. Ihr Leben und ihre Zukunft. Auch etwas Geld, wenn es darauf ankommen sollte. In seiner Kriegskasse lag eine hübsche sechsstellige Summe. Mit Hilfe der Großen Fünf konnte er eine siebenstellige daraus machen. Kristin würde wieder zur Herrin über ihre Zukunft. So wie er Cramer einschätzte, bestand die Chance, dass er ihr zum Zugreifen riet. Denn er gewann sein Leben ebenfalls zurück - und vielleicht sogar Kristin.

In Gabriels Augen war das eine attraktive Option.

Wenn er Mark Cramer auf seine Seite brächte, könnte er es ihm überlassen, Kristin Eggert zu überzeugen. Vielleicht gab es ja doch eine gütliche Einigung. Und dann war da noch die Pistole, ein weiteres Ass in seinem Ärmel. Sollte er wider Erwarten die Chance bekommen, würde er die Sache hier und jetzt zu Ende bringen.

Der Kardinal nickte. Am Ende war sein Blatt doch nicht so übel.

Er war jetzt direkt am Palais. Suchend sah er sich um, aber von den beiden war noch nichts zu sehen. Doch wenige Atemzüge später trat Kristin hinter einer der Säulen hervor, mit einer Pistole in der Hand. Langsam kam sie ihm entgegen, bis sie drei Meter vor ihm stand.

»Herr Gabriel!« Ihr Ton war geschäftsmäßig. »Heben Sie Ihre Hände!« Kristins Stimme klang weder rau noch zittrig.

Dennoch hörte Gabriel einen Hauch von Unsicherheit heraus. Ihr Gesicht war von Trauer und Erschöpfung gezeichnet. Die letzten drei Tage hatten ihr alles abverlangt.

Milde schüttelte er den Kopf. »Nein, Kristin. Sie haben nicht das Recht, mir etwas zu befehlen.«

Kristin konnte nicht glauben, dass er ihrer Aufforderung nicht nachkommen wollte. »Ich sage es nicht noch einmal«, warnte sie. Sie spürte, wie ihr Finger am Abzug vibrierte, wie alles in ihr danach drängte, noch die letzten Pfunde an Druck hinzuzufügen. »Ich zähle jetzt bis drei ...«

»Hier muss niemand mehr sterben.« Der Kardinal hielt seine Arme ein Stück vom Körper weg und drehte seine Handflächen nach vorn, wie um anzudeuten, dass er in friedlicher Absicht gekommen war. »Hören Sie mir bitte zu! Ich weiß genau, was Sie gerade durchmachen.«

Kristin sah das Gefühl von Verlust und Bedauern in seinem Blick. Das ließ sie einen Moment zögern.

»Sie ahnen nicht, wie leid mir das alles tut«, fuhr der Kardinal fort. »Aber ich habe einem Sterbenden versprochen, seinen Sohn zu schützen. Vor allen Feinden. Vor allem, was einen Schatten auf sein Leben werfen könnte. Ich schulde es Georg Helbig, dieses Versprechen zu erfüllen.«

»Warum Bobby?«, fragte sie, obwohl sie die Antwort ahnte. Ihre Knöchel traten weiß hervor, so fest waren ihre Finger um die Pistole gekrallt. »Warum er?«

»Kristin«, sagte er behutsam. »Bitte vergessen Sie nicht, dass ich Bobby lange kannte, ehe er in Ihr Leben trat. Ich mochte ihn mehr, als Sie ahnen. Er war einer der aufrichtigsten, ehrlichsten Menschen, denen ich je begegnet bin.«

Sie zuckte zusammen.

Seine Worte drangen in ihr Herz, lenkten sie ab. Und dann stand er plötzlich vor ihr, sein Arm schoss nach vorn und nahm ihr die Waffe ab.

Einfach so.

81

Sie nahm es nicht einmal wahr.

»Warum?«, wiederholte sie flüsternd.

»Am Flughafen.« Gabriel schüttelte bedauernd den Kopf. »Ich ließ Ratcher von den Toten auferstehen. Ein grausamer Zufall führte dazu, dass er ausgerechnet Bobby über den Weg lief. Dem einzigen Menschen, der seine Stimme kannte. Der ihm nahegekommen war und überlebt hatte. Ich weiß, dass Sie mich nicht verstehen werden, Kristin, aber mir blieb keine andere Wahl, als Bobby zu stoppen.«

Fassungslos schüttelte sie den Kopf. Noch nie war sie einem Menschen begegnet, dessen Seele so vollkommen verdorben war.

»Glauben Sie es oder nicht, aber das, was passiert ist, tut mir unendlich leid.« Gabriel zeigte mit dem Pistolenlauf auf ihre viereckig ausgebeulte Jackentasche. »Dürfte ich Sie jetzt um das Video bitten.«

»Meinen Sie etwa das hier?« Hinter ihnen war plötzlich Mark Cramer aufgetaucht. In der einen Hand hielt er die MAC-10, in der anderen eine schmale rote Plastikhülle mit einer DVD.

»Herr Cramer.« Gabriel trat schnell zwei Schritte zurück, hinter Kristin, die noch immer wie in Trance wirkte. »Ja, ich denke, dies ist die Disc, über die wir reden. Wären Sie so freundlich ...?« Er drückte den Lauf seiner Waffe gegen Kristins Hals.

Mark blieb reglos stehen. »Es gibt da eine Sache, die ich bisher nicht verstanden habe.«

Gabriel betrachtete ihn abschätzend. »Und das wäre?«

»Nachdem ich mir die hier angesehen habe ...«, Mark winkte mit der DVD, »... ergibt der Anschlag auf den Vizekanzler einen Sinn. Ich vermute, Roth hat Helbig mit dem Video erpresst.«

»Leider«, bestätigte Gabriel. »Er forderte ihn zum Rücktritt auf. Anderenfalls wollte er das Video veröffentlichen. Es wäre das Ende gewesen. Das machte Roth zu unserem Feind.«

Mark Cramer fühlte sich gleichzeitig angezogen und abgestoßen von diesen Worten. Der Kardinal sprach mit der Sachlichkeit eines Gärtners, der einen kranken Ast verschneidet. Doch hier ging es um Menschenleben. Hier ging es um seinen Bruder! Am liebsten hätte er Gabriel mit einem Schuss aus der MAC-10 ins Jenseits befördert. Aber das konnte er nicht, ohne Kristin zu treffen. Also sprach er weiter, grub tiefer, um auch den letzten Rest der noch verborgenen Wahrheiten ans Licht zu bringen.

»Was ist hier in Pillnitz vor drei Jahren geschehen?«, fragte er. »Wer steckte hinter dem Anschlag auf Lucas Helbig?«

Gabriels Verblüffung war echt. »Ich natürlich. Wer denn sonst?«

»Aber wieso? Ich verstehe das nicht. Wieso setzten Sie einen Killer auf Helbig an? Warum wollten Sie ihn töten?«

»Ihn töten?« Gabriel schüttelte enttäuscht den Kopf, als habe er von Mark mehr erwartet. »Sind Sie wahnsinnig, Herr Cramer? Allein der Gedanke bereitet mir Schmerzen. Ich würde bedenkenlos mein Leben geben, um das von Lucas zu retten.«

»Aber ...« In Marks Gesicht spiegelte sich Verwirrung.

»Sehen Sie, es war sein sehnlichster Traum, irgendwann einmal dieses Land zu regieren. Er lebte für diesen Traum. Mit Hilfe der Großen Fünf wurde er von der Partei nominiert. Das Problem war nur, dass er es aus eigener Kraft nicht ins Kanzleramt geschafft hätte. Und ich war unsicher, ob man ihm vier Jahre später eine neue Chance geben würde.«

»Deshalb ließen Sie ihn ...«

»Verwunden, ganz recht, vor den Augen der Nation. Eine harmlose Fleischwunde, aber plötzlich fieberte das ganze Land mit meinem Jungen. Seine Umfragewerte stiegen binnen weniger

Stunden auf ein Rekordhoch.« Gabriel lachte bellend. »Natürlich war es ein hochriskantes Unternehmen. Ein leichtes Zittern in der Hand des Schützen, eine geringfügige Ablenkung. Der Gewehrlauf verrutscht um Millimeter – und Lucas hat die Kugel nicht in der Schulter, sondern im Hals. Noch heute spüre ich eine Gänsehaut, wenn ich daran denke. Deshalb wählte ich einen der besten Attentäter, den es weltweit gibt. Einen Spezialisten für Schüsse aus größerer Distanz.«

»Ratcher.« Mark nickte. »Aber er wurde von Bobby geschnappt. Nicht gerade eine Glanzleistung.«

»Vielleicht ja doch.«

»Moment mal.« Mark wurde übel, als er schlagartig begriff. »Sie haben auch das initiiert. Sie wollten, dass Ratcher erwischt wird ...«

»Fahren Sie fort!«

»Um ihn anschließend befreien zu lassen.« Die Erkenntnis in Marks Gesicht war für Gabriel wie ein Sonnenaufgang über dem Meer. »Ratchers Flucht war perfekt geplant. Eine Explosion. Drei Tote, aber keine Spur. Dazu Bobbys Schilderung von dem mysteriösen Doktor Lesch. Niemand konnte glauben, dass ein solcher Coup vor den Augen des Bundeskriminalamts möglich war. Es musste Komplizen an höchster Stelle geben. Beim BKA. Oder sogar im Kanzleramt. Die ganze Sache roch geradezu nach einer Verschwörung. Es schien, als ob der Kanzler ...«

»Es war der Nagel zu seinem Sarg«, nickte Gabriel. »Plötzlich war ganz Deutschland bereit, für Lucas Helbig durchs Feuer zu gehen. Erinnern Sie sich an das Entsetzen und die Wut? Die Menschen waren hellauf empört. Obwohl es nie bewiesen werden konnte, war allen klar, dass das Kanzleramt einen Mord befohlen hatte, um Lucas auszuschalten.«

»Und Ihr Mann kam mit einem verdammten Erdrutschsieg nach Berlin«, stellte Cramer nüchtern fest.

»Der größte Vorsprung seit Adenauers absoluter Mehrheit 1957«, bestätigte der Kardinal stolz.

»Für den ich bezahlt habe«, ertönte eine kalte Stimme. »Mit drei Jahren meines Lebens.«

Alle Köpfe gingen ruckartig zur Seite.

Zwischen den Säulen stand Ratcher, in der Hand seine Beretta.

»Sie haben sich meinen Anweisungen widersetzt«, stellte der Kardinal tonlos fest. »Sie sollten in Ihrem Versteck bleiben und das Land am Mittwoch verlassen.«

»Um wieder drei Jahre auf Ihren Anruf zu warten? Irgendwo am Ende der Welt?« Ratchers Lächeln war dünner als eine Rasierklinge. »Oh nein, verehrter Herr Kardinal.«

»Wollen Sie damit sagen, dass Sie in diesen Teil des Plans nicht eingeweiht waren?«, fragte Mark überrascht.

Der Killer schüttelte langsam den Kopf. »Nein. Das hatte mein Auftraggeber offenbar vergessen.«

Gabriel blickte ihn an, mit der Miene eines Kapitäns, der dem Taifun ins Auge sieht. »Woher wussten Sie es? Dass ich Bobby damals den Tipp gab, stand in keiner Zeitung. Wir haben es erfolgreich unter Verschluss gehalten, bis heute.«

Der Killer zuckte mit den Schultern. »Ich habe mich natürlich all die Jahre gefragt, wieso er damals genau an der richtigen Stelle auf mich wartete. Es war einfach unerklärlich. In meinem Versteck in Luanda habe ich den Aufstieg Ihres Wunderknaben zum Kanzler mitverfolgt. Mir ist aufgefallen, wie perfekt meine Festnahme und die anschließende Flucht in Ihre Pläne passten. Dennoch wäre ich damals nie auf die Idee gekommen ...« Ratcher schüttelte ungläubig den Kopf.

»Aber jetzt sind Sie hier«, knurrte Gabriel. Es war eine schlichte Feststellung.

»Ihr Freund hat es mir verraten«, sagte Ratcher, zu Kristin gewandt. »Nebenbei bemerkt, hat er Ihnen damit das Leben gerettet.«

»Was?« Kristins Unterlippe begann zu zittern.

»Ich rede von unserer ersten Begegnung, vor drei Tagen.«

Tränen verschleierten Kristins Blick. Mit einem Mal war sie wieder in Bobbys Haus, in jener Nacht, die alles veränderte. Vor ihren Augen tauchte das kleine Schlafzimmer auf, in dem plötzlich ein bewaffneter Eindringling gestanden hatte. Der Killer mit dem hypnotischen Tonfall. Sie sah Bobby, wie er sich im Todeskampf auf Ratcher warf, hörte die schallgedämpften Schüsse. Sie war zum Fenster gestürzt, um hinauszuspringen. Alles in ihr war in Aufruhr, ihr Verstand und ihr Körper wehrten sich gegen die entsetzliche Situation. Sie hörte das Gurgeln von Blut in Bobbys Kehle. Dann waren ihre Finger am Fenster, rissen es auf. Kostbare Sekundenbruchteile verstrichen. Ihr ganzer Rücken vibrierte vor Anspannung. Jeden Moment hatte sie mit der tödlichen Kugel gerechnet, die ihre Wirbelsäule durchschlug. Aber die Kugel kam nicht.

»Ich hatte Sie im Visier«, erklärte Ratcher, als läse er ihre Gedanken. »Sie waren so gut wie tot. Doch in diesem Moment flüsterte Ihr Freund mir etwas ins Ohr.«

Alle drei lauschten mit atemloser Spannung.

Ratcher lächelte grimmig. »Ich werde die Worte nie vergessen. *Pillnitz. Es war Gabriel, der mich schickte. Er war es, der dich niederschlug. Er hat dich benutzt* ... Ich war eine Sekunde lang abgelenkt. Das genügte Ihnen«, sagte er zu Kristin. »Aber diese Wahrheit war weitaus bedeutender als Ihr Leben.«

»Bobby hätte Ihnen alles erzählt, um Kristin zu retten«, bellte Gabriel verächtlich.

»Mag sein«, bestätigte Ratcher gleichmütig. »Aber weil er wusste, dass er sterben wird, entschied er sich für die Wahrheit. Das war seine Rache. Dies hier ist meine!«

Mit diesen Worten schoss er zweimal.

82

Die erste Kugel traf Gabriel ins Herz, die zweite fuhr in Marks Unterarm. Polternd flog die MAC-10 zu Boden.

»Ganz ruhig, Herr Cramer«, sagte Ratcher geschäftsmäßig. »Und die Hände hoch! Sie werden feststellen, dass Ihre Wunde schmerzhaft, aber völlig ungefährlich ist.«

Mit zusammengebissenen Zähnen streckte Mark die Arme nach oben. Sein rechter Arm pochte fürchterlich, am Handgelenk lief ein dicker Blutfaden entlang. Ratcher warf einen schnellen Blick auf Gabriel, der merkwürdig verkrümmt auf dem glatten Sandstein lag. Seine Augen starrten leer zum Himmel.

»Wie Sie sehen, sind auch Kardinäle sterblich«, sagte Ratcher. »Sie, Herr Cramer, legen jetzt bitte die DVD, die Sie in Ihrer linken Hand halten, auf den Boden und schieben sie zu mir herüber. Ganz vorsichtig!« Mit einer unwirschen Bewegung seiner Beretta unterstrich er die Forderung.

Mark gehorchte.

»Sehr schön! Und jetzt gehen Sie drei Schritte zurück, aber langsam.«

Ratcher hob die Disc nicht auf. Stattdessen trat er ein paar Schritte zurück, zu einer der Säulen, und hielt plötzlich einen Koffer in der Hand. Er zog ein kleines Notebook aus der Seitentasche, dann kniete er sich hin, ohne Mark und Kristin auch nur eine Sekunde aus den Augen zu lassen. Als der Computer hochgefahren war, prüfte er die DVD. Mit dem Ergebnis schien er zufrieden zu sein, denn er nickte, verstaute alles wieder in seiner Tasche und richtete sich auf. »In Ordnung. Nun müssen wir uns leider voneinander verabschieden.«

»Einen Moment noch«, sagte Kristin schnell. »Bobby hat sich in all den Jahren immer wieder gefragt, wo Sie sich versteckt halten. Ich ...«, sie schluckte, »... ich würde es gern wissen.«

Ratcher musterte sie. Sie schien keine Hintergedanken zu hegen, ihr Interesse wirkte echt.

»Damals wurde die Welt plötzlich sehr klein, Frau Eggert«, antwortete er ernst. »Mein Gesicht prangte auf Hunderten Titelseiten. Ich sah mich im Fernsehen. Im Internet. Praktisch sämtliche Geheimdienste suchten nach mir. Auf meinen Kopf wurde ein Lösegeld ausgesetzt. Ich war bekannter als der Papst. Nun ja, beinahe zumindest.«

»Ich erinnere mich.« Kristin nickte. »Aus Bobbys Aufzeichnungen ging hervor, dass Sie nach dem Anschlag nach Tschechien gereist sind. Am Prager Flughafen wurden Sie von einer Kamera erfasst.«

Er lächelte bedauernd. »Ich weiß. Eine Schande für einen Profi. Aber die Schusswunde machte mir zu schaffen und die Verletzung am Kopf, die der Kardinal mir zugefügt hatte, auch. Vielleicht lässt das meinen Fehler in einem milderen Licht erscheinen.«

»Trifft es zu, dass Sie von Prag nach Rhodos geflogen sind?«, fragte Mark.

Ratcher hatte während des Gespräches sowohl die Polizistin als auch den Staatsanwalt unablässig im Auge behalten. Aber die beiden schienen es nicht darauf anzulegen, ihn mit ihren Fragen abzulenken, um ihn überrumpeln zu können.

»Es stimmt, ich landete mit einem Ferienflieger in Rhodos City. Dieses Ziel bot sich an, weil ich dort über ein kleines Bankguthaben verfügte. Ich besorgte mir neue Papiere und reiste dann auf Umwegen weiter nach Portugal.«

»Wieso gerade Portugal?«

»Vor sieben Jahren habe ich schon einmal in Lissabon gelebt, sechs Monate lang. Eine schöne Stadt mit einem angenehmen Klima und wunderbarem Essen. Genau der richtige Ort, dachte ich, um für ein oder zwei Jahre unterzutauchen. Zumal ich die Sprache beherrsche.«

»Aber die Zielfahnder des BKA hätten Sie dort fast erwischt.«

Ratcher verzog keine Miene. »Ja. Ich tötete alle drei. Gabriel hatte mich vor ihnen gewarnt. Für mich war es ein Signal, dass ich mich noch nicht gut genug versteckte. Ich musste weiter weg, bis ans Ende der Welt, wie es dieser Doktor Lesch gesagt hatte.«

»Nach der Begegnung mit den Zielfahndern verlor sich Ihre Spur. Wie haben Sie das angestellt?«

»Indem ich Europa verließ. Ich schaffte es, unbemerkt auf ein Handelsschiff zu gelangen.«

»Und dessen Ziel war ...«

Ratcher lächelte säuerlich. »Luanda, Angola. Eine ehemalige Kolonie Portugals. Vom Bürgerkrieg zerrissen, vom Rest der Welt vergessen. Eine Stadt wie ein Gemälde von Bosch. Bei näherem Hinsehen hat mir die Idee gefallen, mich dort zu verstecken.«

»Sie wähnten sich in Sicherheit.«

Ratcher zuckte mit den Schultern. »Ich ging davon aus, dass man mich überall vermutete, aber nicht in Luanda. Und ich behielt Recht. Also blieb ich. Drei lange Jahre.«

»Bis der Kardinal Sie rief.«

»Bis er mich erneut brauchte. Das Risiko war überschaubar. Die Menschen vergessen schnell, wie Sie wissen. Der Anschlag auf Helbig war aus dem öffentlichen Bewusstsein verschwunden. Der Kardinal hatte dafür gesorgt, dass mein Name aus einigen wichtigen Dateien entfernt wurde. Mein Aussehen hatte sich verändert. Es sprach also nichts dagegen, wieder nach Deutschland zu kommen.«

»Da ist noch etwas«, sagte Kristin leise.

»Ja?«

»An dem Abend, als Sie zurückkehrten. Als ... als Bobby Sie gesehen hat ...«

Mit einem Nicken ermunterte Ratcher Kristin fortzufahren.

»Im Fernsehen kam die Nachricht, dass die Polizei am Hauptbahnhof einen Bankräuber festgenommen habe. Wir dachten, damit seien Sie gemeint.«

»Das war eine Sache, die Gabriel inszeniert hat.« Ratcher zuckte mit den Achseln. »Er hatte seine Verbindungen, wie Sie wissen. Im ersten Moment dachte ich wirklich, dass es das Einsatzkommando auf mich abgesehen hätte. Aber sie stürmten an mir vorbei und nahmen irgendeinen armen Teufel fest.«

»Sie haben Ihren Kontrakt erfüllt. Und Sie hatten Ihre Rache. Ein großartiges Comeback«, stellte Mark fest.

Sein Sarkasmus prallte an Ratcher ab wie ein Tennisball an einer Betonmauer. »Sie sagen es, Herr Cramer. Übrigens, was glauben Sie eigentlich, was Gabriel mit Ihnen vorhatte?«

»Das Gleiche, was Sie jetzt tun werden.«

»Darauf würde ich nicht wetten.« Ratcher sah Kristin an. »Frau Eggert, bitte treten Sie doch einen Schritt näher! Aber sehr langsam. So ist's gut. Mich würde interessieren, was Sie da in Ihrer Brusttasche tragen.«

Mit dem Lauf seiner Pistole deutete er auf die viereckige Ausbuchtung ihres schwarzen Windbreakers.

»Bitte nehmen Sie es heraus. Aber vorsichtig!«

Kristin sah zu Mark, doch der zuckte nur mit den Schultern. Mit zwei Fingern fischte sie ein kleines Diktiergerät heraus.

»Wie ich sehe, haben Sie sich den Dokumentationseifer des kürzlich verschiedenen Vizekanzlers zu eigen gemacht«, spottete Ratcher. »Eine schlechte Angewohnheit. Ich kann leider nicht gestatten, dass Dritte von unserer intimen Unterhaltung erfahren. Dürfte ich Sie also auch um dieses Spielzeug bitten, Frau Eggert?«

Kristin warf das Diktiergerät zu Ratcher, der es geschickt auffing und in seiner Tasche verschwinden ließ. Dann krümmte er den Finger um den Abzug der Beretta. Er sah in Kristins schreckgeweitete Augen und ließ den Finger zurückgleiten.

»Wie der Kardinal schon sagte: Hier muss niemand mehr sterben. Aber bitte vergessen Sie nicht, dass Sie mir ein Leben verdanken.« Er zog etwas aus der Hosentasche und rollte es in ihre Richtung.

»Zur Seite«, brüllte Mark.

Nur Sekundenbruchteile später explodierte die winzige Blendgranate.

Kristin verbarg den Kopf hinter ihren Armen, aber es war zu spät. Ihr ganzes Gesicht brannte, als wäre es von einer Lötlampe versengt worden. Sie spürte, wie Mark über ihr war und seine Finger über ihre verbrannten Augenbrauen glitten.

»Alles in Ordnung?«, fragte er ängstlich.

Mühsam öffnete Kristin die Augen. Sie hustete. »Mach dir keine Sorgen. Mir geht es gut. Wo ... wo ist er?«

Mark sah über seine Schulter. Der Rauch verzog sich allmählich. Dahinter kamen die Umrisse des Bergpalais' zum Vorschein. Stolz und unerschütterlich stand es inmitten der Dunkelheit.

Ratcher war verschwunden.

EPILOG

Das Tropico galt als das mit Abstand beste Hotel Luandas, eine luxuriöse Oase der Behaglichkeit, die inmitten des Elends wie eine Fata Morgana anmutete. Das Hotel verfügte über eine Schwimmhalle und einen Fitnessclub, Tennis- und Squashplätze. Die 272 Zimmer waren mit Mosaikböden und alten Holzmöbeln ausgestattet. Allmorgendlich begrüßte das Restaurant seine Gäste mit einem Frühstück, das vielen europäischen Nobelhäusern zur Ehre gereicht hätte.

Im obersten Stock, in einem frisch renovierten Zimmer mit Blick auf die Bucht wohnte seit drei Wochen ein Paar aus Fort Wayne, Texas. Der Mann hatte bei der Anmeldung Pässe vorgelegt, die auf den Namen Coffey lauteten. Gegenüber dem Concierge hatte er vage durchblicken lassen, dass er für die Vereinten Nationen arbeite. Das Zimmer hatte er für einen Monat im Voraus bezahlt, bar.

Das Tropico war fast immer gnadenlos überfüllt. Dabei gab es in Angola nach wie vor so gut wie keine Touristen. Doch seit dem Ende des Bürgerkrieges waren sämtliche großen Ölkonzerne zurückgekehrt, die Abgesandten des IWF und der Weltbank stiegen hier ab, und viele Botschaften hatten Zimmerkontingente angemietet, um Neuankömmlinge unterzubringen.

Inmitten der vielen Gäste fiel es nicht auf, dass Mr. und Mrs. Coffey das Hotelgelände nur selten verließen. Die junge Frau mit den raspelkurzen braunen Haaren verbrachte viel Zeit im Fitnessstudio oder im hauseigenen Internetcafé. Der Mann, ein muskulöser Bursche Anfang vierzig, verschwand gelegentlich für kurze Zeit, um dann mit einem Stapel ausländischer Tageszeitungen zurückzukommen. Zusammen saßen sie häufig am Pool und brüteten über Papieren. Mitunter ließen sie sich bei der Cocktailstunde sehen und flanierten, in eine angeregte Unterhaltung vertieft, mit ihren Gläsern durch den Garten. Heute allerdings nicht. Stattdessen hockten sie seit zwei Stunden in ihrem Zimmer und warteten, bis es endlich an ihre Tür klopfte.

»Musstet ihr euch ausgerechnet Afrika als Versteck aussuchen?«, fragte Manja Koeberlin vorwurfsvoll, als Mark Cramer öffnete. »Was ist mit Griechenland oder der Türkei? Wunderschöne Länder. Mit besserem Essen. Und nicht so weit von Zuhause.«

»Es gibt da etwas, was uns mit Luanda verbindet«, erwiderte Mark grimmig. »Genauer gesagt, jemanden. Aber setzen wir uns doch!«

Er zeigte zu einer gemütlichen Sitzecke am Fenster. Ein großer Ventilator sorgte für frische Luft. Auf dem schmalen Couchtisch stand eine Karaffe mit eisgekühltem Orangensaft. Kristin schenkte ihnen ein.

»Wie geht es denn unserem Kanzler?«, fragte Mark grimmig.

»Oh, er ist nur noch ein Schatten seiner selbst. Gabriels Tod hat ihm sehr zugesetzt. Aber seinen Sympathiewerten haben die Ereignisse extrem gutgetan. Die Wahl im kommenden Jahr hat er praktisch schon gewonnen.«

»Es wäre ja nicht das erste Mal, dass ihm ein Attentat in Pillnitz zum Erfolg verhilft, nicht wahr?« Mark schaute Manja an. »Hat alles geklappt mit der Lebensversicherungspolice?«

»Ja, sie ist, wie in Bobbys Vertrag vorgesehen, an eure Eltern ausbezahlt worden. Eine halbe Million Euro. Dein Vater hat das Geld in bar abgehoben und mir übergeben. Ihr sollt es einsetzen, wie ihr es für richtig haltet, hat deine Mutter gesagt.«

Bei diesen Worten griff sie zu ihrer Umhängetasche und öffnete sie.

»Entsprechend deinen Anweisungen habe ich je einhundertdreißigtausend Euro auf Nummernkonten in Belize, Gibraltar und Shanghai eingezahlt. Du hast weltweit Zugriff auf das Geld. Hier sind die Unterlagen.«

Sie schob einen dünnen, penibel beschrifteten Hefter zu Mark.

»Den Restbetrag abzüglich aller Unkosten habe ich bei mir.«

Sie griff wieder in die Tasche und holte etliche Geldbündel hervor, die sie auf dem Tisch aufschichtete.

»Sehr gut.« Mark blätterte in dem Hefter. »Genauso wollte ich es haben.« Er sah die beiden Frauen an, seine Augen ein Meer aus Eis. »Jetzt haben wir das Geld, um Ratcher zu jagen. Bis ans Ende der Welt, wenn es sein muss.«

Die Staatsanwältin räusperte sich. »Da ist noch etwas. Ich glaube, ich habe eine Spur.«

In Kristins Augen trat ein Funkeln, wie Mark es seit Wochen nicht mehr gesehen hatte. Erwartungsvoll beugte sie sich vor.

»In Dresden-Gittersee hat die Polizei vorige Woche in einer privaten Jauchegrube die Leiche eines jungen Mannes gefunden. Er war Kellner im Sherwood. Kurz vor dem Attentat ist er verschwunden.«

»Du meinst, Ratcher ...«

»Ich vermute, dass er sich in dem Haus, zu dem die Jauchegrube gehört, versteckt und die Leiche dort entsorgt hat. Vielleicht ist ihm dieser Kellner irgendwie in die Quere gekommen.«

»Und weiter?«

»Das Haus gehörte einem Anwalt namens Lameck. Er ist ebenfalls gestorben. Zwei Tage vor dem Attentat auf Roth. Ein merkwürdiger Zufall, nicht wahr?«

»Todesursache?«, fragte Mark.

»Offiziell ein Herzinfarkt. Aber als man ihn entdeckte, bestand auch noch kein Grund, genauer hinzusehen. Erst als die Polizei diesen Kellner in der Jauchegrube fand, wurden alle hellhörig. Lameck war da längst eingeäschert. Aber bei der Durchsuchung des Hauses bin ich auf etwas Interessantes gestoßen.«

Die beiden starrten sie gespannt an.

»Lameck hatte seit vielen Jahren die Dresdner Neuesten Nachrichten abonniert. Es war also nicht ungewöhnlich, dass er im Keller neben den leeren Flaschen und den gelben Säcken auch einen großen Stapel DNN liegen hatte, außerdem den Stadtboten, den Wochenkurier, die SZ am Freitag und noch ein paar weitere Anzeigenblätter. Gewundert hat mich jedoch, dass ich dort auch eine Dresdner Morgenpost fand. Wohlgemerkt, eine einzige, und zwar die Ausgabe vom Sonntag vor dem Attentat. Nach dem Totenschein war Lameck da gar nicht mehr am Leben.«

»Also hat Ratcher die Zeitung gekauft?«

»Sieht so aus. Und nun kommt der bemerkenswerte Teil. Die Seite 23 war herausgerissen. Also bin ich in die Redaktion gefahren und habe mir eine vollständige Ausgabe zeigen lassen. Und was bot sich mir auf Seite 23 dar? Eine Reisereportage über Vancouver.«

»Vancouver«, sagte Mark nachdenklich. »Direkt am Pazifik. Fast zwei Millionen Einwohner. Jede Menge Emigranten. Angeblich eine der schönsten Städte der Welt. Keine schlechte Wahl.«

»Ganz recht«, bestätigte Manja. »Natürlich war es zunächst nur eine Idee. Aber irgendwo musste ich ja anfangen. Also habe ich eine Detektei in Vancouver Nachforschungen anstellen lassen, allerdings sehr vorsichtig, um unseren Freund nicht aufzuschrecken.«

»Red weiter, Manja!«, drängte Kristin.

»Eine Information, die ich bei meinen Nachforschungen im Sherwood erhalten habe, erwies sich als sehr nützlich. Danach soll dieser ominöse Tim Haye viel Zeit in der Sauna verbracht haben.«

»Und?« Kristin hing förmlich an ihren Lippen

»Na ja, das war ein weiterer, wenn auch schwacher Anhaltspunkt. Im alten Hafenviertel von Vancouver gibt es einen ziemlich exklusiven Wellness-Tempel. Eine riesige Saunalandschaft im römischen Stil, mit Dampfbad, Whirlpools, japanischen Fußmassagen und so weiter. Es ist das Beste, was die Stadt in diesem Bereich zu bieten hat. Wer da reinwill, muss knapp siebzig Dollar lockermachen. Pro Tag. Seit einigen Wochen haben die einen neuen Stammgast. Einen gewissen Thomas Larson. Er kommt einmal pro Woche, manchmal sogar öfter.« Sie zog einen weiteren Hefter aus ihrer Tasche und schlug ihn auf. »Hier ist ein Foto.«

Mark und Kristin beugten sich so schnell vor, dass sie mit den Köpfen zusammenstießen.

Vor einem blitzenden Bürogebäude lief ein Mann in einem dunkelblauen Zweireiher, in einer Hand einen Kaffeebecher, in der anderen eine Tageszeitung. Er trug jetzt einen eleganten Kinnbart und eine Sonnenbrille, dennoch bestand kein Zweifel. Er war es. An der Hand, die die Zeitung hielt, konnten sie sogar den verstümmelten Ringfinger erkennen.

»Wann geht die nächste Maschine nach Vancouver?«, fragte Kristin atemlos.

ENDE

Vom selben Autor im Prolibris Verlag

Kai Leuner, Schüsse auf die Staatsanwältin
219 Seiten, Paperback, Originalausgabe Oktober 2008
ISBN 978-3-935263-59-7 / 12,00 EUR

Die junge Dresdner Staatsanwältin Manja Koeberlin hat Anklage erhoben gegen einen skrupellosen Drahtzieher des organisierten Verbrechens und ist sich ihres Erfolges sicher. Ihr Kronzeuge, einst rechte Hand des »Litauers«, ist bereit, gegen ihn auszusagen. Doch Valkunas schwört ihr im Gerichtssaal unerbittliche Rache. Und nun gerät sie selbst ins Visier eines übermächtigen Feindes, der kaltblütig sein Ziel verfolgt: ihre Vernichtung. Der Debütroman von Kai Leuner, im bürgerlichen Leben Staatsanwalt in Dresden, beginnt als Wirtschaftskrimi, wandelt sich aber schnell zu einem packenden Thriller.

Rügen Krimi im Prolibris Verlag

Birgit C. Wolgarten, Und es wurde Nacht
256 Seiten, Paperback
ISBN 978-3-935263-24-5 / 12,00 EUR

Katja Sommer will eigentlich nur ein paar Tage an der Ostsee ausspannen, als ihr Stralsunder Kollege Sven Widahn sie um Mithilfe bittet: In einem Strandkorb wurde eine Tote gefunden. Aber warum musste Wilhelmine, Bewohnerin einer exquisiten Seniorenresidenz, sterben? Das Motiv bleibt im Dunkeln. Langsam keimt ein ungeheuerlicher Verdacht in Katja auf. Hartnäckig verfolgt sie ihre Spur und erkennt erst spät, fast zu spät, wohin diese sie führt! – Wieder entwirft die Autorin des viel gelobten Krimis „Land der Mädchen“ ein raffiniertes Psychopuzzle, das Katja Sommer nach und nach zu einem unglaublichen Bild zusammensetzt ...

TV-Quiz-Krimi im Prolibris Verlag

Antje Friedrichs, Noch eine Frage bis zum Tod
176 Seiten, Paperback
ISBN: 978-3-935263-65-8 / 9,90 EUR

Millionär werden! Kandidat sein in einer Quizsendung und den berühmten Moderator live erleben. Marianne Rump aus Quakenbrück hat es geschafft. Sie wird in die Glamourwelt der Fernsehstudios eingeladen und spielt mit um die Million. Nach und nach begreift sie, dass sie sich auf einen erbarmungslosen Kampf um den »heißen Stuhl« eingelassen hat. Bereits im Warm-Up der Show stellt sie fest, dass manche Kandidaten keine Skrupel kennen. – Ein wahrhaft mörderisches Spiel beginnt.
Der Krimi erlaubt einen Blick hinter die Kulissen einer großen Quizshow, denn die Autorin war selbst Kandidatin der Show »Wer wird Millionär«.